講談社文庫

新装版

BT '63（下）

池井戸 潤

講談社

ＢＴ'63(下)　目次

BT'63（上）目次

B
T
'63
(下)

第六章　猫寅

1

思い出した。思い出したぞ。いやいや、ちょっと待て。思い出す、という言葉はこの場合、適当ではないな。記憶が蘇ったわけじゃないんだから。そうだ、記憶が追いついたといったほうがより適切かも知れん。なんせ、ほんとに追いついてきたんだから！　ひたひたとな。

よく、聞いてくれ。

私の記憶に間違いがなければ、相馬《そうま》運送のオレンジ便が始まったのは、昭和三十八年、つまり一九六三年八月二十日のことだ。私が担当していた融資が下りてわずか一ヵ月。一ヵ月だぞ、わかるか！　あんたのオヤジさんはやり遂げたんだ。まさにそれは大車輪の活躍だった。いやはや、大間木《おおまぎ》さんのがんばりは凄かったさ。いまあんなエネルギッシュな奴はどこへ行ってもおらんだろう。

忘れるもんか！　いや、こういうとかなり語弊があるぞ、忘れるもなにも記憶になかったわけだから。……記憶になかったということもまた、記憶にあるんでな、私は――。ちょっと混乱してきた……。

とにかく、その日はクソ暑い日だった。勇壮な眺めだったよ。午前十時。朝方とはいえ真夏の陽射しが容赦なく照りつけるトラック・ターミナル前に並んだ十台のトラックは――このうちの三台が当行からの融資で買ったもので、残りは既存の運送路線を廃して配転させたものだが――、どれもボディをオレンジに塗色され、グリーンの幌を眩しく輝かせていた。トラックの前には、この宅配事業のために新規採用した十人を含む総勢二十人の運転手が、真新しい制服を着てどこか恥ずかしそうに相馬社長の激励を聞いていたっけ。

またその制服ってやつが――！　目に染みるような濃紺で、腕の部分とズボンに金モールなんかが入っているんだ。ハイカラというか、これじゃ運転手だかホテルのボーイだかわからないなと思ったのを憶えているよ。その運転手達の最前列に、同じ制服を着て、大間木さんは立っていた。

社長の話が終わると、今度は大間木さんが立ち上がってマイクの前に立った。スタンドマイクはトラック・ターミナルのプラットフォームに仮設された演台に立っていた。

ここにいるみんなで相馬運送を日本一の運送会社にしよう。そう大間木さんはいった。オレンジ便を成功させて、相馬運送の名を運送業界のトップブランドに育てるんだと――すばらしく熱のこもった演説だった。胸がこう、ジーンときてね、聞いていたこっちの目頭が熱くなった。融資して良かった。是非成功してください！　感極まった私は演説を終えて戻ってきた大間木さんに駆け寄ってそういったよ。

そしてそこからがこの「出陣式」の本当の見せ場だった。いままで企画の陣頭指揮を執ってきた大間木さん自ら、集配ルートを回るトラックに乗り込んだんだ。

エンジンスタート！

竹中鏡子《たけなかきようこ》さんが叫ぶ中、十台のトラックが一斉にマフラーから黒煙を噴き上げた。あの音。ディーゼル・エンジンの心臓に命が吹き込まれ、砂埃を上げながら小刻みに空気を振動させるあの緊張感。粋な演出といえばいいか、トラックと同じ十発の花火が上がるとターミナルのあちこちから見ていた総勢二百名の従業員からどっと歓声が上がったんだ。どっとな！

きっとうまく行く。

私だって確信した。

それがまさか、あんなことになろうとは――！

電話の向こうで桜庭《さくらば》はいつになく興奮し饒舌になっていた。

桜庭から電話があったのは、琢磨《たくま》が緒方自動車から戻った夜のことだった。まさしく〝記憶が追いついた〟。桜庭にオレンジ便の記憶が出現したのは、琢磨が「宅配便」と父に囁いて一ヵ月あまりが経った六月半ばのことであった。

2

乾ききった産業道路の真向かいに月がかかっている。アルコールの入った目で見ているせいかそれは少し血の色に染まっていた。両脇に植えられた柳は亡霊の細い指先を藍色の空へ伸ばしている。風が強い。そういえば、新しい台風が関東地方に接近していると今朝のラジオでいっていたっけ。倫子《のりこ》は左ハンドルのコンテッサを操り、曖昧な記憶を辿りながらウィンカーを出し工場の低い建家が密集する糀谷町《こうじや》三丁目へ折れた。先程相馬運送へ行ったところ、お目当ての和家《わけ》はすでに帰宅した後だと知れた。女子大の仲間が主催したあるボンボン大学とのコンパで、自分のことしか喋らない退屈で柔《やわ》な男達にいい加減うんざりした後だ。もう一軒静かなところでジンでもどうです、という気障《きざ》な誘いを断るのも面倒だった。

今日は車なのよ――。

席を立った倫子に男達の何人かはあからさまに落胆の表情を見せたが、構うことはない。さんざん飲んだ挙げ句に「車なの」もないが、そんなことはどうでもよかった。倫子は落胆した相手の視線が自分の目から逸れ、名残惜しげに――彼らの注意を常に引きつけてきた――胸をかすめていく様に冷ややかな一瞥をくれて横浜の店を後にしたのだった。

倫子はいままでさんざん付き合ってきた男達に退屈していた。金持ちで、テニス・サークルに入っていて、お洒落《しやれ》な男達だ。親切にしてくれ、デートに行けば全ておごってもらい、プレゼントもくれる。そのうちの何人かとはベッドを共にしたこともあるが、倫子を満足させられた者はひとりもいなかった。

簡単すぎるのよ、みんな。

いともたやすく籠絡される男達。つきあい始めるのも、デートするのも、抱かれるのも、倫子は望むままに手に入れることができる。それが退屈なのだ。

そんな男のひとりにしつこくつきまとわれたのは半年ほど前のことだった。男の名は柏木亨《かしわぎとおる》といった。柏木は数年前に大学を卒業した後、作家を目指して定職も持たずふらふらしている類いの男だ。

会った当初、熱っぽい文学論を語って倫子の注意をひいた柏木は、趣味のラグビーで鍛えた立派な体格をしており、見かけはとても文学青年には見えない。倫子が知っているひ弱な文学部の男友達とは似ても似つかぬ風貌。野趣があって、背が高く、そして女にもてた。倫子が柏木と初めて会ったのは、ある先輩の結婚式の二次会で、その後、数回デートを重ね、やがて当時柏木が住んでいた横浜の六畳一間のアパートで抱かれた。

柏木の態度が変わったのはそれからだ。

倫子の都合も聞かずに一方的に呼び出し、遅れるとねちねちと怒る。退屈な文学友達や、ラグビー仲間の飲み会に連れていかれ、見せ物のように傍らに置かれたことは一度や二度ではない。やたら生真面目だが倫子にはちんぷんかんぷんの議論や、下卑た笑いと好色な視線に耐えながら楽しい振りをしていなければならないバカ騒ぎ。柏木に呼び出されるときには決まってそんなふうに深夜まで過ごし、倫子は自分が発言する機会もないまま先に帰ることすら許されなかった。柏木は明け方倫子の車でアパートまで送らせ、荒々しく抱いてから眠りに落ちるのが常だった。

ある朝、眠りこけた柏木の腕をほどいて立ち上がった倫子は、帰り際、机の上に書きかけの小説を見つけ、どんなものかこっそり読んでみた。難しい文学論を繰り広げるくらいだからさぞかし立派な内容だろうと期待したのに、それは他愛もない恋愛小説で、歯の浮いた台詞《せりふ》と陶酔しきった〝美文〟を書き連ねる愚にもつかないシロモノだった。それまで多少なりとも抱いていた柏木に対する尊敬の念も、畏怖も、そして恋愛感情までもが急速に冷めていく、その音が聞こえるようだ。

お前は俺から離れることはできない。

それからしばらくして、別れましょうと倫子が告げたときの柏木の言葉だ。横浜にあるホテルのバーだった。柏木の煮えたぎった憎悪の目に怯えた倫子は、トイレに行くと偽り、そのまま店を飛び出して逃げ帰った。

柏木の嫌がらせが始まったのはそれからである。

呼び出しの電話を無視していると、やがて誰彼構わず倫子の友達に電話をかけて悪口をいいふらし、日に何十回と無言電話をかけてくる。それがエスカレートし、女子大の正門前や大森駅で待ち伏せをして、倫子をつけ回すようになった。

大田区山王にある自宅周辺をうろついている柏木の姿を窓から目撃したことがある。父が家を空けることの多い相馬の邸宅は夜が淋しい。高級住宅街として知られる閑静な山王界隈。三角錐の形をした常夜灯の明かりが途切れる辺り、真冬の冷気の底からじっと倫子の部屋を見上げている男の爛々と光る目を見てしまったとき、
俺から離れることはできない——。

という柏木の言葉がいま耳元で囁かれているかのように倫子の胸に浮かんできた。

恐怖は、沼地に踏み込んだ足下からじわりと泥水が滲み出てくるように胸に這い上

がってくる。その夜、倫子は慌てて部屋を飛び出すと、広い邸宅の全てのドアや窓の鍵を閉め、自室のベッドで布団にくるまって眠れない夜を過ごしたのだった。

玄関に置かれた茶封筒に気づいたのは、翌朝、新聞の朝刊を取りに出たときだった。なにかしら。拾い上げた倫子は、中味を見て、ぎょっとなった。

原稿だ。紛れもない柏木の文字で記されている。

塀を乗り越え、柏木がここまできた。まずその事実に倫子は戦慄を覚えた。もし鍵が開いていたら、倫子の部屋まで上がってきたかも知れない。背筋が寒くなった。

倫子は慌てて家の中に駆け戻ると、震える指で鍵を閉め直した。寝不足と恐怖で頭痛がし、胸の奥で動悸が激しく鳴っている。唐突に、自分が柏木の原稿を手にしているのだと気づいてそれを放り投げた。散らばったのは、金もないくせに格好ばかり気にする柏木らしく高級な伊東屋製の原稿用紙だ。そのとき、倫子は信じられないものを見た。

『倫子』。

それがその小説のタイトルだった。おそるおそる原稿をつまみ上げた倫子は、裸足にサンダルをつっかけたままの姿で、原稿に目を通した。倫子と柏木の物語だった。

歪曲され、奇妙に美化されたストーリーの中で、倫子は柏木に全てを捧げ、身も心も焼き尽くされてしまうかのような激しい愛情に貫かれている。濃厚な抱擁とそれに続くどぎつい描写のところで倫子は耐えきれなくなって原稿を読むのをやめ、それをゴミ箱に投げ捨てた。

柏木は執拗に倫子につきまとってくる。いくら避けても避けきれるものではない。

それからしばらく経ったある夜のことである。友人達と渋谷の盛り場で大いに騒ぎ、京浜電鉄穴守線大鳥居駅に帰り着いたときは午後十一時を過ぎていた。自宅の最寄りは大森駅だが、出掛けに小遣いをもらいに立ち寄った相馬運送に車を置いたままだ。

底冷えのする大田区の工場地帯に月が出ていた。いつもなら夜空に居座っているスモッグが強風に薙ぎ払われ、珍しいほど透明感のある空に星が瞬いている。自分の後を尾《つ》けてくる足音に倫子が気づいたのは、大鳥居駅から人気《ひとけ》のない産業道路に入ったときだった。

振り返った倫子は、二十メートルほど後ろを歩いている柏木の姿を認めて凍りついた。

黒っぽくだぶついたズボンをはき、たっぷりした茶色のジャケットにマフラーを巻いている。月明かりの中で倫子を見つめる目は、まるで二つのヘッドライトのように濡れて光っていた。

相馬運送の社屋はまだ遠くに霞んでいる。舗道沿いの商店はとっくに店仕舞いをしてシャッターが下りていた。その向こうは灰色の塀が続き、塀の内側には動きを止めたクレーンが折れ曲がった肘を月明かりの空へ突き出している。

柏木は無言で倫子に突進してきた。逃げる間もなく倫子はつかまり路地の壁に押しつけられた。

──やめて。

倫子は抗《あらが》った。足を上げ、柏木の体を蹴ろうとすると今度は体を密着させてくる。息苦しい。柏木の息が耳にかかった。お前は俺のもんだ。逃げられると思うなよ。お前は俺から離れられない、絶対に、絶対に、ぜったいにな!

そのとき誰かが柏木の体を強引に引き剝がし、路上に叩きつけた。

倫子の耳に柏木が上げた悲鳴の残滓が残った。倫子を庇うように前に立った男は、和家一彦《かずひこ》だった。和家の背は、汗とオイル、そして薄汚れた排気の匂いがした。いまもそうだ。いつだって。

不意打ちにあって路上に転がった柏木は、まるでラグビーのタックルそのままの勢いで和家の腰めがけて突進してきた。二つに重なった体が舗道の上で激しく争う様を倫子はただなすすべもなく見ていた。そのとき、男達の姿を照らす月明かりがふいに消えた。空にぽっかりと浮かんだ雲に月が隠れたのだ。再び辺りが明るくなったとき、勝負はついていた。

一体となった影からのっそりと立ち上がったのは和家だった。柏木は腹の辺りを押さえて横になったまま口をぱくぱくさせている。和家は用心深く柏木の動きを見ながら、どうする、ときいた。

「許してやって」

倫子の言葉に、和家の目が斜めに動いた。視界の端で倫子をとらえたのだ。倫子の言葉が意外だったのだろう、「いいのか」と静かな声できいてくる。

「知り合いなの」

倫子は呻いている柏木を見下ろし「もう二度とつきまとわないで」とそういった。

その夜、和家は倫子を山王の自宅まで送ってくれた。明るすぎるほどの月がかかる深夜のドライブだ。クーペのエンジン音を聞きながらつけたラジオで、プレスリーが歌っていた。『CAN'T HELP FALLING IN LOVE（愛さずにいられない）』だ。

低い声で和家がそれに合わせて歌った。コンテッサの細いステアリングを無骨な指で握りしめたまま、寡黙な男が歌っていた。フロントガラスに映る産業道路のすさんだ光景は遥か後方に飛び去り、新井宿から山王界隈へ入る頃、住宅街の閑静な道路は寒気に凍りつき、ヘッドライトを浴びてきらきら青白く輝く一本道になった。

「どこで英語ならったの？」

倫子はきいた。

「学校」

倫子は笑った。

「プレスリーとレイ・チャールズ、どっちが好き？」

「やっぱりレイ・チャールズかな」

和家一彦という存在が、倫子の心をぐいと引き寄せた。倫子は和家の運行スケジュールに合わせ、和家が帰社する頃にトラック・ターミナルへ顔を出すことが多くなった。夜通し続くターミナルの喧噪と荷扱いの連中の目が届かない片隅で、倫子は和家と様々なことを語り合い、互いに理解を深めていった。時折、和家は倫子のために歌ってくれた。見かけは愚鈍、もさっとした印象だが、和家は繊細な男だった。そして、どんなに親しくなっても、心を明かさない謎めいたところがある。それが倫子を燃え上がらせた。和家には倫子の知らない自分の世界がある。簡単にはいかない男を倫子は選択したのだった。

蒼白な月が、右手を流れる運河のどろりとした水面で揺れていた。生ぬるい風は運転席側の窓から吹き込み、狭い車内で渦巻いて倫子の髪を玩《もてあそ》ぶ。倫子はスピードを落とし、アルコールの抜けない目でフロントガラス越しの光景に目を凝らした。確か、この辺りだ。つきあい始めて数ヵ月経つが、和家のアパートへ行ったことは数えるほどしかなかった。会うのはターミナルの中、抱かれるのは自分のベッドの上。倫子も知らないどこかの女の元に入り浸っている相馬は、週に一度、家の布団で寝ればましなほうだ。相馬がいない夜、倫子は和家の腕に抱かれて眠るのだった。

道路脇にコンテッサを停め、倫子は狭い路地に降り立った。倉庫とアパートが混在する工業地帯には、風向きが悪いのか東京湾から微かな異臭が漂っている。

『四丁目アパート』というのが和家が住むアパートの名前だった。築三十年の古色蒼然とした建物に、真新しいトタンが打ち付けてある二階建て。二階の真ん中にある六畳一間が和家の部屋だった。

ベニヤ板の上にガラス窓が塡《はま》っている。その窓に明かりが灯っていた。

「入っていい？」

和家は古本屋の値札が裏表紙に貼りつけてある文庫を持ったまま、黙って倫子を招じ入れた。不機嫌なのか、機嫌がいいのか、いつも和家のその態度を見ただけでは倫子は測りかねた。そもそも和家はあまり感情を表に出さないタイプの男だ。畳の上には座布団が一枚。寝る準備をしていたのか、隣室との壁際に薄い布団が敷かれタオルケットが枕の脇に丸まっていた。壁際に背の低い本棚が二本あり、ぎっしりと本が詰まっている。吉本隆明、埴谷雄高らの思想書、ハードカバーに入った高橋和巳の本が和家のお気に入りのようだ。だが倫子は読んだことはないし、本屋で手に取ったこともない。

「ウチに来ればよかったのよ。いまから来る？」

世間を騒がせた下田《しもだ》の失踪からふた月が経っていた。和家は首を振り、

「外に誰かいなかったか」

ときいた。倫子は驚いて自分が入ってきた玄関の粗末なドアを振り返った。

「警察？　疑われてるの」

「さあな。向こうが何を考えているのか、わからん」

和家は座布団を倫子に差し出し、自分は隣室との壁にもたれかかった。薄手のシャツ一枚だけをつけた胸の筋肉が盛り上がっている。銭湯に行ったのだろう、髪が濡れ、清潔な石鹸の香りがした。

「どんなことときかれたの？」

「大したことじゃない」

下田の行動、なにか気になることはないか、当日の運行スケジュール、下田がトラックを降りるといったときの様子――。そんなもんだ、と和家はいった。

「それをばかのひとつ覚えみたいに繰り返し繰り返し、ききやがる」

倫子はじっと和家の表情を見つめた。

「下田のこと、気づいてた？」

その問いかけがあまりに唐突だったせいか、和家は意表を突かれた顔で倫子を見つめた。

「まさか」

茶でも飲むか、と立ち上がった和家に、倫子は買ってきたビールの包みを出した。キリンの大瓶が二本入っている。ぬるくなりかけていたが、和家はうまそうに飲んだ。

「警察もドジ踏んだものね。下田に逃げられるなんて」

和家はすぐに応えず、しばらくコップのビールを睨み付けた。

「逃げたかな。本当に」

倫子は顔を上げ、和家に問おうとしたが、自分がなにをきこうとしているのか判然とせず、開きかけた口を噤《つぐ》んだ。和家はなにか知っているのではないか。倫子の胸に一抹の疑問が込みあげたのはそのときだ。

ごくりと、和家の喉が鳴る。喉仏が上下し、それから和家は遠くを見るような目つきになる。

「学生運動に、興味あるの」

本棚にそれらしい背表紙を見つけ、倫子はきいた。ない、と和家は答えた。しかし、和家がそれに関わっていたらしいことは、薄々感じていた。それがどういう世界なのか倫子にはピンとこない。安保反対で日本中が揺れ、三年前には七千人に上る全学連主流派による国会突入の際、東大生樺美智子《かんばみちこ》が死んだ。蒸し暑い六月のその日、女子大生の死を報じるラジオ放送を、倫子はボーイフレンドが運転する車の中できいた。十七歳の倫子にとってそれは、どこか遠くの国で起きた些細な事件と大して変わらなかった。

「結局、なにもできやしないんだ」

和家から、脈絡もない言葉が漏れた。倫子はそれが和家の自嘲の言葉であると悟ったが、和家が何を理想としていたのか、何ができなかったのか、知る術《すべ》はなかった。

それで、「ねえ、なんで運転手なんかしてるの」と倫子はきいてみた。

「大きな会社に入ればもっといい給料、もらえるでしょう」

「運転手なんか、か。お前が使ってる金は俺達運転手が稼いでるんだぞ」

「まあ、そりゃそうだけどさ」

倫子は不満そうにいい、自分の前に置かれたコップのビールを喉に流し込んだ。

「でも、よかったわ。一彦さんが警察の事情聴取を受けたと聞いたとき、私、心配してたのよ。大丈夫かなって」

「なんのことだ」

「だって――」

倫子は和家の瞳を覗き込んだ。「なにかありそうなんだもん」

なにか。それがなにか、倫子には見当がつかない。和家はますます寡黙になり、やがて倫子を背後から抱きすくめると傍らの布団の上へ押し倒した。

3

八月がそろそろ終わる。

宅配事業がスタートしてすでに十日が経った。

オレンジ便代理店契約、新たな運送路線に対する許認可、川崎市内に設置した集配拠点、三つ葉銀行からの融資金を元手にした投資と人材の確保、社内体制の整備――。ここまでは怖いくらい順調にきた。

しかし、まだまだこれからだ。

いまのところ、集荷状況は予想を遥かに上回ってはいるがそれは宣伝効果と物珍しさが手伝ってのことだろう。

本当の勝負は消費者がこのサービスを認めるかどうかにかかっている。

消費者に定着するかどうか。

史郎《しろう》の不安はそこにあった。いままで相馬運送は一般消費者を相手に直接商売をしたことはほとんどない。あるといえばせいぜい引っ越しの手伝いぐらいで、そこにはサービスの違いや競合他社との優位性もなく、単に電話帳をめくった人の目がどこで止まるかぐらいの差しかなかった。中堅以上の会社相手に製品輸送を手掛けてきた相馬運送には、サラリーマンや主婦、学生、老人といった「市場」がどんなサービスを求めているのかというノウハウはない。

市場調査をされたわけではないんでしょう――。

売上計画の内容が問われたとき、三つ葉銀行の応接室で桜庭が口にした言葉は率直な警句として史郎の腹の底にいつまでも置かれていた。

市場調査が当てになるわけではない――。そう史郎は反論したが、融資を通したい一心で口にしたこの言葉に、実のところ裏付けがあったわけではなかった。売上計画がいくら現実的な数字だと主張したところで、銀行がそれを認めても、事業はある程度やってみるまでわからない。それはまだ始まったばかりだ。

悲観論が先に立つのはいつも最悪の事態を考えてしまう経理屋気質というやつかも知れなかった。プラス思考で楽観論者の相馬が史郎の性質を知らないはずはない。その意味で相馬はこの事業をひとつの試金石にしたのではないか、という気もした。史郎を試したのだ。

番頭が欲しい。

いつだったか、そんなことを相馬が口にしたのを史郎は記憶していた。「俺がいなくても会社を取り仕切れる番頭がいない」。史郎達若手を集めての酒宴だったたろうか。そうつぶやいた社長に、「権藤《ごんどう》部長がおられるではないですか」と誰かがいうと、相馬は苦笑いしただけだった。

権藤では話にならない。その笑いはそう物語っていた。

だから、史郎にお鉢が回ってきた。

失敗するわけにはいかない。

いまは水商売の女に溺れる日々だが、運送業界のことを一から教えてくれ、至らない点にも目を瞑《つぶ》って経理として使い続けてくれた相馬に、史郎は感謝の念を忘れることはできなかった。相馬平八《へいはち》は引退にはまだまだ早い。かつての情熱を再び注ぎ込めるような新しい風を相馬運送に吹かせるのだ。それが自分にできるなによりの恩返しではないか。そう史郎は考えた。

鏡子さん、俺はやるよ。

机の真向かいにいる愛しい人を見て、史郎は人知れずつぶやいた。声は小さくても、その思いに込められた決意はなによりも固く、熱い。

「なんとしてでも、この事業を成功させてみせる」

まだまだ忙しくなるぞ。

史郎は気合を入れ直し、数日前から再開した走行記録用のボードを持って立ち上がった。新規事業の担当になったからといって、総務担当という本来の業務を免除されたわけではない。

気になっていることもいくつかあった。

史郎はきつい西陽を受けているトラック・ターミナルを窓から見下ろした。乾いた風が吹いている。舗装もしていない、雨になれば水が溜まる穴も乾ききって、小石が見える。

明日の夢と今日の現実。その現実の部分は、決して予断を許さぬ厳しさを史郎の胸に突きつけてくる。

史郎は事務所二階からの階段を下りつつ、踊り場からふとBT21号車が戻っていることを目視した。昼の運行責任者は平《たいら》だったか、和家だったか。下田の失踪で和家の相方には臨時ローテーションで別組の運転手を配しているが、それも近く考え直さなければならない問題だ。それにBT自体の問題もある。

そう、あの廃棄物処理場の……。

気づかぬうちにしかめ面になった史郎は、渡り廊下を歩いて積み荷作業に忙しいターミナル内を横切っていった。

グリーンのボンネットの脇で、のんびりと空を見上げながら平が煙草をふかしている。ドアを開け放った運転席からズック靴を履いたままの足が二本突き出していた。片岡《かたおか》だ。フロントガラスに挟んだ段ボール紙を陽よけに休憩中と見える。

ちょっとばかり待たせたが、今度はお前らのネジを巻いてやる。

史郎に気づき、平が、こくり、と小さく頭を下げた。目は抜け目無く史郎の動きを追っている。

史郎は運転席に近づいていき、出ている足を手で軽く払った。起きあがった片岡は最近体の調子でも悪いのか、青白い顔をしている。計器類の距離計を記録する前、その不機嫌そうな表情に向かって一言、大丈夫か、といってみたが返事はなかった。代わりに、ばつの悪そうな咳払いをした片岡は反対側のドアから運転席を降りる。座って走行距離を記録し、ガソリンの残量を見るためにイグニッション・キーを回した。その瞬間、再び頭に鋭い痛みを感じ、史郎は突っ伏した。額がハンドルにあたって、がたん、と音を立てた。平が怪訝な顔をして史郎を見上げている。

「大丈夫ですかい。どこか具合でも？」

史郎は返事の代わり、ボールペンを持ったままの右手を軽く振った。大丈夫だといったつもりだったが、そうは見えなかったらしい。平はじっと史郎を凝視したままだ。だが、走行距離を見た史郎は自分に向けられている視線を鋭く見返してやった。

こいつら、またやりやがった。

平と片岡の運転するBT21号を尾行して件《くだん》の処理場を突き止めたのが二ヵ月も前。そのとき抱いた疑念がやけに生々しく史郎の胸に蘇ってきた。あの夜、廃棄物処理場での異様な雰囲気は忙しさにかまけるうちにも史郎の胸を何度か過《よぎ》った。そのときの、まるで化け物でも目の当たりにしたような平と片岡の表情が史郎の瞼にこびりついて離れない。

何を隠していやがる。

しかし問いつめて白状するような連中じゃない。

いいさ、俺がこの目で確かめてやる。社内の膿《うみ》を一掃する好機到来だ。

「なめたことすんなよ」

いい置いて去る史郎の背中で、けっ、と片岡が吐き捨てた。おい、とたしなめる平の声が切迫していた。

4

俺はもうやめてえ。

最近、片岡はそう口に出すようになった。これ以上、やばいことはごめんだ。なんとかしてくれや、おっさん。その怖いおにいさんに、話、つけてくんねえか。

「簡単な奴等じゃねえんだよ」

その都度のびのびにしてきた平だが、足を洗いたいと考えているのは依然、平も同じだった。

殺すか、殺されるか。

オレンジ便――その名前を初めてきいたとき、へらへら笑ってしまった平だが――のおかげで大間木の注意がしばらくこっちから逸れていた。その間、成沢《なるさわ》からの仕事は何回かこなした。金はもらったが、自らの寿命を金に換えているような印象は余計に深まった。

そろそろ潮時だ。

下田孝夫《たかお》の失踪以来、成沢が平に向ける目が変わった。

いままでは一方的に見下ろす目。いまそこにうっすらと被膜のような警戒心が浮かぶようになっている。下田の野郎をあの処理場で処分したのはそれ以外に方法を思いつかなかったからだが、成沢に新たな弱みを握られた。下田孝夫が持って逃げた三百万円の金を平が持っていると成沢は思っているかも知れない。もし金を返して仕事を辞めるといったら、今度は下田を殺したことをネタに脅すつもりに違いなかった。

とんだヘマをやらかしたもんだぜ。冷静に行動したつもりで、肝心なところで頭のネジがひとつ抜けていやがった。

このまま成沢の手下としてこき使われるか。

冗談じゃねえ。

追いつめられた感情は平の中でいま爆発しそうだった。それは片岡も同じだ。目を見ればわかる。この若造の狂犬のような目を。

騙し騙し、続けてきた。だけど、もういけねえ。これ以上だめだ。大間木の態度ひとつとっても、このまま秘密の運送を易々と続けられるはずはねえ。

ふと、平の脳裏に蘇ったのは、川崎の歓楽街の一隅、狭い『風来』の店内でコップ酒を嘗《な》めている猫寅《ねことら》の不気味な姿だった。

ただの傷痍軍人ではないことぐらい、その雰囲気に接した平にはわかった。軍隊経験のある平にとって、元軍人がひた隠す心の闇は決して遠くのものではない。だが猫寅のそれは違う。闇は闇でも、地獄の闇よ。それは好むと好まざるとにかかわらず鉄砲の弾をかいくぐり、手足をもぎ取られ、天皇陛下万歳と果てていく仲間を何人も見送った人間とはまた別の闇である。

どうやって、殺《や》る？

あんな怪人みたいな野郎、倒せるのか、ほんとに。

考え出すと胃がせり上がってきて、平はごくりと生唾を呑み込んだ。冷や汗がどっと噴き出し、真冬の原野に突っ立っているような心細さにぐらぐらと体を揺すられる気がする。

「さっき、刑事の野郎、またうろついてやがった」

片岡が嫌なことをいって、平は自分の首にかかった見えない指に力が込められた気がした。

片岡の顔が悪天候の空みたいに曇っているのは、下田の借間から出たという血痕を気にしているからだ。新聞は血痕が見つかったとは書いたが、それが下田のものとは書いてない。つまり、そこで発見されたのが片岡のものだとすると、妙なことをして警察に疑われるわけにはいかないのだった。いま、片岡を追いつめているのはこうした重圧だ。

「心配しても始まらねえや。お呼びがないのが良い報せってことよ」

平は気休めをいった。

返事はない。片岡はどんより濁った目で地面の一点を見つめている。そして「解《げ》せねえ」というつぶやきが聞こえてくる。

「下田の野郎、あの家に戻ってきやがったんだぜ。あの部屋にはわざわざ取りに戻ってくるようなものはひとつもなかった。まさか欠けた湯飲みを取りに来たわけでもあるめえ。俺には金、取りに来たとしか思えねえ」

「気をつけろよ」

平は顎で背中を指し小さくなっていく大間木の後ろ姿を気にしてみせた。

その夜、配送先からの復路も同じ話題になった。

「もうちょっと念入りに探すんだった、あの長屋」

気を紛らわせるように続けた馬鹿話がぱたりと途切れると、片岡がぽつりとつぶやいたのだった。

積み荷を降ろして身軽になったBT21号車のエンジンは快調なストロークで狭い簡易舗装の道を轟然と疾走している。深夜、小田原辺りでバックミラーに映し出されているのは海辺の景色で、後続の車はほとんど入ってこなかった。右手は松林が続き、下げた窓からは潮風が太い奔流となって流れ込んできている。

何度か、平自身も同じことを繰り返し考えていた。

あと一枚畳をひっくり返したらそこにあったのではないか、別な部屋の天井裏を探したら発見できたんじゃないか――。疑いだせばきりがなかった。もとより夜中、暗い懐中電灯の明かりを頼りにした作業だ。抜かりがなかったとは断言できない。

ならば、警察は――？

平は左手一本でハンドルを握ったまま汗の滲む額を拭い、胸ポケットからひしゃげた「いこい」を一本抜いた。

警察が発見できなかったわけはねえ。

下田孝夫――いや田木幹夫か、そいつが婆が貯めたという金を持ち逃げしていることは警察だって承知だ。ならばどこかに隠してあると疑うのが道理ってもんだ。徹底的に探すだろう。床板一枚、見逃さず探したはずだ。だが、金が見つかったという話はいまのところ聞いていない。

硬質な目を前に向けたまま、時折痛むのか片岡は左の手のひらを肩口の傷に当てていた。

「下田の野郎、金以外のものをあの家にとりにきたとは考えられねえか、おっさん」

独り言のように片岡はいった。

「……たとえば？」

しばらくして平はきいた。

「奴がどこかに貸金庫でも借りていやがって、その鍵があるってのはどうだ。現金だと思うから見つからないのさ。小さなものなら……」

バックミラーにぽつんとヘッドライトの光芒が映し出されたかと思うと、巨大なエンジン音を響かせたマスタングがごうと脇を抜けていった。どっかのヤクザか、金持ちのボンボンだろう。その命知らずの車のテールが小さくなっていくのを見送りながら平は考え込んだ。

「もういっぺん探したら出るかな」

片岡はいう。平もそれを考えていたところだった。

やってみるか。

それだけの価値はある。

「お前はいい。俺一人で行ってくる」

浮かない顔になり、なにかいいたそうにしたのを先回りして、

「心配すんな。独り占めはしねえよ」

平は煙草を唇に挟んだまま、にっと笑った。

仕事を終えた後に運転手控え室で時間を潰した平は、糀谷界隈に密集する工場の排煙でくすんだ夜空の下に出た。従業員用の駐輪場においたカブにキーを差し込み、スターターをキックする。ひっぱり出し、またがったまま器用にスタンドを蹴り上げるとヘッドランプに灯を入れた。走りながら腕時計をのぞき、針が十一時を指しているのを見てからスピードを上げた。いい時間だ。最初の信号で胸ポケットから出した煙草を点けて唇に差す。うまくはなかったが、精神を集中させるにはいい感じだった。

下田の住む長屋の場所は、この界隈の道路に精通した平の頭の中に入っている。この前来たときと同じように、平は長屋の前までバイクで乗り付けることはせず、川沿いの道路でエンジンを切った。そのまま押して、近くの町工場の脇に暗い路地を見つけそこでスタンドを下ろした。

周到に周囲に気を配りながら、平は入り組んだ道を五分ほど歩いた。木の電柱にくくりつけられた街灯が乏しい光量を放っている。長屋は六軒。片隅の二軒には明かりが灯っているが他は消灯していた。すぐに近寄る真似はせず、平は物陰で息をひそめた。警察の見張りを警戒しての行動だったが、気配はなかった。

余裕のある足取りで裏口へ回る。警察の張ったロープを跨ぐまでは、まるで自分の家に入ろうとする男のように自然な動作だった。そして板が剥がれて撥ねあがったドアノブに近づくとさっと体をかがめた。予めポケットに忍ばせた道具を鍵穴に差し込み、なんなく開ける。閉め切った部屋の埃っぽい匂いが鼻腔をついてきた。

暗い。

目が慣れるまで平は畳の上にあぐらをかいて座った。煙草を吸いたかったが、がまんした。頭は急速に回転している。縁の下、天井裏——簡単に思いつく場所は警察も探したはずだ。探す場所はもういくらも残っていない。ただし猫の額ほどの裏庭や玄関前のちょっとした植え込みなどは探す範囲から外してもいい。あの夜、下田はこの長屋へ——部屋の中へ帰ってきた。それは家の中に大切なものがあった証拠だ。この長屋のどこかに下田は、金か、鍵か、とにかくなにか隠していたはずだ。

警察になくて、平にあるもの——それは勘だ。悪党の勘——。

ぼうっとした暗闇の中で、家具の輪郭が浮き出しはじめた。目が慣れてきたのだ。血痕が見つかった場所だろうか、畳の上に白墨で描いた印があった。布団はこの前見たときと同じ場所にそのまま敷かれていた。

立ち上がった平は、手始めに台所の天井にぶら下がっている電球の取り付け口を回してみた。外れる。指を入れ、鍵の感触を探した。

ない。

次、ガラスの引き戸。耳を澄まし、二、三度揺する。——ない。外し、桟に当たる下部と上部を調べてみる。隠し穴はなかった。再び部屋の中を見回した平が目をつけたのは寝具だった。汗くさい敷き布団を指で押していく。汗の匂いが染みついた薄い綿入りの布団は暗い部屋の中でも黄ばんで見えた。貸金庫という片岡の言葉が頭にあって、鍵の固い感触を探した。やはりない。枕の中にも——ない。

思いつく場所を浚《さら》った。奇抜と思われる場所ばかり数十ヵ所はあったはずだ。

「ねえな」

くそったれめ。額の汗を拭いた平は、そのとき隣家の物音をきいて舌打ちした。帰ってきやがったか。どうせどっかの貧乏労働者だろうよ。

自分の借金生活を棚に上げて鼻で笑った平は、奸智を働かせ、明かりが消えていたから独り者、この時間なら酒も入ってるに違いない、と勝手な推測をしてみる。

作業を再開しかけ、手を止めた。嫌な予感がしたからだった。

さっき見たとき、下田の隣家にカーテンがかかっていなかった。やけに見通しのいい家だと思ったのだ。

空き家だったんじゃねえか？

たらりと冷や汗がこめかみを流れていった。

裏口のドアを蹴り飛ばして外に転がり出た。隣家から白いシャツ姿の男が飛び出してきたのは直後のことだ。垣根を飛び越え、がむしゃらに平は逃げる。

「待て！」

待てるか。短い足をますます早めた平は、地の利を生かしてアパートと倉庫、工場を縫う路地を一目散に駆けた。

足を緩めたのは、五分も走った頃か。工場だか倉庫だかの物陰に飛び込んだ平は気配を殺して蹲《うずくま》った。

湾から漂ってくるなま暖かい風が首筋を撫でていく。頭の奥でずきんずきんと鳴る血脈を感じ、手で心臓の辺りを押さえた。シャツのポケットに入れた煙草の感触があったのでしばらく待ってから、一本点けた。

途中で正確な場所がわからなくなっていた。昔の船乗りがしたように空を見上げる。方角を知るのに一旦空を見上げるのは人間の本能なのだろうか。だが、星もない夜空を見上げることの無意味さを悟った平は、背を丸めて歩き出した。どれくらい歩いただろう、目の前に暗い川が出現した。呑川《のみ》だ。東へ蛇行して流れる先は東京湾。平は西の方角を睨み付け、そっちに向かった。数分すると、産業道路の喧噪が聞こえはじめた。

まるで揺りかごで聞くおっかさんの子守歌のようじゃねえか。

逃げ切ったと確信した瞬間だった。

だが、産業道路を遠巻きにして〝足〟を取りに戻った平の頭を占めはじめたのは、腑に落ちねえな、という思いだった。

かかりの悪いカブのエンジンに舌打ちしながら、平は自分がなにか勘違いしているのではないかという気がした。

期待した鍵も現金も、どこにもなかった。刑事のおかげで家捜しは急遽打ち切りになったが、続けていたところでどこを探せばいいというネタは尽きていた。すると、

「ものが鍵なら、隠すより身につけてたほうが安心だろう」

そんな思いが頭をもたげてくるのだ。

しかし——だったらなんで下田は帰ってきた。何をとりにあの長屋へ戻ってきやがった。警察に捕まる危険まで冒して戻るからにはそれなりの理由ってもんがあるだろうに。平にはそれがわからないのだった。

夜風は生ぬるく、顔に当たると重く礫《つぶて》のようであった。平は大森から蒲田のアパートまで戻ると明かりの点いた部屋に戻った。片岡が薄い座布団を枕に居眠りしている。卓袱台に置いてある湯飲みと酒瓶を一瞥した平は、一昨日買ったばかりの二級酒が半分ほど減っているのを見て舌打ちした。

片岡が薄く目を開け、酒臭い息とともに起きあがった。右肩が痛むのか、やけに大仰な動作になる。

「どうだった、おっさん」

平は首を横に振って部屋の様子と自分の考えを話した。が、刑事に追われたことは黙っていた。この若造に余計なことを喋れば不安にさせるだけだ。そうなればあっちの仕事にも差し障りがでる。

「警察が隠してるんじゃねえか。そうすれば下田が取りに戻ってくるとでも思ってるのかも知れん」

可能性はある。隠しているかどうかは別にして下田が舞い戻ることを計算に入れていたことは間違いねえな、と内心で平は認めた。警察は下田がまだ生きていると思っている。とっくにあの世だと知っているのは、ここにいる二人と成沢だけだ。

平はじっと考え込む。片岡はその横で再びごろりと横になって天井を見上げた。

「金じゃなくて着替えのパンツでも取りに来たんじゃねえか」

「ばかいえ。そんな軽い野郎じゃねえよ」

もっと周到で、背筋が凍るほどおっかねえ男よ、下田は。そいつが身の危険を冒してまで取りに戻ったんだ。

着替えなんてつまらぬもののはずはない。

下田はやっぱり奪った金を取りにきたはずだ。だが、それはどこにも見当たらなかった。

「不思議なこともあったもんよ」

からになった湯飲みに安酒を注いで一気に半分ほど喉に流し込む。細めた目を向けたガラス窓に蒲田の夜が瞬いていた。

眠たくなるまでと思って飲み続けたが、興奮しているせいかなかなか眠ることは難しそうだった。

一升瓶の首を持ち上げ、湯飲みに酒を注ぎ足す。片岡は壁際で横になったまま寝息をたて始めている。丸い卓袱台を前にあぐらをかき、風に当たりながら平は考え続けた。

物事をあまり深く考える習性のない平だったが、このときばかりは次第に酔いの回りはじめた頭で様々なことを思案してみるのだった。なんていったっけ……平はその言葉を思い出すまでしばらく考えた。もうだめかと思ったら、脳細胞のひとつがどうにか覚えていたらしく、ふわりとその言葉を浮かびあがらせた。「仮定」だ。げっぷとともにそれを思い出した平は、ひとつ仮定を立ててみようと思った。

平の仮定は、

もし下田の野郎が本当に金をとりに長屋に戻ったとしたら——？

だった。

それ以外の理由でわざわざ危険を冒すなどと考えられない。

「だが、金はなかった」

平の声は古く灼けた畳の部屋でじっとりと響いた。

ならば金がないのはなぜか。

使い果たしたとは考えられない。三百万円もの金を使えば目立つ。大金を持ちながら他人になりすまして運転手生活に身を置いていたのは、ひとえにほとぼりが冷めるのを待つためのはずだ。下田は奪った金をまだ持っていたと思う。

それまで考えてもみなかった考えが浮かんできた。

「誰かがそれを盗ったとしたら……」

冴えてるぞ。

平は満足した。そう考えれば納得がいく。

盗まれたのはいつだ？

そう、あの夜、下田が帰ってくる前だ。そうに違いない。それ以前ではない。

下田は夜な夜な奪った金のツラを拝むなんてことはしなかっただろうが、盗人に入られたのも知らずに過ごすほどの間抜けではない。

まるで夜の墓場のように荒涼とした下田孝夫の目を思い出してぶるりと怖気を振るった平の胸に浮かんだのは、大型カッターでずたずたに切り刻まれる奴の最後の何秒間かだった。平はその残像を振り払い、考えることは他にあるだろうよ、と自分に言い聞かせた。

「誰が下田の金を盗りやがったか、だ」

小一時間ほどぼんやりと考えた。そのうち買い置きの蒲鉾はとうに食ってしまい、飲み過ぎて酒があまりうまいとも思えなくなってくる。やれやれ。両手を頭の後ろに組んだままの格好で平は背中から仰向けに転がった。相当酔っているのに、頭の芯は冴え渡っている。

盗った野郎は下田の犯歴を知っていたはずだ。ばあさんの大金を隠し持っていることを知っていやがった。

平は、時折痛む肩を庇うように寝返りを打つ片岡に目を向けた。こいつじゃねえ。そう思った。あの夜、新聞片手に部屋に飛び込んできた片岡の顔に嘘はなかった。そのとき、突如別な考えが閃き、また消えていった。

大間木じゃねえか、と思ったのだ。

いや、違う。煩《うる》せえ奴だがあいつはそんなことしでかす玉じゃねえ。見上げた節だらけの天井に大間木のごつい顔を思い描いた平は冷静にそう考えた。そして、またわからなくなった。

なにか、ひっかかる。だが、それが何なのか。言葉にしようとすると、指先から抜けていってしまう曖昧な思考であった。平はじれったさに身じろぎし、事態のいまいましさに舌打ちした。目を閉じると瞼の裏側に無数の赤い糸が絡み合っているのが見える。なにかあるはずだ、なにか——そんなことを考えているうち、平はいつしか眠りに落ちていた。

5

昼間、ターミナルでトラックの走行距離を記録して事務所に戻った史郎に、木島《きじま》がきている、と鏡子が告げた。

「下田孝夫はいくら給料をもらっとったんでしょうか」

片隅のソファで待っていた木島は、鉤鼻《かぎばな》に浮かんだ玉の汗をハンカチで拭うと開口一番、ぐいと膝を乗り出して質問を繰りだした。その木島の横には喧嘩でも売りに来たかという血走った目の若い刑事が拳を膝の上に置いている。

木島のぎょろ目と若い刑事の鷹のような目を交互に眺めた史郎は、内面の反感を小出しにしてわざとゆっくり「ちょっと待ってくださいよ」と腰を上げた。史郎に対する刑事の態度がどこか高圧的なのは、史郎本人への不信もまた彼らの中に存在するからだ。

勝手にしろ。上野の事件は社会的な大事件に違いないだろうが、そんなことにかかずらわっている暇など俺にはない。刑事にそういいたかった。

給料台帳から半年分の支給金額を抜き書きした史郎はそれを刑事に見せた。だいたい二万八千円から三万円の間——それは決して悪い給料ではないことぐらい刑事もすぐにわかったはずだ。むしろこんなにもらっていたのか、と意外な顔までしてみせた。

「労働単価は安いんですが、勤務時間が長いもので」

史郎は面白くもなくそう言った。この人件費増こそ悩みのタネだからだ。荷扱いにせよ、運転手にせよ、深夜勤務を含む長時間労働となればそれなりの金は出ていく。それが集荷、運搬の遅れを伴うものになれば、収入減に支出増という目も当てられない構造で企業の屋台骨を腐らせていくのだ。

「下田の金銭回りを調べておられるんですか」

額を寄せて史郎のメモを覗き込んでいる相手の狙いを史郎は想像した。木島がわざとらしく咳払いしてみせ、まあそんなところですわ、と口を濁す。

「三百万円の金の行方ですか」

上野の一家三人焼殺事件の顚末からすれば、刑事が調べているのはそんなところだろう。田木幹夫は強奪した金を所持したまま逃亡していたのだ。下田孝夫という名を騙《かた》って。

「下田がどこの金融機関と付き合っておったかご存じありませんか」

さあ。首を傾げた史郎に刑事は言った。

「ここの最寄り銀行は、三つ葉銀行の羽田支店ですな。そこには口座はなかったようです」

返事をしながら内心舌打ちする。顔を出したのか。史郎の胸に桜庭の顔が浮かんだ。いまさら会社の印象云々の話ではないが、この調子で取引先を訪ねられ詮索されてはいい迷惑だ。警察が捜査の輪を広げているのは手がかりが摑めていない証拠だが、だからといって取引先を無遠慮に嗅ぎ回るのはやめて欲しかった。

「下田が携わっていた運行ルートを教えていただけませんかね。できれば配送先と連絡先なども」

やれやれ。ただ、ここで拒んだところで結局、令状を持って来られれば同じだ。

「捜査への協力を惜しむつもりはありませんが、我々も一応客商売でして」

史郎は苦い顔でいった。「従業員に殺人犯が紛れ込んでいたことだけでも大変な迷惑を被っております。取引先からこの件に関する叱責や苦情の類も正直、何件かありました」

相馬運送もまた被害者なのだという思いを込めて史郎はあえて下手に出た。

「その点、ご配慮を願えませんか」

「ごもっともです」

いえば一応の理解は示すが、本当のところは知れたものではない。

嘆息しつつ、史郎はBT21号車の運行スケジュール表と取引先一覧を持ってきて刑事に見せた。若い刑事が大学ノートに豆粒大の文字で書き写した内容は十ページにもわたる。日が暮れてきて、ノートが赤茶けた西陽に染まった。

「相模原廃棄物処理場の名前はありませんな」

ふと木島が顔を上げてそんなことをいい、史郎に軽いショックを与えた。平の謎めいた行動と下田の事件――この二つを結びつけて考えたことはいままでなかったからだ。

「あそこは――取引先ではないもんですから」

「違う？　ほう」

木島という刑事は新聞で叩かれているほどの間抜けではない。目で問われ、口べたな史郎にしては精一杯の出任せをいった。

「個別に受注する分は運行表には含まれていませんので。ここにあるのは固定客だけです」

そもそも固定客でなければ下田の行状について聞き込みをしても意味がない。なるほど、といったきり木島は一旦黙り、そして意外なことをいった。

「その処理場、こっちで調べましたが、地方自治体の施設ではありませんな」

じっと自分を見つめる四つの瞳。露わにした猜疑心をまともに受けて史郎は戸惑うしかなかった。木島は続ける。

「普通、ゴミ処理施設というのは地方自治体が運営していると思っておったのですが……。確か大間木さんがそこに行かれたのは夜中ですわな。そんな時間に公共施設なんざ開いておりません。警察と違いますからな」

木島はいい、煙草のヤニで黄ばんだ歯を見せる。付き合って笑う余裕は史郎になかった。それどころか平と片岡のトラックを尾行した夜の異様な雰囲気を思い出して落ち着かない気分になる。公共でなければ「民間」か。史郎がつぶやくと、木島はうなずいただけで腰を上げた。

「いろいろ大変ですね」

出した茶にほとんど手もつけず帰っていった刑事二人を見送った鏡子は、史郎の顔が浮かないのを見て心配そうに眉根を寄せる。

「なにか気になることでもあるの」

「いや——」

大したことじゃない。

あんな夜中、民間のゴミ処理場に何の用事があったのか。

見下ろしたターミナルでは、いまそのBT21号車のエンジンがかかり、立派に突き出したグリーンのボンネットを揺らしたところだった。荷扱いの一人がてきぱきとした動きで跳ね上がっている幌を下ろし、荷台下のフックにかける。陽よけの段ボールが取り払われ、燃えるような色に染まった運転席で、平と片岡がそれぞれ腕を伸ばしてサンバイザーを下ろしていた。

その夜。

見上げた蛍光灯の周囲を小さな蛾が舞っていた。

事務所の窓には荷扱いの作業が断続的に続くターミナルの煌々たる明かりが映っている。反対側の窓は、京浜工業地帯の陰気な夜景。遠く東京湾に面した重工業会社の大型クレーンに取り付けられた赤いランプが朧《おぼろ》な明滅を繰り返していた。

史郎は椅子を立ってターミナルを見下ろした。二十台近いトラックが荷台後部をプラットフォームに接岸し荷下ろしの真っ最中だ。集荷された荷物はターミナル内で行き先別に荷分けされ各路線を運行するトラックへと積み替えられる。単調で、肉体的にきつく、しかも時間に追われる厳しい作業だ。そのせいか、半袖のシャツを肩までまくり上げた男達の横顔はどれも険しく不機嫌に見える。

運行予定表によればＢＴ21号車の帰着は二十二時。すでにその時間を過ぎているが、居並ぶトラックの中にその姿は見えない。

また遅れか――。

史郎が思ったとき、敷地の端に二本の光芒が現れ、車体を揺らしながらゆっくりと入ってきた。

ＢＴ21号だ。ボンネット型の巨体は一際高いエンジンの唸りを発して史郎の眼下まで直進すると、優雅に車体を回転させ、ゆっくりと後退しはじめた。テールに取り付けられた白いランプが点灯し、二階の窓際で見下ろしている史郎のところにも短い警告音が聞こえてくる。

「今日は時間通りか……」

平と片岡が仏頂面で降りてきた。二人ともやる気の無さそうな顔で、煙草を口にくわえている。ちらりとこちらを見上げた平は、こすっからく抜け目がなかった。この人手不足でなければ平も片岡もとっくにお払い箱にしてやるのに、と舌打ちした。既存路線を縮小してオレンジ便に移行するのが史郎の考えだが、宅配事業の成否を見極める前の大胆な路線整理を相馬は渋った。

一旦、資産も人も拡張してオレンジ便を始め、それが軌道に乗ったところで事業再編に着手せよというのが相馬の指示だ。安全策といえばそうだが、その間の負担はずっしりと重い。だがそれまで会社の資金繰りが保つかということも、史郎には不安だった。

「くだらないことの前に考えることは山ほどあるのに」

営業部からクレーム処理の交際費伝票が上がっていた。田原海運へ菓子折千円。

「運行管理の厳正化頼む」という営業部長の朱書きが大きな文字で躍っている。字面が悲痛に歪んでいて、史郎は深く嘆息した。荷物遅延のクレームは契約解除につながる。田原海運からの受注高はどれくらいだったたか……。おおかた半月遅れの伝票に決裁印を捺して決裁箱に放り込んだとき、何かが頭を過ったが、形にならないまま消えた。

夜勤番はすでにきていて、自分の机で退屈そうに煙草を吸っている。事務所を出た史郎は鏡子の待つアパートへ帰っていった。

「お疲れでしょう」

耳元のほつれ毛を指先でなぞった鏡子はどこか余所余所しい態度で台所に立ち、遅い夕食の準備を始める。なにか落ち着かない気分のまま史郎は食卓につき、唐突に二人の間にできた距離感に戸惑った。

「なにか、あったのかい、鏡子さん」

そう一言聞いてみればいいようなものだが、それができない不器用な自分が焦れったい。

釈然としないまま風呂から上がった史郎は、鏡子が畳んで出した寝間着に着替えた。とうに午前零時を過ぎているのに、眠る気分ではなかった。

そういえば中元でもらった酒があった。

思いついた史郎は、部屋の片隅に転がしてあった木箱から一升瓶を出す。流しから空いたコップをとろうとした史郎は、ふと水切りに入っている湯飲みに目を止めた。急須が出ていた。

史郎は流しを向いたまま、背中で風呂からの水音を聞いた。

黙ってコップに半分ほど酒を注いだ史郎は一気に飲み干した。酒は弱いほうではない。ただ飲まないだけだ。学校時代の友人とでも会えば飲むが、一人で飲む酒は退屈だった。かといって会社の中を見回して酒を酌み交わして楽しい相手といっても思いつかない。

「鏡子さんもどう」

風呂上がりの鏡子に声をかけると、微かな笑みだけで首を横に振った。史郎ははっと緊張した。いま、鏡子はなにかいおうとした。それがわかったからだった。浴衣の後ろ姿を見つつ、史郎は一升瓶を傾けて再びコップに注いだ。躊躇《ため》いが鏡子にはある。

飯を食った後の酒はうまくもなんともなかった。

「おつまみ、お出ししましょうか」

「いやいい」

史郎は、立て続けに数杯の酒を飲み、網戸越しにそよいでくる夜風に当たった。鏡子は史郎が出した酒の箱を片づけ、そして流しの前で体を止めた。

「史郎さん……」

鏡子は流しを向いたまま震える声を出した。髪はまだ濡れ、おどおどと振り向いた鏡子の素顔は、小さな電球に照らされて赤茶けて見える。鏡子の姿はやけに頼りなく、小さく見えた。心臓がどくんと鳴り、目だけを向けたが、言葉は喉にひっかかって出てこなかった。

「実は今日、あの人がここへ来ました」

鏡子は打ち明けた。

「可奈子の保育園を探し当てて、私が迎えにくるのを待ってたんです。私がこのアパートに帰ってくるのを見届けて訪ねてきたんです」

史郎を不安でたまらなくさせているのは鏡子の態度だった。夫に対する恐怖や怒りばかりを史郎に語ってきた鏡子にいま、あきらめとでもいうべき表情が浮かんでいる。家具調度に変わったところはない。鏡子の夫はいつも暴れるわけではなさそうだった。それとも史郎の家だから遠慮したのか。

「そ、それで――そいつはなんと」

言葉は喉に貼りついてしまってなかなか出てはこなかった。

「やり直したいといいました。いままでのことは全て謝るから、もう一度やり直したいと」

鏡子が揺れている。それは鏡子の伏せられた目を見ればわかった。鏡子は眠っている可奈子のほうへ視線を送り、私にはどうしていいかわかりません、と吐露した。史郎はぐっと押し黙り、すでに鏡子の感情が自分から離れ、夫へと戻りかかっている現実に愕然となる。

「それはいままで何度も繰り返されてきたことじゃないのかい、鏡子さん」

まるで叱られてでもいるかのように鏡子は首を竦《すく》めた。ぎゅっと目を瞑《つぶ》り、出てきた言葉は、すみません、という一言だ。史郎の気持ちに応えられない、その詫びの言葉に聞こえ、史郎は絶望した。

鏡子を失う――。

考えられなかった。いまの自分にとって、鏡子はほとんど全てだ。その鏡子が自分の手から離れていってしまう――。

だめだ。鏡子さん、それはだめだ。だめだだめだ。

気づくとそんな言葉が口からこぼれていた。また同じことの繰り返しさ。そうに決まっている。そんな男のいうことを信じるのか？

「私、どうしていいかわからないんです」

「そいつは――ど、どういう話を鏡子さんに……」

「一緒に帰ろう、そういいました。東京でお金を使い果たして、いま浮浪者のような生活をしているって。汚れきって、疲れきった顔のあの人を見て、私……」

あの人……。

コップを持つ指先から力が抜けていった。

どんな言葉を口にすればいいのか、なにを鏡子にきけばいいのか、それどころか自分がどんな顔をすればいいのかさえ、史郎はわからなかった。取り繕う余裕などない。情けない顔をして、普段の強面は見る影もなく眉根を下げ、いまにも泣き出しそうな顔をしている男を鏡子がどう見るかなど、気が回らなかった。史郎の思考は混乱し、話の糸口さえ容易に見いだすことはできない。その中でようやく摑んだのは、「その男のこと、鏡子さんは愛しているのか」という言葉だった。愛、という言葉を口にするとき、抵抗があった。だが、それが一番肝心なところなのだと史郎はようやく気づいたのだった。

愛しているのか、いないのか。

それだけだ、大切なことは。

だが、鏡子は言い淀んだ。

愛してないといってくれ。

心の中で叫んだ史郎に返ってきたのは、「わからない」だった。

「哀れだった。この人と結婚して子供をつくり、暮らしていたかと思うと、悲しくなった。でも愛しているのか――私にはわからなくなってる。曖昧な返事しかできないのよ、いまの私には。ごめんなさい、史郎さん」

ごめんなさい、か……。

史郎は酔眼で天井を見上げ、蜘蛛の巣を見つけた。そういえば長いこと天井の掃除などしなかったな、と場違いなことを思う。

「俺のことは、どう？」

鏡子の顔を直視することなく、史郎はきいた。沈黙。ややあって、「大切な人です」という返事があった。

喜びが潮のように胸に去来したのも束の間、「でも、あの人は可奈子の父親なのよ」という言葉に冷水を浴びせられる。

「第一、私はあなたにふさわしくない」

「そんなことはないよ、鏡子さん」

史郎は言葉に力を込めた。俺にとって、鏡子さんはかけがえのない人だ。可奈ちゃんを俺は大事にしている。可愛いと思う。だから、だから——。あとは言葉にならなかった。

顔を伏せた鏡子の肩が震え出した。

行かないでくれ。そして、いつまでも俺のそばにいてくれ——。

史郎の言葉はこの夜闇の奥へと吸い込まれ、あてどなく彷徨《さまよ》う。

6

目覚めたとき、イグニッション・キーは手のひらから布団の上にこぼれていた。軽い頭痛がする。琢磨は呆然と朝陽の差し込む窓を眺め、たったいま見ていた夜の闇とのギャップにうろたえてしまった。

キーを机に戻し、しばらくベッドに腰を下ろした。

泣いている竹中鏡子の様子が、瞼から離れない。

話の成り行きから、父と竹中親子との深刻な関係を察した琢磨の胸に複雑な影が落ちた。自分が生まれる前、いや父と母が出会う前の話だと割り切るのは難しかった。

鏡子への愛情を吐露し、激しく苦悩する父の姿は、鉄鋼会社に精勤し高度成長期の産業の片隅で寡黙で地味な生涯を遂げた男の印象とはかけ離れたものだった。

のそのそとベッドから起きあがり、朝食の支度が整っている食卓へと降りた。得意の料理で腕をふるう母の背がやけに老けたように見える。

父のことを、母に尋ねるわけにはいかない。

朝食を終えた琢磨は、職探しと称して家を出た。つらつらとものを考えながら「ハローワーク」へ顔を出すでもなく、電車に乗って広尾まで行ったが、亜美の入院している日赤病院へ行くのは何となく気がひけて中央図書館の閲覧室で過ごすことにした。亜美に報告するほどの成果は、いま琢磨にない。

昨夜のトリップの目的は——トリップと呼んでいいだろうか？　——そもそも、下田孝夫が奪った金の在処《ありか》を探すことであった。

不純だろうか？

琢磨は自問し、どうでもいいと思い直した。

あのときの、キーを握った瞬間の胸騒ぎ、まるで目に見えぬ潮に流されていくような感覚を思い出すと、明るい図書館の閲覧室にいてもおののきが腹の底から湧き上がってくる。

こっちへ来い——。

キーを握るとBT21の引力が時空を超えて琢磨の体を包み込み、細切れの残照とともに琢磨の前にシンプルなダッシュボードの計器類の配置を知らせた。

だが、そうして赴いた過去においても手がかりはあまりに少なかった。事務所を訪れた刑事らしい男達の疑心暗鬼やそれに対する父の不信。ふいに、記憶の断片が蘇った。

相模原廃棄物処理場——。父の軽い狼狽は神経細胞の震えとなって琢磨に伝わった。なにかある。だがその理由は全く見当がつかなかった。

琢磨は図書館の一階にある新聞・雑誌室へ行き、昭和三十七年十一月の新聞縮刷版を手に取ってみる。上野の一家焼殺事件を報じる新聞を探してそこに並んだ三つの顔写真を見た。焼死した夫婦と妻の母親。強盗殺人並びに放火の疑いを報じる記事は、極悪非道の犯罪を社会面トップで大々的に報じている。田木幹夫は、古い印刷技術のせいか、妙に陰影の濃い暗い表情で写っていた。集合写真の顔部分だけを引き伸ばしたのか、輪郭は朧《おぼろ》だ。

その後迷宮入りになる難事件。だが、緒方の話が真実ならば、田木が奪った金と父大間木史郎とはどこかで接点を持つはずだった。それがどこなのか。

他に手がかりはないのか。

途方に暮れた琢磨は新聞の縮刷版を書架に戻し、混雑している閲覧室から窓の外を眺めた。強い陽射しを浴びている芝の上で遊んでいる子供達が見える。木陰のベンチでそれを見守る若い母親達の姿が目に止まった。

そのとき、ある考えが琢磨の中で閃いた。

「竹中鏡子にきけばわかるのではないか」

当時の父を一番良く知っているのは、桜庭ではなく鏡子ではないか。そう思ったのだ。

だが、同時に琢磨は躊躇った。

かつて恋愛関係にあり、同棲相手だった――といっていいだろうか――男の息子が訪ねてくるという状況について考えてみたのだ。

琢磨は竹中の現在の境遇を想像してみる。おそらく、他の男と一緒になって幸せな家庭を築いているだろう。その平穏な家庭を訪ね、四十年近く前に付き合っていた男のことを尋ねるという行為はあまりにも自分勝手ではないだろうか。

いや、それ以前に、これにはひとつ問題がある。現在の竹中鏡子の居場所がわからないのだ。

「だめか……」

人知れずつぶやいた琢磨は、いや待てよ、と思い直した。

桜庭なら知っているのではないか。桜庭なら……。

琢磨は先日、駒場にある桜庭の家を訪ねたときのことを思い出した。あのとき桜庭はなにかをいいかけ、口を噤《つぐ》んだ。桜庭は琢磨に伝えていない事実をなにか隠し持っているのではないか？ そんな気がしていたのだ。

もしやそれは竹中鏡子のことではないか？

そう考えてみると、いままでひっかかっていた桜庭の態度の平仄《ひょうそく》があった気がした。そう、最初のとき、桜庭は、琢磨に母のことをきいた。母の消息を尋ね、年齢を聞いた桜庭はおや、という顔をして母が相馬運送にいたか尋ねた。

桜庭は、勘違いしたのではなかったか――。琢磨の母が竹中鏡子だと。

桜庭の家に電話をかけたが、留守だった。

琢磨は少し迷った末に図書館を出るとタクシーに手を上げ、日赤病院と告げた。

「あと、二、三日で退院できるって先生が……」

亜美は六人いる部屋の窓際のベッドで青白い顔をして琢磨を見上げている。亜美の借金について片倉《かたくら》雅子から口止めされていたことを思い出した琢磨は、ただ、よかったな、といった。期待した微笑みの代わりに、淋しそうに唇が動く。間がもたなくて、琢磨は来る途中で買った花束を薬包と水差しが置かれたサイドテーブルに置いた。

「まあ、綺麗なトルコ桔梗ね」

検温にきた看護婦がいった。亜美の腋に体温計を挟むと、ちょっと待ってて、といい置き花瓶を持って戻ってきた。

「これに飾ってあげましょう」

ブラインドから切れ込む陽射しはまるで光のナイフのように、紫の花に縞模様をつくった。琢磨は目を細め、感情のない目でそれを見つめている亜美を見て少し不安になった。

「亜美。実はこの前、俺、ここに……」

平板な眼差しを上げた亜美は、知ってる、といった。薄いシーツからそっと手が伸び、琢磨の膝をさする。そうして亜美は泣いた。俺達はどこかで道に迷った。そう琢磨は思った。二人はばらばらになって、それぞれが袋小路で行き詰まり途方に暮れている。絶望し、救いを求めることすら忘れている。いま琢磨はその最悪の状況の中で光を求めて遠い道のりを彷徨うちっぽけな存在をイメージした。自分だ。

「来てくれてありがとう」

その声は弱々しかった。「来てくれて、うれしい……」

亜美。待っていろ。俺達はこの暗い迷路を脱出するんだ。二人で。お前と俺で。

その思いを込めて彼女を見つめるうち涙が込み上げた。それを見せまいとして立ち上がった琢磨は、ジュースを買ってくる、と背を向ける。

地下の売店で亜美と自分のためにオレンジジュースを買い、再び廊下を戻る。病院は好きではなかった。自分が二年間という歳月を浪費した場所、亜美と職場を失い、母を失望させ、自分自身をも見失った場所。

再び病室の入り口を入ったところで、琢磨は立ち止まった。新たな見舞い客の姿を見つけたからだ。男は上等なスーツを着て、立ったまま話していた。缶ジュースを持って入ってきた琢磨に無関心な一瞥をくれ、すぐに亜美に視線を戻す。琢磨がベッドに近づいて初めて視線が戻ってきた。

無言で目を合わせた琢磨に男は軽い会釈を寄こし、亜美にいった。

「また来るよ」

逃げるように場所を空けた男の腕に、琢磨は手を触れた。「停止」を押したかのように男の動きが止まる。まずいな。そんな表情が男の顔に浮かんだように見えた。

「ちょっとお話があるんですが」

返事はなかったが、琢磨は先に立って歩き出した。

「亜美とはどういうご関係ですか」

「職場の上司です」という答えが返ってきた。名刺を出す気はないらしい。

「亜美が一億円近い損失を出したときいていますが」

病室の廊下。低くかすれた声できいた。そんな声しか出なかったのだ。

「それは社内のことなのでお話しするわけには……」

「彼女の独断で運用したというのは違うんじゃないですか」

「ですからそういうことは——」

わからん人だな、とでも言いたげな言葉に琢磨はぐっと奥歯を嚙んだ。相手の名前をきくと、榊原《さかきばら》とだけ名乗った。琢磨は名乗らなかったが、相手はわかっているはずだ。

「なぜ亜美を守ってくれなかったんですか」

「守るもなにも、彼女が自分の責任でやったことですし……」

榊原は曖昧に言葉を呑み込んだ。

「いまそれを亜美の前でいえますか、榊原さん。君がやったことだからと」

榊原は渋い顔をして、困ったな、といった。

困っているのは亜美のほうだ。「彼女と婚約したそうですね」ときいた瞬間、榊原の顔は紙礫を受けたように歪んだ。ええまあ。言葉はさらに困惑の度合いを濃くした。

「運用はあなたがやったことなんでしょう。亜美はあなたの代わりに責任をとったんじゃないんですか」

冷静になったつもりだが、怒りのあまり琢磨は言葉が震えるのをどうすることもできなかった。

「誰がそんなことを……」

榊原は反論しかけたが、琢磨がぐっと睨み付けると言葉は小さくなり、消えた。

「結局、結婚をちらつかせて亜美をただ利用しただけなんだろう。会社は騙せても、俺は騙せないぞ」

「ご冗談でしょ。我々の仕事のことなどなにもわからない癖に。まだ妄想を見ていらっしゃるのでは――」

琢磨の頭の中が真っ白になった。やめて――。誰かが琢磨の腕にしがみついている。亜美だった。胸で呼吸している琢磨の視界が狭隘になり、その中心で尻餅をついた榊原が怯えた目で琢磨を見上げていた。

「どうしたんだい、そんな顔しちゃってさ」

午後、帰宅した琢磨の顔を見て母は心配そうにいった。

「いい仕事、見つからなかったのかい」

「まあね」

「まあねじゃ、わかんないじゃないのさ」

家事が一段落したところらしく母は琢磨の顔から新聞に目を戻し、テーブルの煎餅に手を伸ばしている。

「そういえば、あんたが出かけてすぐ、桜庭さんって方から電話があったよ」

自室への階段を上りかけた琢磨は動きを止めた。

「また電話するってさ」

母は老眼鏡の奥から疑わしげな眼差しを向け、「もういい加減にしたらどうだい」とつけ加えた。

桜庭からの電話は再び、夕方五時過ぎにかかってきた。

「実は私もお宅にお電話していたんですが、お留守のようでした」

「出かけていたもんでね」

桜庭は外からかけていた。電車の入線を告げるアナウンスがきこえる。これから渋谷まで出てこられるかね、と桜庭はきいた。

「いま、大森の駅におるんだが、たぶん四十分もあれば行き着けるはずだ」

母の頑なな表情を横目で見ながら、わかりました、と応えた琢磨は「出かけてくる」といった。

「ろくな用事じゃないんだろ。どうせなら亜美さんの見舞いでも行っといでよ」

「もう行った」

あらま、と少し驚いた顔になって針仕事から顔を上げた母は、それ以上なにもいわなかった。琢磨の態度がおかしい理由を察したからに違いない。母は勘のいい女だ。同じように母は、父が生きている頃、その過去についてそれなりに感じるところがあったのかも知れないと琢磨は思った。いやもっと具体的に知っていたのだろうか。女にとって過去は敵なんだよ――。

母のつぶやきを思い出した琢磨は、その言葉に込められた母なりの苦悩を感じて不憫に思った。勘の良すぎる女は、結局、自らを不幸にしてしまう。

「心配かけてすまないな、母さん」

そんな言葉が自然に出た。母は黙って笑っただけだ。淋しそうに頬を緩めただけ。

「その桜庭さんという方によろしく伝えてくれないかい」

針仕事を続けながら母はいった。「父さんが昔、お世話になった人なんだろう。考えてみれば、私よりずっと多く父さんのことを知ってる人かも知れないね」

父はあまり仕事のことを話さない人だった。寡黙で、いつも頭の中は仕事のことで一杯。大して出世をしたわけでもないが、実直で、不器用な男だった。大田区界隈と思《おぼ》しき住宅街、アパートの一室で取り乱す女、父の苦悩――琢磨はトリップで見た光景を次々に思い浮かべ、父のイメージとのギャップに悩んだ。

父は過去を取り繕うほど器用な人物ではない。だから沈黙するしかなかったのだ。その語られなかった過去、父が死ぬまで伏せてきた過去を琢磨は詮索している。

待ち合わせ場所の渋谷東急プラザ前まで行くと、桜庭は先にきて待っていた。傾きかかった強い陽射しを耐えつつハンカチを握りしめている桜庭は、顔に似合わぬ派手なゴルフシャツを着て運動靴を履いていた。

「娘からもらったんだ」

似合いますね、といった琢磨に、少し照れくさそうにした桜庭は、近くの喫茶店に琢磨を誘った。

「今日は一日、外出していた」

そういった桜庭は、持っていた紙袋の中から数枚の書類を取りだしてテーブルに広げた。

「これは銀行が取引先と交わす契約書のコピーなんだがね、中央シティ銀行の知り合いにちょっと無理をいって書庫から探し出してもらったものだ。だから内密に頼むよ」

昭和二十八年五月九日付けの契約書だ。署名捺印を見たとき、琢磨は、あっ、と小さな声を上げた。

「相馬平八というと、これは――」

「相馬運送の社長だ。そこにある大田区山王の住所は当時相馬社長の邸宅があった場所でね。今日は午前中にこの資料を銀行の書庫でもらって、午後からその場所へ行ってみた。大きなマンションが建っていたよ」

桜庭はその土地建物の登記簿謄本を出した。法務局にも回って所有者を調べてきたのだ。

「謄本を見れば過去に遡って所有者を辿ることができるんだが、相馬さんは会社が倒産して間もなく自宅を手放したんだな。売って借金の穴埋めにと考えたんだろう。時期的に私が羽田支店を転勤した後のことなので詳しくはわからんが、銀行主導で整理した可能性もある。いずれにせよ、それからあの土地の所有者は二度ほど代わっているし、相馬さんの行方は知れなかった。一応、報告しておこうと思ってな」

琢磨は礼をいい、昨夜見た「過去」を話した。

黙って聞いていた桜庭の眉間に皺が増え、視線に厳しさが増していく。

「父とあの竹中鏡子という女性が結婚したと、桜庭さんは思っていらっしゃったのではありませんか」

いかにも、という苦しげな返答をした桜庭はコップの水に手を伸ばし、「昔のことだよ」といった。

「過ぎたことなんだ、全て」

「竹中鏡子という女性の消息について、心当たりはありませんか」

桜庭は首を振った。考えてみれば、父と鏡子とが結婚したと思っていたほどだ。それはつまり、鏡子の消息について知らなかった証左である。

落胆した琢磨に、「竹中さんを探し出してどうする」と桜庭はきいた。

「緒方さんは、父が金を見つけたのではないかといいました。それがどうＢＴ21と関係があるかはわかりませんが、父はＢＴをスクラップ寸前で回収し、どこかへ運んだ」

ばかな。小さく吐き捨てた桜庭は臍《ほぞ》をかみ、拳を握る。ビルの二階にある喫茶室だった。窓から渋滞している首都高と最近できたばかりの高層ホテルが見える。傾いた夕陽が差し込み、テーブルに幾何的な陰影を落としている。静かに暮れていく六月の夕暮れといってもよかったが、穏やかならぬ表情の桜庭とそれを見つめる琢磨の心の中は、静けさや平穏とはほど遠かった。

「俺には時の潮騒が聞こえる」

桜庭がいった。

「さわさわとそれが刻々大きくなって近づいてくるのがわかるのさ。またなにか思い出すかも知れん」

そして一段と鋭い眼差しを琢磨に向け、「なにを考えている」と問うた。

「妻が――いえ、元妻ですが、借金で苦しんでいます。私はそれをなんとかして救いたい」

救うだと？　桜庭の言葉は自問に近い。どうやって救うのか、それを己に問い、うまい答えが浮かばなかったのだろう、不審の眼差しが琢磨に向けられる。

「どうするつもりだ」

「どうするか――まだ具体的なことは決めていません。ですが、父がもしその金を手に入れていたのなら、それを無駄に使って欲しくない。できればうまく遺して欲しいと――。父の行為の善悪をいまさら問うつもりはありません。父は馬鹿とつくほどまっすぐな人でした。その父のことですから、いずれにせよなにか理由があったに違いないのです」

その理由がどんなものか、それが問題だと思いながら琢磨はいった。

光のカーテンの向こう側、桜庭の表情が歪み、

「借金はいくらだ」

ときいた。金額を述べると、元銀行員は腕組みして考え込む。

もとより簡単な額ではない。その何分の一の金であったとしても、いまの琢磨にはどうしようもない額だった。職場から二年も遠ざかっての入退院を繰り返す生活が響いた。亜美を助けるどころか、蓄えもほとんど尽きかけているのが偽りのないところだ。銀行という職場に長年勤め、金をめぐる人間模様を数多く眺めてきた桜庭に、金のある顔をしても始まらない。琢磨は腹を割った。

大変だな、と桜庭はいった。気まずそうにコップの水を口に含み、だいぶ陽が傾いて橙色になってきた空の眩しさに目を細める。その皺の刻まれた表情を見た琢磨はふいに、桜庭という男が歩んできた道が決して平坦ではなかったことに思い至った。

「またあんたの目的がひとつ増えたわけか」

桜庭はいった。

目的。そうだ、自分自身を探し求める旅、それにいま、元妻を助けるという別な目的が追加されたことになる。

「BT21があんたを過去の世界に誘う。なぜかな」

ふと疑問を呈した桜庭は考え込んだ。「なぜ、いま……」

それは琢磨も考え続けてきた疑問だった。

「私が偶然にあの制服を、イグニッション・キーを見つけてしまったからかも知れません。その呪われたトラックは、この何十年もの間、誰かがそれを手にするのを待っていたとは考えられませんか」
次に桜庭が口にしたのは、なんのために、という言葉だった。
「なんのためにBT21は過去へ呼ぶのか。なんのために……」
自問する桜庭は緊張した面持ちになり、自分なりの答えを探そうとしたようだった
が、出ては来なかった。琢磨の中で、BT21が現代に、琢磨と同じこの世界に存在す
るのではないか、という思いが再び過《よぎ》ったのもこのときだった。
BTが俺を呼んでいる。
なぜ呼ぶのか、その謎が解けたとき琢磨にとっての過去と現在に新たな意味が加え
られる。果たしてそれが何なのか、探すのだ。この現代で――。

7

その夜、『風来』を訪ねた平は、成沢の凍りつくような視線に長いこと晒《さら》されて耐
えた。いつものように川崎駅裏の工場地帯にとめたバンまで歩いて帰るその足が縺《もつ》
れ、何度も転びそうになった。胸に手を当て、鼓動を確かめる。なんとか息をしてい
る自分が不思議なくらいだ。地獄の穴にすとんと落ち、闇の世界の住人から魂を吸い
取られるほど絞られてこの世に戻される。これほどの苦行はない。こんなにも苦しい

のなら、まだ借金取りに追われて逃げているほうが楽ではなかったか。

仕事だ、と成沢はいった。

脂汗をたらりと流し、平は緊張して回らない頭をなんとか働かせ、運行予定表はどうなるだろうかと不安になった。成沢はいつも、やれるか、とは聞かなかった。やるしかないのだ。それは成沢がというより、成沢に仕事を頼む側の都合があるからだ。

平は、カウンターのスツールから氷の刃のような鋭い視線を向けている成沢を見た。こいつさえ、殺せば……。その表情がふいに動き、平は緊張する。気取られたら終わりだ。そのとき、引き戸の向こう、狭い路地のどこかでアコーデオンが鳴り出した。ふうっと大きく息を吸い込んだ平は背中に神経を集中させ、いつあの怪人が入ってくるかとそればかり考えはじめた。

「なにかあんのか」

問うた成沢に、ぶるぶると首を横にふってみせた平は、「以前、お話しした総務が」といい加減な言い訳を口にしかけてやめた。

「邪魔か」

成沢がきいた。

「は？」

「その男が邪魔か」

怖じ気づきつつ、首を縦にふった。成沢の注意を少しでも自分から逸らしておく方がよい。体に力が入りすぎて、かくかく、と頸椎が音を立てた。俺は理科室の人体模型か。えもいわれぬ嫌な感じは、その後そろりと平の心の中に忍び込んできた。大間木の死体の入った木箱が出なきゃいいが。

「な、な、なんとかしていただけるんで？」

口先でおもねる平に、成沢は錐《きり》のような眼差しを返しただけで言葉はなかった。何を考えているかわからない。最も恐ろしい瞬間だった。その薄い唇に残酷な笑みが浮かんでいるのを見た平は今度こそ膝が躍り出すのをどうすることもできなかった。

まともに闘って勝てる相手ではない。

「とりあえず安心させといて寝首を掻くしかねえ」

バンのエンジンをかける。ダッシュボードに立てた「配送中」の札を助手席に投げた平に、茜色に染まった夕陽を綺麗だと思う余裕はなかった。

早いとこ殺っちまいたい。いつ、どうやって……。

平は真剣にいまそのことを考えていた。

成沢は恐ろしい男だった。いや成沢だけではない。ようやくお暇《いとま》を許され立て付けの悪い引き戸を開けた途端目の前に立ちはだかった猫寅の異様さ。ひいっ、と横に飛んだ平は腰が抜けそうになるほどたまげ、這うようにして路地から逃げ帰ってきたのだった。

　こんなこと早く終わりにするに越したことはねえ。成沢が大間木をどうする気か、そんなことはどうでもよかった。人のことより自分の心配だ。いつまでも成沢のいうなりに働いていれば、いつかこっちの手が後ろに回る。いや、手が後ろに回るぐらいならまだまし、息の根止められて一巻の終わりだ。

　その前に、殺す——。

　バンを出した平は、大手電機会社の工場脇から国道一五号を経由し大師橋を渡った。相馬運送に戻ったとき、午後七時を過ぎていた。ちょっと用達《ようたし》、といって出たのが五時過ぎだったから、おおかた二時間も潰したことになるが、見咎《みとが》める者はいなかった。運行するBT21号車はすでにターミナルに後ろ付けになり、積み込み作業の真っ最中だ。

　出発は午後十時。それまでには間がある。片岡の姿を探したが見つからなかったので控え室で一服し、それから荷物の積み込みを手伝って時間を潰すしかなかった。

　平が川崎駅裏のいつもの道路脇でサンバーのエンジンを切ったとき、その百メートルほど後方を走ってきた小型トラックが静かに止まった。トラックの運転席には、片岡がじっと座ってサンバーのドアが開くのを待っている。

今日こそは平の後をつけて「怖いおにいさん」とやらがどんな奴らか見定めてやるつもりだった。そしてあわよくば、片をつける——。片岡は作業ズボンの脇にあるポケットにそっと手を触れ、固いナイフの感触を確かめると、車外へ出た。

平は運転席を降り、背を丸めて歩き出したところだった。

尾《つ》けた。

目立たないよう数十メートル後ろを歩いた片岡は、ごみごみした歓楽街の看板を縫って歩いた。空はまだ明るく、店は開いているものの客の姿はあまりない。この辺りには何度か〝抜き〟に来たことがあるが、派手なネオンがきらめく前のこの時間、通りは厚化粧の女の素顔を見るようで、全く別の面影だった。

ある路地で右に折れた平は、その奥まで行き、一軒の店に消えた。

一旦なにげないふりをして通りかかったが、曇りガラスで内部は見えなかった。暖《の》簾《れん》もまだ出ていない。

その店の向かいにある一杯飲み屋が開いていた。L字形のカウンターが見える。そこからなら、店を見張るのは都合が良さそうだった。

暖簾をくぐり、冷や酒をひとつ注文した。仕事前だが、どうせトラックを運転するのは平だ。それにまだ時間も早い。出発までには酒も抜ける。カウンターのみ、テーブル席無し。詰めて十人座れるかという店は、五十をとうに過ぎているようなうば桜がひとりで仕切っていた。

片岡は入り口に近い席を選んだ。ちょうど腿のところにあるナイフが突っ張って座りにくかった。ズボンのポケットがじゃらじゃら鳴った。支払いに手間取ることのないよう小銭はたんまり用意してある。〝怖いおにいさん〟が出てきたらすぐにこの店を飛び出して後を尾けるのだ。

気が張っているせいか、酒を飲んでも酔っ払う気はしなかった。

外を見て眩しさに目を細める。斜めから差し込んだ夕陽は、光の粒子で路地を埋め尽くしている。そのせいか、反対にこの路地の店はどれも穴蔵のように暗かった。向かいの店に明かりが点いている。間もなく暖簾が出るはずだ。きっと平はその前に出てくる。

じっと『風来』の動きに注意を払いながら、コップの酒を口に運んだ。

「なにか造ろうか、おにいさん」

カウンターから声がかかった。

「塩辛あるかい」

「はいよ」

小鉢がぽんと置かれた。陶器は冷えていて、塩辛は思いの外うまかった。片岡がうまい、というと、ママは少しうれしそうな顔をし、後は黙って煙草を吸い始めた。片岡も胸ポケットから出して、一服つける。どこかでアコーデオンがなり始めた。弾いているのは軍歌か。片岡には戦争の記憶がほとんどない。だが幼いとき父親が歌っていたのを聞いて軍歌はいくつかは知っていた。歌詞も朧には覚えているが、飲んだくれの父親が正確な歌詞で歌っていたとは思えなかった。

音は次第に近づいてきて、路地を曲がってくる。

なんだ？

カツ、カツという音がそれに混じっている。コップの酒をちびりちびりやっている視界に、白装束の巨体がぬっと現れ向かいの店の前に立った。片岡は手の動きをとめた。

あっちの世界の怖いおにいさんたちよ——。

平の言葉が胸に蘇った。

なんという異様な風体であろうか。背を夕陽に染め、坊主頭で立つ様は荒行の僧のように端厳なるものだが、それは一時の錯覚——。斜めから射す光柱の影になってできた奥底の知れぬ空間、そこで晒している怪人の横顔は死体のように青白く浮き立っていた。皮膚は油でも分泌しているかのようにてかっている。開けた戸口から義足が見えていた。傷痍軍人か。重く大きな瞼が眼窩を覆い、僅かな隙間から世の中を見据える様は異形《いぎょう》といわずして何といえばよいのか。

ガラガラッ、と勢いよく『風来』の戸が引かれて、平の小柄な体が転がり出るように現れた。刹那アコーデオン弾きの男とぶつかりそうになってたたらを踏む。見たこともないような恐怖の色を浮かべた平が足早に去ると、入れ替わりにアコーデオン弾きが中へ姿を消した。

片岡はコップの酒に視線を戻した。

カウンターの内側でママは背の低い椅子にかけ、虚ろな目を壁に這わせて相変わらず煙草を吸っている。ラジオが壁にぶら下がっており、『銀座の恋の物語』をやっていた。さびのところではママの嗄れた低い声が重なった。片岡のところからは、白いものが混じった髪と、くゆらす煙草の紫煙だけが見えている。

片岡は目の前のコップを空にすると、もう一杯、と声をかけた。飲み過ぎんじゃねえぞ、という自身の声が脳裏を過ったが、対人戦なら自信があった。少しばかり右肩が痛いが、左腕一本で沈ませてやらあ。

コップ酒が届くと、片岡は「先払い」といってポケットの小銭を置いた。皺のよった指がそれをかき集めカウンターの内側へと消えていく。ママは店の明かりがついていないことに気づかないのか狭い店内は暗いままだった。なにやら自分が幽界にでも落ちた気分になる。

そうして小一時間も飲み続けた。

早く動けや。気がせいて何度も『風来』を振り返るうち、路地を射す夕暮れ時の赤茶けた光はやがてついえるように失せていった。ついに最後の一筋が途絶えたとき、夜の帳《とばり》がそろりと歓楽街の片隅にも深い藍色の脚を伸ばした。そのとき――。

割烹着の男が姿を現し、暖簾を出した。見計らったように看板が点灯する。それを合図にしていたかのように、ひとつの影が曇りガラスの向こうに浮かびあがった。

男がひとり出てきた。

「おでましになりやがった。色男め」

立ち上がりかけた片岡は、店の前でゆっくりと左右を見回した男の冷徹な雰囲気をじっと観察した。このクソ暑いのに小綺麗なスーツなんぞ着てめかしこんでやがる。格好つけやがってよ。

じっと見ていると、唐突に男の視線が自分の上を通った。

たらり。冷や汗が背を伝った。

何者だ、こいつ――。

いままで何人ものハードパンチャーをリングの上で見てきたが、男の視線はそのどれとも違っていた。暗く冷たい水底が広がっているようだ。

気づかれたか――。

だが、男の視線は一瞬のうちに片岡の上を通過し、逸れていった。

男が歩き出して視界から消えると、一瞬硬直した片岡の体は呪縛が解けたかのようにふっと楽になった。手にしていたコップ酒を乱暴にカウンターに叩きつけ、「釣りはいらねえ」と店を飛び出す。

歓楽街は夜の底に侍る。桃色や青色を始めとする原色の光が地面にまだらの模様を描き出す中を男はゆっくりと歩いていた。その背を見ている片岡には、不思議なことに客引きの声もパチンコ屋の呼び込みも玉の音も聞こえない。頭の中は墓場のような静謐《せいひつ》に満たされている。まるで引力に引かれるように、ただその背を追う。男は翳をまとって歩いていた。そこだけぽっかりと暗くなったかのような暗色の翳だ。客の呼び込みもひっきりなしだが、誰も男に声をかけようとはしない。まるで男の姿が見えないかのように。

片岡はその背から目を離さなかった。いや、離せなかった。男は複雑な歓楽街の路地を縫い、年増の街娼の飛ばす流し目をくぐり、酒と小便の臭いが染みついた裏通りをいくつも通った。

どこへ行きやがる。早く塒《ねぐら》を教えろやい。

どれくらい歩いた頃か。片岡は、はたと足を止めた。

男の姿が急に見えなくなったからだった。

いつの間に？　訝しげに見回した周辺に、低層住宅と倉庫が広がっている。荒れ地をやぶれたフェンスが囲い、ゴミと臭気が散乱していた。背後を振り返ると、今しがた通ってきた賑やかな歓楽街の光が遠くに見える。とっぷりと暮れ、街灯の淋しい光が辺りをぼんやりと照らし出していた。人気の全くない場所だった。男を尾けるうち、方向感覚を失った片岡はいま自分がどこにいるかさえわからなくなっていた。

片岡はふいに緊張感を覚え、五感を研ぎ澄ました。

フェンスと殺風景な倉庫に挟まれた路地。ひとり立っている片岡の正面に闇がある。いまそこから、アコーデオンの音が響いてきたからだった。

やがて白い影がぼんやりと浮かびあがって片岡は生唾を飲んだ。

あの男だ。白装束の異形……。

やはり奴も仲間か。

ゆっくりと右腕を下ろし、ポケットのナイフを握った。アコーデオン弾きに視線を注いだまま、革の鞘をそっと足下に落とす。ナイフは不良時代にアメリカかぶれのダチから買ったもので、鹿角の柄がついている。握る手に汗がべっとりと滲み、片岡は無意識のうちに何度か握り直した。

じっと目を凝らしていると大粒の汗が噴き出し、額を流れ落ちていった。

ぽたり。そしてまた、ぽたり——。

間合いが詰まった。

厚ぼったい瞼の底から光を放つ双眸は、ゆっくりと薄暗闇から現れた。

いまその顔に不気味な笑顔が浮かんでいるのを見て、唐突に片岡は、子供時分に遊んでもらった紙芝居屋のオヤジを思い出した。場違いな連想だ。その間に相手はさらに数メートルまで接近してきた。義足が砂を嚙む音が片岡の耳にも届いた。その白装束はまるで死人が墓場から起きあがってきたようだ。

そして止まった。

殺るしかねえ。

肚を決めると、片岡はヽヽ悪さしていた頃の気合いに戻って相手の動きに神経を集中させた。

男が持つとアコーデオンが小さく見える。両手でそれを抱えた光景は異様だが、武器と呼べるものを持ってはいなかった。アコーデオン弾きはまっすぐに前を向き、横顔を片岡に見せたまま立ち止まった。

勝てる。

するとおもむろに、幅広の面が振り向いた。

「なにを演りやしょう、おにいさん」

片岡はナイフの切っ先を男の腹に合わせ、体ごとぶつかっていった。

義足が薄闇を裂いた。

がつん、という鈍い音を片岡は聞き、勝負は一瞬でついた。

それは猫寅の義足が片岡の頭蓋骨を砕いた音だった。

8

胸騒ぎがする。

片岡の姿が見えないのだ。

夕方、軽トラで出かけるのを見たという運転手仲間の言葉で、平の不安はさらに深まった。

「まさか、あの野郎――」

『風来』へ行ったんじゃねえだろうな。いやいや、場所を知らないはずだ。まさか行くはずはねえ。

そう思ってみたが、やがて片岡の乗っていったらしい軽トラが川崎駅裏に放置されているという通報があったときいて、「まさか」は「やはり」に変わった。路上駐車の苦情を受けて軽トラをとりに行った手空きの運転手が二人、すでに戻ってきていた。

片岡の野郎、俺のこと尾けてやがったか？

冷や汗がどっと背中を伝う。気づかなかった。気づいていれば、しがみついてでも止めたろうに。

そんな簡単な奴等じゃねえんだ。そういっただろうに。

平は唇を嚙み、静かに身震いした。なにかあったに違いねえ。ばくばく鳴り始めた心臓に手を当て、運転手控え室の掛け時計を見上げた。

出発の時間が迫っていた。

「おい、平――」

呼ばれて振り返ると、控え室の入り口に険しい表情をした大間木が立っていた。平は立ち上がり、内面の不安を気取られぬよう用心深く表情を取り繕った。

「片岡、まだか」

「もう少し待ってやってくれませんか。どうせどっかで油売ってんでさ」

「行き先の心当たりあるのか」

ありませんや、と答える平の目を大間木は正視した。

「時間になったら出るぞ。オレンジ便の荷物だ。遅れるわけにはいかん」

都内南西で集荷し、神奈川県内へ翌日配達する予定の荷物を川崎に借りた拠点に運ぶのが当夜の仕事だと平は思い出した。大間木の発案でＢＴ21が担当していた中距離輸送の三分の一は削られ、その分を新規事業の近距離輸送へ振り分けられている。

平は慌てた。

「で、でも、片岡の奴はどうしますか。もう少し待てば来るかも知れませんぜ」

待つどころか、仕事をほっぽり出していますぐにでも『風来』へ飛んでいきたい気分だ。片岡が戻る可能性がどれくらいあるのか、冷静に考えるとすうっと全身の血が引いていくのがわかった。平はごくりと生唾を呑み込んだ。

「片岡のことはもういい」

大間木はいった。

「でも、奴がいないと向こうで積み下ろしが……」

実際には怪我をした片岡がいてもほとんど搬入出の役に立ちはしない。早く奴を助けに行かないと――。平は焦って、額の汗を拭う。新たなアイデアが浮かんだ。大間木は片岡の代行を立てるつもりだ。ならばそいつに運転させればいい。古参の平が頼めば、誰であっても口裏を合わせることぐらいはしてくれるはずだ。その間に俺が――。

「代行を立てていただけるんで？」

生来のこすっからさを滲ませて平は唇を舌で湿らせる。だが、意外な答えが返ってきた。

「俺がいく」

平はじっと大間木を見つめた。その手に持っているのは荷送り状か。どうやら本気のようだった。とんでもねえことになりやがった。とんでもねえことに。片岡が最後に目撃されてからすでに五時間以上が経っている。今頃、成沢にとっつかまって猫寅になぶり殺しの目に遭っているんじゃねえか。それなのに——。

「準備しろよ。行くぞ」

大間木は控え室を出るとまっすぐにBT21号に向かって歩いていく。その姿が見えなくなった途端、平はそわそわと立ち上がり、なんとかうまい逃げ口上はないものかと思案するのだった。

だが、そんなものはなかった。

大間木はすでにトラックのエンジンをかけて待っていた。エンジン・フードが震えている。水冷六気筒百十馬力の日野DS10型が低く地鳴りのような音を立てていた。磨き上げられたボディがターミナルの光をきらきらと反射させ、「HINO」のエンブレムが暗い産業道路への入り口に向けられている。

駆け寄った荷扱いの男が荷台後部の幌を摑んで下ろした。平に右手をさっと振ってみせる。完了の合図だった。

「出しますぜ」

BT21号の運転席によじのぼり、大間木につぶやいた平は床から垂直に伸びているサイドブレーキを下ろした。バックミラーの中でぱっと点灯したブレーキランプが赤い血漿に見えて細身のハンドルを握る指に力が入る。

荷台は昼間オレンジ便専用車が代理契約をしている米穀店を回って集めた小荷物で満載だ。エンジンの高鳴りがその重みを平に知らせた。静かに出した平は表の産業道路を右折し、一路、BT21号車の鼻先を川崎方面へと向けた。

やがて左手に黒い工場の影が見えてきた。入江崎運河沿いにある製鉄所だ。それを過ぎると浅野町の工業団地に近づいてきた。フロントガラス越しに生えた煙突から薄明かりの夜空に向かって噴煙がいくつも立ち上っている。浜川崎の駅を過ぎ、横浜市内に入ったところで産業道路を右折し、鶴見川沿いに北上していく。

上弦の月がかかっていた。京浜工業地帯の上空に浮かぶ月は、中空に横たわる工場排煙のベールの向こう、輪郭も朧だ。

なんともいえない嫌な、嫌な夜になりやがった。

理由もわからず体の芯がぶるっと震え、平は肩に力をいれる。いつもなら片岡が煙草でもふかしている助手席に、いまはごつい面を構えた大間木がいてじっとフロントガラス越しに道路を睨み付けていやがる。

「八月も末ってのに、むし暑いっすね」

たまにつまらぬネタを振るのも疲れる。

「まったくだ」

大間木の手が動き、三角窓のノブを押し下げると手前に引いた。夜風が平の薄くなった頭皮を撫で、気まずく沈んだ運転席の間を駆け回っている。

「空いてるな」

大間木がいった。

「なんです？」

平は声を張り上げた。

「空いてるなっていったんだ。道路がさ」

大間木が右手を動かしフロントガラスを指した。

「いつもはもうちょい混んでるんですがね」

他愛もない言葉のやりとりをしながら、平も不思議に思った。たまに車とすれ違うことはあるが、これほど空いていることは珍しい。それに、別なことにも平は気づいていた。

さっきから信号がみんな、赤だ。どれもこれも。――また……。

平は右足で重いペダルを踏んだ。ブレーキが鳴き、ＢＴ21号車は横断歩道の停止線すれすれで車体を揺らし停止した。

虫の知らせって奴じゃあ、あるまいな――。

不吉な予感に平は滲んだ汗を拭った。

走るにつれ、街道沿いの光景は淋しいものになっていく。

道路の両側にはもう店仕舞いした商店が並んでいた。ずいぶんと寂れた場所だった。人が住んでいる気配もない。目の前にヘッドライトに照らされた横断歩道がぼんやり浮かんでいる。だが無論、こんな時間に人が渡るわけではなかった。こんなところにあるのがおかしいぐらいで——。そのとき、指先でとんとんとハンドルを叩きながらなにげに脇を見た平にその標識が飛び込んできた。

押しボタン式。

平の心に、冷たいものがすっと滑り込んできた。

信号が赤になる前にとっとと渡っちまったんだろうさ。それとも誰かの悪戯《いたずら》か——。だが、誰がこんなつまらん悪戯をする？　見えない声が平にきいた気がした。

体を固くした背中にじっとりと汗が滲んでくる。背後の荷台を振り返った。暗い荷室に積み重なった箱が窓を埋めているだけだ。

信号を待っている平は、そのときちらりと光を見た気がしてバックミラーに視線を転じた。

気のせいか……。

ＢＴのフェンダーから両側に生えている縦長のバックミラーの中に、雨戸を閉め切った街道筋の淋しい光景が塡《は》め込まれ、エンジンの動きに合わせて振動していた。

大間木もまた同じようにミラーを凝視しているのに気づいて、平ははっとした。運転席の薄暗がりでも、大間木のこめかみ辺りに汗が滲んでいるのが見える。

「どうかしましたかい」

平がきくと、大間木は急にぽんと背を叩かれて驚いたときのように背を伸ばした。

「いや、何でもない」

だが、視線はミラーに注ぎ込んだままだ。

車内を赤く塗り込めていた信号が青に変わった。ＢＴは仕舞屋の並ぶ道路を過ぎ、川沿いの道路に出た。左手を流れているのは鶴見川だ。右手は農作業を放棄した畑。どこかに買い取られたか、建設予定看板が立っていた。急激な土地開発で、この辺りの空き地は急ピッチで開発が進んでいる。

そのとき、また光が見えた。

気のせいでもなんでもない。ミラーの中に、ぽつんと小さく生まれた光は、このときを待っていたかのようにみるみる大きくなって近づいてくる。追われているような気がして、平は少しアクセルを踏み込んだ。ＢＴのスピードメーターは四十五から五十五へ上がった。タイヤが路面の凹凸を捉え、荷台のどこかで荷物が音を立てた。

後方の光はまったく引き離される気配がないどころかますます近づいてくる。

「オートバイがついてきてるな」

ミラーを覗き込んだまま大間木もいった。「先へやったらどうだ」

そういって平を見た。

だが、平はアクセルの上においた足をどける気にはなれなかった。逆にアクセルを踏んでスピードを上げる。さっき脇道が合流するところに一本だけ街灯が立っていた。その光が、追走者の姿を、闇に浮かびあがらせたのだ。

猫寅だ。

白装束をはためかせ、白いスクーターに乗っている猫寅は、義足をつかって器用にギア・チェンジを繰り返しながらスロットルを回しているようだった。

そのスクーターが、狭い道路でBTの脇に回ってきた。平はアクセルを踏む足に力を入れた。

「スピード落とせ、平!」

「くそっ。ちょっと待ってくれ!」

いうなり、ハンドルを右にきりボディをスクーターに叩きつける。迫り来る荷台をひらりとかわし、猫寅は視界から消えた。

くそっ。

「平!」

顔色を変えて叱責した大間木に構っている余裕などなかった。恐怖でパニックに陥った平はかっと目を見開き、ミラーに視線を配っている。

一本道は一旦、迂回し、また鶴見川の土手に向かっていた。

片側の荒れ地が千切れるように飛び、突如、道路の盛り上がりが視界に迫った。まるで月まで飛び出すかという勢いでＢＴの巨体が躍り上がる。フェンダーがガードレールを擦り上げ、火花を散らした。

そこで道路はほぼ直角に右へ曲がっていた。

鶴見川の暗い川面がうっすらと月を映している。大間木の腕が伸び、サイドブレーキを引く。フロントガラス越しに空が迫った。

衝撃とともに、体が屋根に叩きつけられるのを感じた。痛みで火花が散った視界一杯に薄汚いコンクリートの護岸が広がった。車体は右側からまくられるように傾いた。ヘッドライトが虚空を照らし、バランスをとろうと窓から身を乗りださんばかりにした平の目前で、ＢＴのタイヤが回転している。

そのまま逆さになって川に転落するかと思った瞬間、ボンネット・トラックの車体は四股を踏むように砂埃と轟音を上げてタイヤを着地させた。

後部タイヤが路面を、滑り出したが、間一髪、トラックは土手の途中で奇跡的に静止した。

動けなかった。体中の血液が逆流し、心臓が口から飛び出しそうだ。大間木が助手席から飛び出して行く。すぐに、平、平、と呼ぶ声が聞こえた。

平はゆっくりと運転席を降りた。

足が震え、うまく歩けない。膝から崩れ落ちてしまいそうだった。

大間木は、腰まで鶴見川につかり、荷崩れしてこぼれた荷物を拾っていた。淀んだ流れに浮かび、あるいは沈んだ大量の荷物を泥だらけになって拾い集めている。

平、とまた大間木が叫んだ。

はっとなった平はそのとき、荷台の下に挟まって原形を残さないほど潰れた白いスクーターに気づいて足を止めた。

猫寅は――？

慌てて見回したが、アコーデオン弾きの白装束はどこにも見当たらなかった。

逃げたか。

ふうっと大きな溜息をついて、平はその場にへたり込んだ。淀んだ川からはなま暖かい臭気が立ち上っている。

背後で気配がした。

振り返った平は、闇の中で白い残像を見た気がしたが、確かめることはできなかった。ひゅっ。風を切る音がした。視界が赤く染まり、平の意識は唐突に途切れた。

9

またまた思い出したぞ！

一九六三年、八月も末のことだった。

BT21号車を運転していた平勘三《かんぞう》と片岡鉄男《てつお》という二人の運転手が同じ日に別々な場所で殺されたんだ。

二人はなにかやばいことに関わっていたんじゃないかと、警察は考えたようだ。やばいことの内容か？　それはわからんね。ただし、後でわかったことだが平はギャンブルが好きでね、良くない筋に結構な借金があったという話だった。そのことが関係していたのかも知れんな。

大間木さんの証言では、トラックを襲ったのは白装束の異様な男だったらしい。なんどかバックミラー越しに見たそうだ。

よく父上が助かったものだって？

トラックから荷物が川に落ちたのをみて、あんたの父上は川に入り、それを回収していた。助手席から飛び出したときには平は生きていたというから、犯行はその一瞬のうちに行われたことになる。

川につかったまま、平の名を何度か呼んだそうだが、返事がなかった。

どうしたものかと思ったところへ、工員を乗せた残業帰りのマイクロバスが一台やってきたんだ。脳天を割られた平が倒れているのを発見したのは、それに乗っていた人だった。

父上は助かった。

運が良かったのさ。

不幸中の幸い——まさにそれだ。

第七章　鏡子

1

亜美が退院する日、琢磨《たくま》は広尾の病院まで迎えに行き、タクシーで中目黒のマンションまで戻った。

懐かしい家。

琢磨の荷物がそっくり運び出された後には、新しい家具が多少増え、カーテンや調度品が変わっていたが、かつて二人が使っていた食卓や居間のソファは二年前のまま、そこに置かれていた。

「おかえり、亜美」

琢磨はいった。

亜美は淋しそうな笑みを浮かべる。そして、ほっとした表情になってソファにかけた。

部屋の空気を入れ換えるためにカーテンを開けた琢磨は、ベランダに並べられたランの鉢植えに気づいた。二人が夫婦だった頃から亜美が大切にしていた花。いまそのプランターはからからに乾ききっていた。枯れたのはここ二、三日のことではなさそうだ。亜美は入院する前から、もう花を愛でる気力すら使い果たしていたのに違いなかった。

琢磨はベランダから風を入れ、こもった空気を入れ換える間にコーヒーを淹《い》れた。豆は駅前にあるコーヒー専門店のオリジナル。ローストした濃い味は、亜美との生活を思い出させた。

「少し横になるわ。疲れちゃった」

亜美がベッドに行ってしまうと急に手持ちぶさたになって、琢磨は昨日、桜庭が電話で話してくれた相馬運送の事故について思い出していた。

ＢＴ21号車に乗っていた運転手は四人。下田孝夫こと田木幹夫は失踪、平勘三と片岡鉄男の二人は何者かに殺されて死んだ。

白装束の怪人、か。

父が見たという男の形相は想像するしかないが、後で桜庭が付け足したように、それは殺し屋だったのかも知れない。

父はどんな気持ちだったろう、と琢磨は考えた。

琢磨はいま仕事を失い、自分自身に不安を抱えたまま社会復帰もできないでいる。愛する人が苦境に陥っているというのに助けの手をさしのべることすらできないのだ。

当時の父もまた自分と同じように苦しんでいた。オレンジ便の失速で父が受けたプレッシャーは相当なものだったろうし、あの竹中鏡子という女性との関係もまた行き詰まっていた。

父はまっすぐな男だった。

もし緒方がいうように父が、三百万円もの金を手に入れたのだとして、父はそれを何に使ったのだろうか、と琢磨は疑問を抱いた。父は自分の懐に入れるような性格ではない。

当時の真相を確実に知るためには、また別な証人が必要なのだ。

竹中鏡子。彼女を捜し出せば、なにかわかるはずだ。だが、彼女を捜し出す手掛かりはない。

「無理か、やっぱり」

ソファに横になった琢磨は頭の後ろで腕を組む。

やはりまた、ＢＴ21号車のキーを握るしかないのか。

そのとき、琢磨の視線は続き部屋のパソコンに注がれた。亜美の仕事部屋に大きめのパソコンデスクが置かれ、白い十七インチのモニタにタワー型のパソコンがあった。

発病するまで琢磨はパソコンのソフト開発の会社に勤務していた。仕事をしていた頃はパソコンに触れない日など考えられなかったのに、もう二年近くも琢磨はキーボードに触れることすらなくなっていた。

「そうか、パソコンか――」

琢磨の脳裏にあるアイデアが浮かび、がばっとソファから起きあがった。「パソコン借りるよ」、とベッドルームに声をかけると、起きているのか、曖昧な返事がある。メイン・スイッチを入れた琢磨は、インターネットのブラウザを立ち上げた。しばらく見ないうちに体裁は全く変わり、様々な機能が付加されているが基本的な機能は二年前と変わっていなかった。

琢磨がそこで訪れたのはインターネットの検索サイトだ。

「竹中鏡子」と入力し、検索ボタンを押す。

出てきた。二件――。

最初の一件をクリックすると、どこかの女子大生の、ぬいぐるみの壁紙が躍るホームページが立ち上がってきた。女子大生の名前は、竹中鏡子。――違う。

画面を戻し、もう一件のほうを選んだ。

「現住所をご存知の方はお知らせください」という見出しが琢磨の目に飛び込んできた。白い飾り気のないバックに小さな文字で、名前が三十近くも、並ぶ。一瞬、戸惑った琢磨だったが、その名前の中に「竹中鏡子」を見つけて、それがこのページがヒットした理由だと知った。

画面の一番下、「戻る」と書かれた文字をクリックすると、「下関市立彦島西中学校同窓会」のページが立ち上がってきた。もう一度、竹中鏡子の名前を見つけた画面に戻る。名前が並べられた最後に、「昭和二十四年度卒業生」とあった。

つまり昭和二十五年三月の卒業だ。当時十五歳、昭和三十九年当時なら、二十九歳だったことになる。琢磨は脳裏に焼き付いている竹中鏡子を思い浮かべた。年格好は一致している。そして彼女の口調に滲んだ聞き慣れないイントネーションも……。

「彦島、か」

詳細な場所はわからないが、下関は本州の西端。琢磨の行ったことのない場所だった。地元の言葉は聞いたことがないが、関西でも岡山でもなく、九州のものでもない鏡子の言葉はいわれてみればこの辺りのものではないかという気がした。

同一人物だろうか。

同窓会のホームページは運営する人が熱心ではないのか、ここのところ更新されている様子がない。竹中鏡子の名前がある消息不明者リストの作成日は一年も前だ。

琢磨はデスクのメモに同窓会事務局の電話番号を書き写した。

2

その日、定時に仕事を上がった鏡子は糀谷《こうじや》にある保育園に可奈子を迎えに行った。

通常、決められた保育時限は五時まで。それを過ぎると超過料金がかかるが、相馬運送に正社員として働く以上は、そうしないわけにはいかないのだ。

可奈子はいつも、保育室の片隅で絵本を読んで鏡子を待っていた。「年少」クラスは全部で八人いるが、延長保育は可奈子一人だけだった。

「遊ぼうといっても、本を読んでばかりでなかなか遊んでくれないんです」

以前、そう話してくれた保母さんは笑顔の中にも、可奈子がなつかないことに不満を抱いているのがなんとなく感じられて、鏡子はどう返事をしてよいものか困った。

「母さん、可奈、へん？」

可奈子にそうきかれたのは保育園に入って一週間ほど過ぎた頃だった。

「へん？　なにが変なの」

いうこと。はなし——。

可奈子は知っている言葉を並べてみせた。つまり、ことばが変だといわれたのだと鏡子が気がつくまで少し時間がかかった。鏡子自身、育った土地の訛がある。大人同士の会話で訛を指摘されることはないが、子供は残酷だ。仲良しになった友達からそういって敬遠されたらしい可奈子は保育園に行きたがらなくなった。

保母に話してなんとかお友達と遊ばせてくれるように頼んだが、可奈子は保育園は楽しくないという。

「どうして？　お友達がいっぱいいるじゃない。自分からあそぼっていってごらん」

鏡子がいうと、可奈子は頑なに黙り込んでしまうのが常だった。保育の様子を見る機会はいまのところないが、可奈子にとってつらいことがいろいろあるのだろうか、と想像すると胸が痛んだ。

甘えんぼうだから。

父親が暴力をふるう家庭で育った可奈子は、いつも鏡子を頼っていた。「母さん、母さん」。いつもうるさいほどまとわりついてくる可奈子が可愛くて可愛くて仕方がなかった。

二人はひとときも離れずに過ごしてきた。可奈子は鏡子にとって宝物だ。二度と得難い宝物だった。

相馬運送の仕事が決まったとき、一番つらかったのは、可奈子を保育園に入れなければならなかったことだった。

「明日から、保育園にいこうね、可奈」

そういったとき、可奈子は泣かなかった。そして保育園ってなに、ときいた。説明すると唇が震えて泣きそうな顔をしながらぐっと耐えた。抱きしめ、「こんなことになってごめんね」と鏡子は胸の内で何度も詫びたのだった。

可奈子が一生懸命に我慢しているのに、自分が負けるわけにはいかない。相馬運送という職を得て、いつも鏡子は全力で仕事をしてきた。私が可奈子を育てるのだ。可奈子には私しかいないのだ。そう鏡子は自分に言い聞かせてきた。いくら仕事がきつくても、一生懸命働けば、可奈子を育てることができるだろう。そして、いつか、二人で幸せになれる。きっと昔のことを懐かしく思い出す日が来る……。

貧乏で、贅沢どころか食べたいものを買うにも苦労する生活だったが、生活の糧を得たことで鏡子には張りができた。やればやるだけ仕事に自信もついてくる。生活を切りつめれば少しずつでも貯金もできる。このまま、頑張って働けたらいい。そう思った矢先だった——。

会社を出て産業道路を南へ五分ほど歩くと、住宅街の中に色あせたクリーム色の建物が見えてきた。糀谷保育園だ。最初に住んでいた長屋からは遠かったが、相馬運送には近い。いまは大間木のアパートに同居させてもらっているお蔭で住まいとも近くなった。

園の脇にある小さな扉を押して園庭に回ると、滑り台に砂場、ジャングルジムが置かれた遊び場がある。四歳になる可奈子の保育室は、三つある部屋の手前、三歳児以下の幼児と一緒になっていた。がらんとした保育室は明かりがついているだけで人影がなかった。

いつも可奈子が座っている小さな椅子は空いたままで、テーブルの上には絵本が出たままになっていた。入り口脇にある下駄箱には可奈子の小さな靴がひとつだけ入っている。だが可奈子の姿は見えない。

「竹中さん」

中を窺っていると、奥から顔見知りの保母が小走りに出てきた。

「実は、可奈ちゃん、お熱なんです」

「えっ。可奈子は——？」

スリッパを二つ揃えて出し、どうぞ、と彼女は招き入れた。

「三沢先生の話では朝からぐずったりして元気がなかったそうなんです。お昼も少しで。でも絵本とかを見ていたので別に大丈夫だろうと思っていたんですが、ついさっきおやつの途中でもどしてしまって。それで——」

職員室の隣にある小さな部屋が医務室になっているようだった。そこの小さな木枠のベッドに可奈子は横になっていた。

「可奈……」

覗き込むと、瞑《つぶ》っていた目が開き、両手が伸びた。抱き上げる。

「熱い、可奈」

そばに付き添っていた三沢という若い保母を振り向いた。ちゃんと見ててくれたのか、と文句をいいたかったが、申し訳なさそうな顔にきつい言葉をぶつけることはできなかった。

「四十度ありました」

「そんなに？」

「もし宜しければこの近くにお医者様がありますから、電話しておきます。保険証は？」

持っていた。園長の申し出にお願いしますと頭を下げ、そのまま可奈子を抱えて教えてもらった町医者へ行く。

風邪かな。

容体を一通り見た医者はいい、風邪薬と胃薬がでて簡単に終わった。

「可奈、いつから気分悪かったの？」

医院から糀谷町にある大間木のアパートまでだっこで歩きながら、鏡子はきいた。

可奈子の答えはない。いつからと聞かれてもわからないのかも知れない。風邪気味だとは思っていた。最近よく咳《せ》いたりしていたから。

「もう大丈夫だからね。母さんがついてる」

「父さん、来る?」

その言葉に鏡子は思わず足を止めた。覗き込んだ可奈子の瞳の奥に不安のゆらぎを見た鏡子はタオルケットを巻いた小さな体を抱く腕に力を込めた。

可奈子の不安に応えることはできなかった。油断すると涙が出てきそうだ。柳瀬敏夫。夫の名だ。柳瀬のことを考えると、いつも鏡子は胸騒ぎのような落ち着かなさを感じた。

柳瀬は最近、鏡子の周囲をいつも嗅ぎ回っていた。

最初、柳瀬を見かけたのは、やはり可奈子の調子が悪くて連れていった病院の待合室でだった。窓の外を歩いていた柳瀬に気づいたときのショックはあまりに大きく、鏡子はそれを大間木に話した。柳瀬がまだ近くにいる。その事実に鏡子は途方もない恐怖を感じたからだ。

だが、それは偶然ではなかったと後で知った。柳瀬はとっくに鏡子を探し出していた。ずっと接触する機会を窺っていたのだ。そしてある日、大間木のアパートに訪ねてきたのだった。

「もう二度とこないで」

懇願した鏡子に、柳瀬はかつてないほどの優しい言葉を重ねた。謝罪もした。俺が悪かった。俺はお前がいないと生活できない。お前と可奈子がいなくなって初めて大切さがわかったんだ――。そういった。東京で初めて鏡子を見つけたとき振るった暴力が想像できないほどしおらしい態度で。

嘘。

そう思う。

だけど、鏡子の心は揺れた。

可奈子は柳瀬の娘である。

その事実はどれだけ柳瀬を遠ざけても、変わらない。血の重み。それを鏡子は痛いくらい考えた。何度も眠れない夜を過ごし、可奈子が柳瀬とではなく自分一人だけの子供だったら、と埒《らち》もないことをいくら考えたか知れない。

それに柳瀬との間にはまだ他に問題があった。とてつもなく大きな問題が。それが鏡子がようやく摑みかけた幸せな暮らしを粉々にうち砕いてしまうかも知れない。いや、もう現に――。

柳瀬はきっとまた来る。そしてしつこく鏡子につきまとうだろう。

「母さん、大丈夫？」

大丈夫よ。鏡子は無理して明るい声を出した。可奈子は感性の鋭い子だ。鏡子の心を敏感に読みとり、不安を察知する。鏡子が不安なとき、可奈子も同じように口をへの字にしていまにも泣き出しそうになっている。

悲しませることはしたくなかった。

「大丈夫だから、ゆっくり休むのよ。おかゆつくってあげるからね。あちち、だからふうふうして食べるの。食べたい？」

「うん」

「楽しみにしててね。すぐによくなるからね」

「あしたも可奈、保育園？」

鏡子は可奈子の髪に頬をうずめた。

「違うよ」

鏡子は泣きたくなった。「違うから安心してね」

アパートに戻った鏡子は急いで布団を敷くとそこに可奈子を寝かせた。粥にするための米をとぎ、水をはかる。

だが、鏡子はその粥を最後まで作ることができなかった。

トントン、と部屋のドアがノックされたからだ。

その刹那、鏡子は体に電流が流されたかのようにピンと体を反らして凍りついた。

柳瀬だ。

軽いノックが再び聞こえる。黙っていると軽いものから、力任せのドンドンという音に変わった。

「おい、いるんだろ」

敏夫の苛立つ声がした。「開けろよ。開けろって」

「静かにして」

鏡子は応じた。絶望感が体を貫く。会いたくない、会わないほうがいい。それはわかっている。

ドアを開けると、いまし方の怒声が嘘のようにけろっとした柳瀬が立っていた。暴力に屈した惨めさを感じる。

「入っていいか」

鏡子が返事をする前に、柳瀬は靴を脱いで上がり込んだ。これで何度目だろう。柳瀬は自分の家に上がり込んだようにテーブルの椅子を引くと、夕刊を広げた。

ことり、と音がして可奈子が襖の陰からこわごわ覗き込む。

「可奈、寝てなさい」

鏡子はいい、可奈子を布団に連れ戻して寝かしつけるとそっと襖を閉めて柳瀬と対峙した。可奈子は絶対に寝ないだろう。それはわかっている。大間木を裏切っているという自己嫌悪が鏡子を貫く。

「お茶、淹れてくれよ」

なれなれしく柳瀬はいった。

3

その夜、相馬運送を出た権藤は、糀谷町界隈の住宅街を歩いていた。口元が緩み、ズボンのポケットに入れられた手は会社で書き写してきたメモをしっかりと握りしめている。メモには大間木史郎の住所が記してあった。

朝のことである——。

こりゃあまた一雨くるぞ。窓辺に立ち、重たい雨雲で隙間なく埋まった空を見上げた権藤は倫子《のりこ》のクーペが敷地内に入ってくるのを見つけて顔を顰《しか》めた。

また小遣いせびりかい。

机に戻った権藤は自分の財布を出して中味を確かめる。俺がいないときに代わりに出してやってくれと相馬にはいわれているが、甘やかされた苦労知らずの娘だ。結構ばかにならない金を持っていく。

どんな男と遊んでいるか知らんが、困った娘である。

案の定、しばらくするとドアがノックされ倫子が顔を出した。

「あら、お仕事中だったかしら」

権藤はちらりと顔を上げ、ほっそりした体にぴったりした夏服を着ている倫子の胸をなにげなく観賞しながらいった。

「いや、いいんだ。なにかご用かい、倫ちゃん」

「お小遣いのことじゃないから安心して。おじさま」

倫子は権藤の心を見透かしていった。「ちょっと車、置かせて欲しいだけ。それとこれ、下の郵便受けに入ってたわよ」

そうして倫子が出した手紙には相馬運送の社名の脇に「総務部長殿」と書いてあった。

「なんじゃいこれは」

倫子が去った後、ペン立ての鋏をとった権藤は、きっちり糊付けされた封を切った。

かなくぎ流の筆圧の高い文字が便せんを埋めている。なんぞのクレームか。そう思った権藤だったが、手紙の書き出しを読んでのけぞった。

前略。

突然、不躾なお便りを差し上げまして失礼の段、お許しください。

さて、御社総務部に勤務する大間木史郎宅に、竹中鏡子という女性が同棲しておりますのをご存じでしょうか。——

「なんとな。あの大間木が——！」

絶句した権藤は、むさぼるようにして手紙の続きを読み終え、にんまりと下卑た笑いを浮かべた唇を舌で舐めた。そこには竹中鏡子の過去と、大間木との関係が暴かれていたのである。

面白いじゃねえか。

それにしても、こいつをくれたのはどこのどいつだ？　差出人の名は、中の便せんにもなかった。だが、そんなことはどうでもいい。ことの真偽は権藤自らが行って確かめればいいのだ。

手紙を抽斗の奥にしまい込むと、権藤はさっきまでの陰鬱な気分が嘘のように体に力が湧いてくるのを感じた。

これで大間木の奴に思い知らせてやれる。

いま、連日のように開かれている営業会議を取り仕切っているのは大間木で、会議における権藤はただの添え物に過ぎなかった。そのことはオレンジ便の業績に暗雲が垂れ込めたいまも変わらない。

俺のことを軽く見やがって。それが権藤には気に食わないところなのだ。

だが、いまに見てろ。

その日、午後五時過ぎから開かれた営業会議が終わったのは七時過ぎ。会社の業績悪化を懸念してか、会議が終了してもまだ大間木を中心に小さな話し合いが続き、それはいつ終わるか知れたものではなかった。もとより、業績など心配しても始まらないという考えの権藤は、そんな話し合いに関わる気など毛頭なかったが。

住宅街の広がる糀谷町三丁目界隈を五分も歩くと、目的の木造二階建てアパートが見えてきた。切り妻の屋根の下に六世帯が入る小さな共同住宅だ。

大間木の部屋は二階。どれ、この目で確かめるとするか。にたにた笑いを浮かべながら権藤はアパートの階段をゆっくりと上り、端の部屋、ドアの横についている郵便受けの「大間木」という文字を覗き込んだ。

ここか。

通路側に窓がある。磨りガラスを通して無人のはずの室内に明かりが見えた。

権藤は通路の薄暗がりでほくそ笑んだ。あの手紙は本当だった。

子供の声がした。それに応える母親の声は聞き覚えのある竹中鏡子のそれだ。だが、そのとき――。

ありゃ？

権藤は体を固くし、耳を澄ました。鏡子に混じって男の声が聞こえたような気がしたからだ。聞き取りにくいぼそぼそという会話が続く。やがて竹中鏡子の、「帰って」という棘のある一言だけがやけにはっきりと権藤の耳朶《じだ》を打った。

男が来ているのか。

「これは意外だわい」

大間木の居ぬ間に男を引き入れるとは、なんとまあ竹中鏡子もやることよ。

「どこに帰れってんだよお」

ふてくされているようで、無遠慮ないやらしさを含んだ男の声が応じている。雲行きが怪しい。案の定、しばらくすると鏡子を罵倒する男の怒声が飛び始めた。

「やめてよ！」

制止する鏡子の声に幼い子供の泣き声が重なり、事情のわからぬ権藤にも、ドア一枚隔てたところで繰り広げられる修羅場の切迫感が伝わってきた。

そのとき乱暴な足音がして、権藤は慌てて階段を下る。

ドアが勢いよく開き、捨て台詞《ぜりふ》が辺りに響き渡った。

「何度でも来るからな。死ぬまでお前につきまとってやる！」

たたん、と階段を二段飛びで駆け下っていった男は、四十前のぱっとしないなり。半袖シャツによれたズボン姿、怒りに背中を丸めている。まっすぐ伸ばした両腕をポケットに突っ込み、けったくそ悪いとばかり足早に去っていく姿は、まっとうなスジのものではなかった。知らない者が見たら、ヤクザかなにかと思ったろう。だが権藤はその男の正体におおよその見当がついた。あの手紙が知らせたのだ。

竹中鏡子の夫、柳瀬敏夫だ。

さて、どうしたものか。手紙の内容を確認にきた権藤はしばらくはアパートの外に立って考えていたが、これ以上そこにいて見咎められることがあっては格好が悪い。大鳥居駅へ踵《きびす》を返した権藤は、さてこの秘密をどうやって利用してやろうかと考えはじめた。きっと大間木の奴、顔色をなくすぞよ。

権藤の唇から再び下卑た笑いがこぼれはじめた。その声は曇天の夜の底で糸を引くように続くのだった。

4

会議で業績が上がるなら苦労はしない。

そのことは史郎が一番わかっているつもりなのに、不安が先走ると内容よりも形式が先走ってしまうものなのだろうか。

午後九時過ぎ、史郎は疲れきった体を自席の椅子に沈めた。

あまりにも目まぐるしく様々なことが起きる。真剣な討論の間、長く相手の顔を凝視していたせいか眼精疲労がひどかった。

背もたれに頭を乗せて目を閉じた。真上にある蛍光灯が眩しくて赤い血管が走る中をまた悪夢が過《よぎ》っていく。いまも、史郎の脳裏には、スクーターに乗っていた白装束の男の形相が深く刻まれたままだ。

会社の業績を追いかけて気を紛らわせていなければ発狂してしまいそうなほど様々な思いが肚にある。

たとえばあのとき——。

史郎が助手席を飛び出したとき、平はまだ生きていた。ところがその後、自分が川で荷物を浚っているその僅かな時間に殺されたのだった。血にまみれた頭部は正視に堪えなかった。鉄棒のようなもので一撃されたらしいことはくっきりとした陥没の痕で想像がついた。むごい死に様だった。だが、平が殺されたとき史郎は僅か十メートル足らずの場所にいたのだ。警察の取り調べでも話したが、犯行に気づかなかった。それほど一瞬のことだったのか、あるいは史郎が荷物の回収に気を取られていて、争う音を聞き逃していたか。

いまも、みすみす見殺しにしてしまったのではないかという慚愧の念だけが胸にこびりついている。

「もし気づいていたら、あんたも危なかったかも知れん。それに通りがかりがなかったら――」

これは事件を担当した神奈川県警の刑事の言葉だ。執拗な取り調べの後、どうやら史郎をシロと断じた相手は、そう言ってぽんと肩をたたいて出て行った。

ちょうど事故現場を通りかかったマイクロバスには鶴見の工場で働く八人の工員が乗っていた。運転手が救急車を呼びに車で行き、工員たちが、虫の息になっていた平の介護と荷物の回収作業を手伝ってくれたのだった。

現場は、鶴見川の土手の上で、川と反対方向には雑木林が点在する荒れ地が広がっている。マイクロバスに乗っていた何人かが、荒れ地を走り去る白装束を目撃していた。

幽霊みたいにすうっと、でも凄いスピードで走っていた――。

スリラー映画の見過ぎか、多少脚色されたとしか思えないその証言は刑事の口伝えに聞かされた。平を殺した後、男はその荒れ地を覆う深い夜陰へと消えたのだ。あんたも危なかった――。慰めにもならない刑事の言葉はその後つぶやかれたものだ。そしてこの事件と前後して川崎の繁華街の外れで片岡の死体が発見されたのであった。

犯人はまだ捕まっていない。

事件の余波はオレンジ便の業績を直撃した。

水没並びに破損した荷物四十七個。賠償総額約二十五万円、宅配遅延五十一個、そしてBT21号車の修理代十万円――。いや、金で解決出来る事ならまだましだった。最悪だったのは、不可解な殺人事件が絡んだ配送事故のニュースが新聞の社会面に掲載され、拭いようのない信用の低下を招いてしまったことだ。

オレンジ便が売り物にしていた翌日配送が原因？

この事件について、そんな論調を出したマスコミは、配達期限に間に合わせるためのスピードオーバーが事件の背景ではないかと書いた。

非難されても、相馬運送に反論する機会も場所もない。

駆けつけた記者達に簡易な記者会見を強いられた史郎は、オレンジ便の仕組みに問題はないと力説したものの、「ならば事故当時、トラックは何キロ出していたのか」と問われれば五十キロを超えていたと正直に答えるしかなかった。パニックに陥っていた平は、道路の急勾配とその向こうのカーブに気づくのが遅れた。状況はどうあれ、それが運送事故の直接的原因であることは間違いのないところだった。

従業員のモラルも問われた。同じ日に相前後して二人の従業員が殺されるというミステリに飛びついたのは週刊誌で、一旦は忘れかけた上野の一家焼殺事件と結びつけられて根拠のない様々な憶測が飛び交っている。

相馬運送の名前はその後しばらく新聞や雑誌を賑わし、こうした影響はオレンジ便の急失速という形でふりかかってきた。

俺がついていながら……。

どれだけ後悔しても、一度失った信用は容易に取り戻せるものではない。

信用の低下はほとんど毎日開かれた営業会議でも明らかだった。業績はここにきて急速に悪化している。まさに腰折れ。順調に右肩上がりを描くかに見えた出だしの好調さはなんだったのか。

あの事件から二週間が経った。いまではあの鮮やかだったトラックのオレンジがやけにくすんで見える。

「このことは忘れろ」

事情を知った相馬はそういって大間木を庇ったが、自責の念は消し去る術《すべ》もなく史郎の心に残った。

期待に応えられなかったのだ。相馬だけではなく、努力してきた従業員や鏡子の期待までも裏切ってしまった。

事件以来、史郎は仕事に没頭する日が連日続いた。神経は張りつめ、いまにも切れそうだが、仕事があるから正常でいられる。

夜遅くまでかかって「未決」と書かれた箱に溢れていた書類に目を通し、「決裁済」へ回した。

「ほどほどに」

昼間珍しく来社してきた桜庭の言葉を思い出して史郎は苦笑いした。史郎の心労を心配してくれてのことだ。ほどほどに、か。それで事業がうまく回ればいいが、そんな楽はなかろう。

「厄払いでもしてもらったらどうだ」

そういったのは営業部長の亀田だった。こちらのほうがまだピンと来る。今度の休みには川崎大師にでも行ってくるか。

結局この夜も史郎が事務所を出たのは深夜零時過ぎになった。

港湾から重たい風が流れてきている。秋雨がふったりふらなかったりが続く日々、湿り気を帯びた、肌にまといつく夜風が吹き流れていた。

アパートの階段を上りはじめた史郎は、いま自分がどんな顔をしているだろうかと思った。仕事も私生活も八方塞がりで、負け犬根性丸出しの中年男の顔か。きっとそんな大間木の姿を見るのも鏡子はうんざりだろう。

実際、近頃鏡子には以前の明るさがない。二人の距離も広がってしまった気がする。

それがなぜだか理由がわからない史郎は、結局、自分との暮らしが重荷になってきているのではないかと考えるのだった。

道ならぬ恋、である。

社会的には全く認められない関係の中で、もがけばもがくほど深みにはまっていく。

アパートの郵便受けに、手紙が入ったままになっていた。どうやら鏡子が取り忘れたらしい。

住宅と百科事典、車の販売店からの新車案内に鏡子宛のハガキが混じっていた。

督促状――？

保育園を管理する大田区からのものだった。費用が未払いだという。

史郎はまたひとつ負の材料を背負った気がして溜息をついた。可奈子の通う保育園費用の支払いを失念させるほど鏡子を忙しく働かせているのは他ならぬ史郎なのだ。

これは俺の責任だ。史郎はそう感じた。仕事の忙しさ、そして私生活での不安。その半分を共有している史郎には痛いくらいわかる。

「鏡子さん、これが入っていた」

鞄を置き、督促状を鏡子にわたした。どれだけ先に寝てくれといっても必ず鏡子は起きて史郎を待っていた。居間のラジオが流行歌を流している。三沢あけみの『島のブルース』だった。

鏡子の顔色が変わった。

「すみません」

史郎の差し出したハガキを見た鏡子は、それだけいうとハガキを前掛けのポケットに入れ、食事の支度をするために流しに立った。

「すまない。忙しくしてしまって」

鏡子の背中に詫びたが、いいえ、という小さな返事が聞こえただけだった。

二人の関係はもう、以前のように無邪気なものではない。

鏡子が着替えを持って浴室に消えた後、史郎は湯上がりの肩に扇風機の風を受けながら自分のふがいなさを呪った。

水をコップに一杯だけ飲み、電話台の脇にあった夕刊に手を伸ばしかけて止めた。電話台には抽斗があって、それが少し開いている。さっき鏡子が前掛けに入れた督促状が入れてあるのが見えたからだ。

いくらだろう。

可奈子の教育費を自分が払ってもいい。できることなら何でもしてやりたい。ハガキをつまみ上げた拍子に、鏡子の預金通帳が目についた。

よからぬものを発見してしまった子供のような気分になった。そして、なぜそんなことをするのか、史郎は自分でもうまく説明できないままそれを開いて見てしまったのだった。

小さな驚きが込み上げ、それはすぐに疑問に変じた。

鏡子はこの二ヵ月で支払われた三万円近い給与を一旦、預金通帳に入金していた。生活費を残し、一万円を定期預金に回している。

だが、いくらか残金があったのは二週間ほど前までだった。その時点で、作成したばかりの定期預金も解約して引き出している。

なにか入り用があったのだろうか。

史郎は気づかなかった。

いま通帳の残高はほとんどなくなっていた。給料日まで後十日ほどある。

保育園費用を延滞している理由は決して多忙によるものではないと史郎は悟った。

鏡子は金に困っている。

だが、なぜ？

洗い場の戸が開閉する音がした。慌てて通帳をしまった史郎は何食わぬ顔を装って新聞を広げた。

5

早朝、飛行機で福岡へ飛んだ琢磨が、新幹線と在来線を乗り継いで下関に到着したのは、午後一時過ぎのことであった。

駅から彦島行きのバスに乗った。

下関の西、つまり本州の西端に位置する彦島は、関門海峡を挟んで北九州と向き合う場所にある。周囲二十七キロほどの小島だが、渡しの船が出ていたのは遥か昔のことで、いまでは近代的な橋の建設によりひっきりなしのバス便が下関と通っている。

ホームページにあった同窓会事務局は彦島西中学校内に置かれていた。

電話をしたとき「消息不明者のことで」と告げると、ごそごそとメモが用意されたらしい間の後で「はい、どなたでしょう」と張り切ってきかれ、琢磨は多少気まずい思いをした。卒業生の消息を知らせる連絡だと思ったのだろう。琢磨は「昭和二十四年度卒業、竹中鏡子」の名前を出し、父がお世話になっていた方だと思うので消息がわかったのなら知らせて欲しいときいた。

「でも、連絡先不明者の欄にあったのですよね」

だったらわからないんじゃないですか、という意味を込めて相手はいった。

「このホームページは一年ほど前のものなので、もしやおわかりになったのではないかと思いまして」

ああ、そういうことですかと相手はしばし電話の向こうで考え、「それはちょっとこちらではわかりかねます」と琢磨を落胆させる返事を寄こした。

「卒業者名簿の作成は他でやっていただいてますので」

「どなたがやっていらっしゃるのでしょう。その方にきいてみたいんですが、連絡先を教えていただけませんか」

電話番号と「狭山」という名前を書き取り、琢磨は受話器を置いた。その番号にかけ直すと女性が出た。中学の同窓会のことでと切り出すと、「主人は出かけておりますので、私ではちょっと」という返事だった。

結局、狭山と連絡がとれたのはその日の夜になった。

竹中鏡子の連絡先はその後もわからないままだという。

だめか。

諦めかけた琢磨に狭山はいった。

「この年代は彦島が造船で栄えていたときでして、卒業生も多かったんだよね。ところがその後造船不況とかあって、連絡がつかなくなってしまった方が非常に多いんだ。まだ昭和二十五年卒は少ないほうだけどね。同窓会名簿作成といっても有志で集まった少ない人数でやっていてね。消息不明者とはいえ、本当は何人かに当たれば消息のわかる方もいるはずなんだ。いま私にやれといわれても生憎《あいにく》仕事が忙しくて無理だけど、もし本気で調べたかったら、同期卒業の方を何人かご紹介するから、きいてみたらどうだい」

電話だけで調べるのは少し無理がありそうだった。もし竹中鏡子の消息を知る人がいても、突然電話をしてきた見ず知らずの相手に連絡先を教えるとは限らない。それに、彦島西中学校卒業の「竹中鏡子」が、本当にあの竹中鏡子と同一人物だという確証はない。

狭山とは仕事の終わる午後七時に待ち合わせをしていた。

それまで時間がある。本村町のバス停で下車し、東京よりもはるかに強い陽射しの空を眩しげに仰いだ琢磨は、近くの喫茶店で遅い昼食をとった。

「すみません、彦島西中学へ行きたいんですが」

きいた琢磨に、レジに立ったエプロン姿の女性が親切に教えてくれた。言葉のイントネーションは、やはり竹中鏡子のものに似ている。だんだん鏡子に近づいているという実感に琢磨は勇気づけられた。

竹中鏡子を探し当てたら、これをどう説明したらいいだろうか。

いまやそんなことを考えながら琢磨は教えられた緩い坂道を上った。真夏の昼下がり、長閑《のどか》で東京と比べると陰影のやけにはっきりした町並みが印象的だ。やがて彦島西中学校が見え、琢磨は足をとめて振り向いた。背後に、彦島の町並みを一望することができる。小さな島は青い海に囲まれていた。潮風が鼻を擽り、蒸し暑い中にも清冽な空気が首筋を撫でていく。遠く海の向こうに北九州の港湾施設が霞んで見える。

校舎は近年建て直されたのだろう、鉄筋コンクリート造りの三階建てだった。土のグラウンドを挟んでプールが見える。夏休みということもあって生徒達の賑やかな声が校門に立つ琢磨のところまで聞こえてきた。

琢磨は学校の正面玄関まで歩いていき、すみません、と声をかけた。誰も出てくる様子がないので靴を脱いで脇にあったスリッパ入れからひとつとって履く。職員室まで行くと、ちょうどクラブ活動を終えたところか、タオルで首の汗を拭いながら戻ってきた男と出会った。二十代後半だろうか。ふざけながら廊下を通り過ぎていった女子生徒を、こらっ、と睨み付け、すみません、と笑いながらいう。愛嬌のある陽灼けした顔をしていた。

琢磨はその教師に竹中鏡子という卒業生の消息を尋ねてきた旨を説明した。

「父が生前、お世話になった方なんです。是非、お会いしたいと思いまして。おそらく父が亡くなったこともご存じないと思うんです」

　はあ、と相手は浮かない顔をしたが、これから狭山に会いに行く約束があることを告げるとそれで少し安心したのか、まあどうぞ、と職員室の空いている席を勧めた。

　その教師は、琢磨と自分のために冷たい麦茶を淹れ、「卒業アルバムを見せてもらえませんか」という琢磨の願いを、「いいですよ」と快く引き受けてくれた。

「何年卒とおっしゃいました？」

　図書館にありますから、と立ち上がった教師に昭和二十五年と応えると、動きがとまった。

「ああ、申し訳ありません。それはないんですわ」

「ない？　とおっしゃいますと」

「実は、当中学は昭和三十年に火事になりまして全焼しているんです。それ以降のものは揃っているのですが、火事以前にあった資料は成績表も含めてみんな焼失してしまったんです」

　手の中に入りかけていたものがするりと逃げた。

「そうでしたか……」

　がっかりした琢磨に、申し訳なかったですね、と相手は詫びた。

　午後七時までの時間を琢磨は島内観光で過ごした。彦島西中学校の先生に勧められて、島の東側を海岸線に沿って歩いた琢磨は、かつて同じ光景を竹中鏡子も見たのだろうかと考えた。一日分の着替えが入ったリュックを背負い、定期バスが走る道路を歩いていると、あてどもない一人旅と見えるだろうか。そう、これは旅だ。琢磨はいま、自分を見つける旅をしている。旅というのは本来そういうものではないのか。

島はいま、北九州のベッドタウンとしての位置づけになっているという。重工業会社の造船所があり、西岸には漁港がある。開発の進んでいる島は、琢磨が自分なりに想像していた素朴で隔絶した離島というイメージからはかけ離れていた。ここもまた現代日本の一部であり、琢磨の日常生活の延長線上にあるのだ。

夕刻、琢磨はバスで西岸まで行き、狭山からきいた「南風泊《はえどまり》水産」という会社を訪ねた。

夕陽で赤く染まった南風泊漁港に面した細長い三階建てビルの一階で名乗ると、奥にいたネクタイ姿の男が立ち上がって、琢磨を会社近くの小料理屋に誘った。

「遠くからせっかく来たんだから、美味しいものでもたべてったらどうだい。残念ながら、名産のふぐは季節外れだがね」

狭山は初老の男で、水産会社の社長をしているという。地元育ちの飾りのない性格で、琢磨のグラスにビールを注いだ男は、単刀直入に父と竹中鏡子との関係をきいてきたいといった。

「ルーツを訪ねる旅みたいなもんだねえ」
亡くなった父について、長く一緒に働いていた竹中鏡子に話をききたいのだという
と、狭山はアルコールで赤いのか陽に灼けて赤いのかわからない顔で笑うのだった。
「ただ、私の探している竹中鏡子さんが、本当に彦島の竹中さんと同一人物かどうか
わからないんです」
するると、水揚げされたばかりの魚の刺身をつまみながら、狭山はきいた。
「写真とかはないの。お父さんと竹中さんが一緒に写っているような」
父のアルバムに、それはなかった。そもそも、相馬運送時代と思われる写真もほと
んどないのだ。トラックの前で運転手らしき男達と笑っている写真が一枚だけあった
が、そこに彼女は写ってはいなかった。本当はあったのだが、母と一緒になるときに
処分したのかも知れない。
「そうか。ならアルバムを見てもわからないなあ」
いや、わかる。琢磨は思った。鏡子の顔は脳裏に焼き付いている。たとえ十五歳当
時の写真であっても、面影は残っているはずだ。
狭山は手元のポーチを開け、ワープロで印刷した名簿をとりだした。
「昭和二十五年卒業の名簿だ。丸印がついている人は私の面識がある人――といって
も二十も年上だけどね。電話をして私から紹介してもらったといえばいい。きっと協

力してくれるはずだ」

狭山は、名簿を琢磨に渡そうとして再び自分のところへ引き戻した。

「せっかくだから、私から電話してあげようか」

そういって、名簿のひとりに携帯電話でかけてくれた。

うまい具合に先方は在宅のようだった。「明日でいいかい」。電話の途中で狭山は琢磨にきいた。

「お願いします」

頭を下げた琢磨に、星印を新たに追加した名簿が手渡された。

田辺滋子。旧姓、徳田とある。住所は江の浦町となっていた。


翌朝、九時過ぎに福岡市内のホテルを出発した琢磨は、列車とバスを乗り継いで彦島に渡った。

田辺は江の浦にある真新しい県営住宅に一人で住んでいた。名乗った大間木を快く室内に招き入れた老婦人の姿に琢磨はひどく驚いていた。竹中鏡子のみずみずしい姿と、いま目の前にいる六十七歳になる女性とが同じ歳だということが信じられなかったからだ。だが、それが現実なのだ。四十年近い歳月は人間を変える。姿だけでなく、心まで変えてしまうこともあるだろう。

「竹中鏡子さんというお名前は確かにきいたことがあるんですけど。私は直接のお友達じゃなかったんです」

部屋にはクーラーがあったが、ついてはいなかった。開放した窓からは海が見え、真夏の熱を帯びた風が時折流れ込んでくる。時折、下の道路を走るバスのエンジン音が聞こえる以外、静かだ。琢磨はリビングのテーブルで田辺滋子と向かい合った。隣に六畳の和室があり、小さな仏壇と遺影があった。室内には微かに香の匂いがした。

田辺は琢磨に抹茶を勧めると席を立ち、すぐに大きな紙箱を持って戻ってきた。

「せっかくいらしたんだから、私の知り合いにもきいてあげるわ。狭山さんにはいつもお世話になっているしね」

お茶会に使う茶室をたまに狭山に借りるのだと田辺はいいながら、紙箱を開けた。

「この年になると学校の同窓会ぐらいしか楽しみがないので、ちょくちょく皆さんとはあってるんですよ」

そういって五年ほど前に作ったという彦島在住者の同窓会名簿を箱からとりだす。

琢磨は危うくお茶をこぼすところだった。

「あ、あの、これ、見てもよろしいでしょうか――！」

名簿を持って電話をかけに立ち上がった田辺にきいた。琢磨の目は名簿の下にあったアルバムにくぎづけになっている。卒業アルバムだ。

「どうぞ、ご覧になってください」

琢磨は箱からアルバムをとりだしてページを開いた。昭和二十五年。いまから半世紀も前の写真である。

一ページ目は校舎の写真だった。昭和三十年に焼失したという木造校舎は二階建て、中央に三角形の玄関屋根がある。写真の下には校歌の歌詞と、校長先生の写真が丸く切って貼ってあった。

アルバムは手作りだ。セピア色の写真は一枚ずつ丁寧に台紙に貼りつけてある。教師の写真の後にクラス写真があった。一クラスは約四十五名、全部で十クラスある。造船需要で島が賑わっていた頃だ。この小さな島の中学校にこれだけの生徒がいたこと自体驚きで、消息不明者が多くなるのも納得できた。

集合写真の下に、人形《ひとがた》のなぞり絵があり、それぞれのシルエットに名前が書き込まれていた。いがぐり頭の少年とお下げが目立つ女子生徒達は皆、詰め襟の制服とセーラー服姿だ。

竹中鏡子の名前は、「五組」のクラス写真にあった。

そこに写っている少女を見つめた。

陽射しが眩しいのか、少し目を細めている。頬がふっくらとして、鏡子は無邪気な笑いを浮かべていた。

「竹中、鏡子……」

そこにいるのは間違いなく、あの竹中鏡子だった。

このときから十四年も後、大田区のアパートで父と暮らすことになるひと。二十九歳の竹中には小さな娘がいる。清楚だけど、もの悲しげな瞳の大人に成長していったのだ。

竹中鏡子はいまどうしているだろうか。

会いたい、竹中鏡子に。唐突に、琢磨の胸の中でその思いが募った。

竹中鏡子なら、きっといまの琢磨の気持ちが理解できるはずだ。琢磨の知らない父の過去を心ゆくまで語って聞かせてくれるはずだ。

少し離れたところで、田辺が電話で話している。相手は同窓の友人だろう。竹中鏡子さんって知らない？　そうきいては、何度か相づちを打ち、近況を教えあっては受話器を置く。そんなことを何度か繰り返している。

「あら、そう？」

そのとき、田辺の声が一段と高くなって、期待して振り向いた琢磨に受話器を耳に当てたまま小さくうなずいてみせた。

手がかりがあったのだ。

だが、田辺の声は琢磨の期待の高まりとは反対に、だんだん小さくなっていく。

やがて田辺は受話器を置くと少し困った顔をして戻ってきた。

「やっぱり、現住所まではわかりませんか」

尋ねた琢磨に、田辺は気の毒そうな顔をした。

「お父さんと竹中さんはどこでお知り合いだったの？」

相馬運送の名前を琢磨は出した。

「昭和三十八年頃です」

田辺はじっと琢磨のほうを見て、口を噤んだ。下の道をバスが一台通り過ぎていった。

「竹中鏡子さんは亡くなられたそうです」

目尻の辺りに皺の目立つ田辺滋子の顔を見つめたまま、琢磨は言葉を失った。

琢磨の胸に浮かんだのは、父を見て楽しそうに笑う鏡子の面影だった。

溜息が洩れ、自分の胸に途方もない喪失感が広がるのを感じた。近親の訃報を聞かされたようだ。

そして竹中鏡子が全くの他人だとは思えなくなっていた自分に気づいたのだ。

決して幸せとはいえなかったろうが、父と青春時代を過ごした鏡子のことが好きになりかけていた。小さな女の子を抱えて、一生懸命生きていた彼女のことが愛おしかった。どこかで幸せに暮らしているはずだ。そう疑いもなく想像していた自分の単純さが腹立たしかった。

「いつ、お亡くなりになったんでしょうか」

琢磨はきいた。

田辺は電話のそばに置いたままだったメモを取り、そこに書きつけたものを読んだ。

「いまからもう四十年近く前、東京で」

はっと、琢磨は顔を上げた。

「あなたのお父さんは、竹中さんが亡くなられたことをご存じだったのではありませんか？」

第八章　包囲網

1

一日上野界隈の遊技場で暇を潰した柳瀬敏夫は、夕方になるのを待って、東京に出てきてから知り合った男のルートセールスの車に便乗して品川まで出た。荷台に寝具を満載したトラックを運転しているのは、一ヵ月前に柳瀬が上京し、当初の持ち合わせをほとんど使い果たして日雇いでもやるかと山谷界隈でぶらついていたときに知り合った男だった。

五十間近の男の素性は「山田」という名前以外、何も知らない。噂には聞いていたが、山谷の宿泊所にたむろしている男たちはいずれも身元不明、かといって互いに聞きも聞かれもしない微妙な間合いを保つ間柄で、それが妙な連帯感というか共感を生む不思議な世界にいた。

山田のことを柳瀬は「山さん」と呼んだ。日本中にどれだけの山さんがいるか知らないが、その不特定多数の名称でこの男を呼ぶことがいかにも、二人の関係にぴったりだった。

柳瀬と山田は、山谷の同じ簡易宿泊所にいて手配師に拾われ、二週間ほど都内各地の土木作業現場で働いた。ほとんどは来年開催される東京オリンピックを控えての道路拡張事業で、過酷な労働にすぐに音を上げた柳瀬は、山田よりも早く日雇い労働から足を洗って次の仕事を探すことになった。山田の姿が宿泊所から消えたのは柳瀬が日雇いを辞めて一週間後。偶然、ルートバンに乗っている山田と出会ったのはさらに一週間ほど過ぎた六月の下旬のことである。

梅雨のまっただ中、鬱陶しい小雨がぱらつく上野の問屋街を柳瀬は傘も差さずに小走りに軒から軒へ走っていた。上京してきたとき穿いていたズボンは土木作業の合間も穿いていたから薄汚れて膝が出、シャツは皺が寄って本来の白が卵黄色に変色している。それが雨に濡れて素肌にぺったりくっつくのが鬱陶しいと思う余裕も柳瀬にはない。

問屋街の間口の狭い店先に伸びたビニールの庇《ひさし》から雨だれがしたたり落ちている。ポケットの小銭をじゃらじゃらいわせながら「これであと何日食えるか」と心細い気分になっていた時、向こうの信号が青になって、どこか行方の定まらない、この界隈の店を探しているような様子の小型の三輪車がふらふらと柳瀬のほうへ走ってきた。

その運転席を見るなり、

「山さん」

と柳瀬は叫んだ。

五十近い男は簡易宿泊所で見たときの定番だった無精ひげを剃り上げ、万年同じ格好だった縦縞シャツから、こざっぱりした制服姿に変わっていたが、どこか頼りなげな細い目は、間違いなく寝食をともにした男のそれだった。

ブレーキが踏まれ、三角窓だけでなく横の窓も全開にした運転席から山さんは、驚いたような、戸惑ったような、そして――それが本心かどうかわからないが――思わぬ再会を喜んでいるかのような顔を柳瀬に向け、「親戚の店で働くことになってさ」と言い訳のような挨拶をした。

「いいじゃないか。ちゃんとした仕事があってよ」

柳瀬がいうと、山田は薄汚れて濡れたそのなりを運転席から見下ろし、「乗れよ」と助手席を開けた。

「ありがたい」

柳瀬は小走りにバンの前を回ると、助手席に乗り込んだ。ワイパーが忙しくフロントガラスの水滴を払う。マツダの小型オート三輪で、山田がアクセルを踏むとモーターのような小さなエンジン音とともにのろのろと走り出した。お世辞にもうまいとはいえない運転をしている山田は、実はまだ無免許なのだといった。品川にある教習所に車で通っているという。ルートバンの荷台には「たちばな寝具」とひらがな混じりで書いてあり、日本橋の住所と電話番号までご丁寧に入っていた。親戚といっても遠い縁で、三人いた従業員の一人が辞めたのを機に、来ないか、と誘われたらしい。

「ふらふらしてても仕方がないしな」

山田のつぶやきに、まだふらふらしている柳瀬は重々しくうなずいた。借金取りから逃げるように上京した柳瀬の腹のうちには、逃げた女房を見つけだして食わせてもらおうという甘い考えがすでにはびこっていて、日雇いを辞めたのはひとえに女房探しに尽力したほうが楽への近道と思ったからだった。

鏡子は俺と違って真面目で堅い女だ。きっとどこかで職を見つけて働いているに違いない。

柳瀬の推測は間違ってはいなかったが、ある日、夜遊びから帰ってみると置き手紙一つで蒸発した妻の行方は杳《よう》として知れなかった。上京する前、何度か在所へも通ってみたが、柳瀬が暴力をふるうらしいと薄々気づいていた母親は居場所は知らないの一点張りだ。事情に疎い親戚だけが多少同情してくれたが、女房を連帯保証人にして仕事もそこそこに遊んだツケはすぐにきて、柳瀬は日に日に借金取りの影に怯える暮らしに落ちていったのだった。

柳瀬のつくった借金を、下関にある運送会社の事務見習いをしていた鏡子の稼ぎで何とか返していたのが実状であって、鏡子がいなくなれば返済が滞るのも当たり前のことであった。

その鏡子の居場所がわかったと、鏡子の叔母に当たる女が簡易宿泊所へ電報を打ってきたのが十日ほど前。大田区にいるという。訪ねてみるにも電車賃にも事欠く始末だが、そんなとき山田と出会ったのは好都合であった。

山田の配送ルートは毎日ほぼ同じ、上野から浜松町、品川といった寝具店回りで、それを一日数回往復しているという話であった。柳瀬が山田と出会ったのは、山田が新規の取引先の配送中に道に迷い、予定外のルートに彷徨《さまよ》い込んだという幸運があったからだが、そのときだけは天が柳瀬に味方したと言って言えなくもない。

「悪いな山さん、俺を品川駅まで乗っけてってくれないか」

どこへ行くときいた山田が品川と答えたのをいいことに、柳瀬は便乗する腹を固めた。こういうことになると準備周到な柳瀬は、毎日の山田の配送時間を聞き出すのを忘れなかった。品川方面へ出かけるときにはちゃっかり利用するという要領のよさを発揮して、失踪した妻への距離を縮めたのであった。

品川からは京浜電鉄に乗る。それから先は自腹で、そうした運賃も含め生活費を稼ぐために、最低ぎりぎりの日雇い仕事だけはしないわけにいかなかった。元々は身から出た錆だが、筋肉の悲鳴を聞きながらツルハシなんぞを振り上げていると、「あれもこれも鏡子が悪い」という見当はずれな怒りだけが腹の底に渦巻いた。

あの女……。

可奈子の手を引いている妻の姿を見つけたのは、失踪から一ヵ月後のことであった。腹の底で怒りがわき上がり、隠れている電柱から飛び出していって殴り倒してやりたい思いに駆られたが、それ以上に、いまどんな生活をしているのだろうか、という興味もあって後を尾けることにした。

その結果、ちっぽけな長屋に住まう母子を見た柳瀬は、もう我慢できないとばかりに乗り込んで鏡子を恐怖させ、我慢していた怒りをかつてと同じ暴力という形で再現したのであった。

鏡子の姿が長屋から消えたのは、簡易宿泊所に置いた荷物をとりに戻ったわずか数時間のことである。

もぬけの殻になった家の玄関で茫然と立ちつくした柳瀬は、夕べここで見た鏡子と可奈子の姿はもしや夢だったのではないか、という現実離れした思いにとらわれたほどだ。

再び鏡子は柳瀬の前から姿をくらましてしまったのだ。

跡形もなく。

だが、鏡子がそう遠くに行ったはずはない、と柳瀬は思っていた。鏡子はなにか仕事をしていたはずだからだ。せっかく手に入れた職を簡単に手放すわけはなく、どうせそこで知り合った友達のところにでも転がり込んでいるのだろう、と柳瀬は考えた。

元来柳瀬は頭の悪い男ではない。仕事でその能力を発揮することはほとんどなかったが、このときばかりは持ち得る機転を利かせて考えた。

鏡子が働いているのなら、可奈子をどこかに預けるだろう。出戻った山谷でたまに日雇い仕事をやりながら、合間に東京に二軒ある鏡子の親戚をそれとなく訪ねた。しかしそこに可奈子がいないと知ると、これは保育園にやらせたな、と考え、羽田界隈の保育園の幾つかを当たって、まんまと三つ目の保育園で迎えにくる鏡子を見つけ出したのだった。

逃がすもんか。

以前、いきなり踏み込んで失敗した柳瀬は、鏡子が糀谷《こうじや》にあるアパートに暮らしていることを突き止めても、すぐに姿を現すことはしなかった。

何度か周辺を嗅ぎ回り、やがて――それこそ柳瀬を驚愕させ、怒り狂わせたことに――鏡子が身を寄せた先が同じ会社に勤める男の元と知った後は、じっくりと計画を練った。

その頃、どうやって嗅ぎ付けたか、山谷の宿泊所に借金取りが訪ねてきた。借りた金は二十万円。それに利子が嵩んで今は倍近くになっている。返せと言われてもその日暮らしの柳瀬にそんな余裕があるはずもない。無い袖は振れないのである。

だが、鏡子の居場所がわかったとなると別だ。鏡子は運送会社で働いてそれなりに稼ぎがある。それを頼みにすれば借金の返済はなんとかなるはずだ。俺という夫と可奈子がいながら、男になびいたのは許し難いが、かといって、いま出ていってぶちこわせば鏡子は仕事を失うことになる。それは柳瀬にとって唯一の借金返済の糸口を見失うことと同じである。

鏡子は柳瀬の借金の連帯保証人になっていた。ろくすっぽ借金の中味も説明しないで判だけ押させた契約だが、いまそれが柳瀬にとって有利な条件になっていることは間違いなかった。

柳瀬が可奈子を迎えにきた鏡子の後をつけ、いよいよその家を訪ねたのは、七月も終わりのことであった。

「あんた――！」

柳瀬の顔を見てそう絶句した鏡子がすばやく閉めようとしたドアをはっしと摑み、力ずくで開ける。「久しぶりじゃねえか」といって上がり込むと、怯えきった鏡子と向かい合った。

鏡子はいまの生活を壊されることを死ぬほど怖れている。

それを柳瀬は悟り、破壊的な言動の代わりに「俺とやり直そう」と猫なで声でいってみた。表情の動いた鏡子の傍らに可奈子がいる。怯えた目で自分を見つめる娘に、かつて一度も見せたことがないような笑みを浮かべてみせ、借金取りに追われて困っていると柳瀬は打ち明けたのだった。

「お前のところにも来るかも知れない。なんせ保証人だからよ」

「保証人？」

もうその言葉だけで絶望的な顔になった鏡子はきいた。

「おう。俺が借金返せなきゃ、お前んところにくるぜ、あいつら。俺の居場所まで突き止めたんだ。間違いない。俺が払っているうちはここに訪ねてくることはあるまいが。ここに来たら、他人様が迷惑しないか」

他人様。大間木のことを柳瀬はそういった。

案の定、鏡子は動揺し、次に出てきたのはまさに柳瀬が期待した言葉そのものだ。

「いくら必要なの」

「明後日《あさって》までに一万五千円」

そんなに？　鏡子は愕然とし、それでも自分の手提げ鞄を開けると中の財布から千円札を五枚だして柳瀬に差し出した。

「悪いな」

思わず表情が緩みそうになるのを我慢して金をポケットにねじ込んだ柳瀬は、残金も返済期日までに用立ててくれないか、と言い残してアパートを出たのだった。果たして月末、再び柳瀬が訪ねると、鏡子は一万円を柳瀬に差し出した。

「もう、いいでしょう。私のことは構わないで欲しいの」

鏡子の懇願など聞く耳持たず、柳瀬は、また来る、と一方的に言い残してアパートを後にした。

まんまとせしめた一万五千円の金だが、柳瀬はそのほとんどを好きな博打ですった。いつもの病気が出たと言えばそれまでだが、しまったと思ったときには後の祭りで、借金取りを逃れるように宿泊所を変えなければならなかった。

鏡子は、いまや柳瀬にとって格好の金蔓である。

「ありがとうよ、山さん。また頼むぜ」

調子よく顔の前で手刀を切った柳瀬は通勤客で混み合う前の閑散とした品川駅を入り、京浜電鉄の切符を買った。ポケットがジャラジャラ鳴るのは昨日、珍しく当てた馬券の配当が入っているからだが、それも大半飲んでしまって今は小銭ばかりと心細い。このまま行けば明日は日雇い仕事で息継ぎするしかないが、本当にそうなるかどうかはこれからの成り行き次第だ。

品川から大田区へ続く殺風景な街を走る車両のシートに掛けたまま、それでも柳瀬はこれから先どうするか、ということは少しも考えなかった。気になるのは目先のことだけで、明日は明日の風が吹く。借金取りにしたところでいずれ諦めて取りに来なくなるかも知れない、ぐらいに思っていた。

九月に入っても一向に収まる気配のない暑さに、柳瀬は額に浮かんだ汗粒を腕で拭った。開け放った車窓から生ぬるい空気の奔流がなだれ込んでくる。ごみごみした町工場とこぢんまりした集合住宅の合間をゆっくりと走る車両は、やがて大鳥居駅で甲高いブレーキ音をたてて停車した。

柳瀬が産業道路沿いの歩道を歩き始めた頃にはすでに午後六時を過ぎており、西に傾いた太陽が低いところから斜めに背を照らしつけていた。暑さのせいか銀色に染まった空にもくもくと工場排煙がたち上っていく様は、田舎育ちの柳瀬には畏怖すら感じさせる異様な光景に見えた。

心なしか俯き加減になり、はるか前方に相馬運送の看板が見えるあたりで住宅街へ折れた。鏡子の住むアパートまでそこから目と鼻の先だ。足を速め、行き交う人にも目もくれず歩いた柳瀬は、アパートが見える路地のところで足を止めて見上げた。

部屋は二階。思わずにっと笑い、階段をとんとんと駆け上がった柳瀬は、郵便受けに入ったままの夕刊を見て、その笑いを引っ込めた。

「留守か」

仕事は五時に終わるはずだ。可奈子の迎えがあるはずだから残業といっても長くは出来まい。それとも買い物でもしているのか。柳瀬はいったんドアのノブを回して施錠を確認したところで舌打ちした。

そのとき、階段を上がってくる足音がした。

帰ってきやがった。期待した柳瀬の思いは外れた。現れたのは、この町にもアパートにも似つかわしくない黒っぽい上下を着込んだ男だった。

男の視線はまっすぐに自分に向けられていた。

柳瀬か、と男はきいた。氷塊を思わせる視線には、人間らしい感情の欠片《かけら》は微塵も浮いてはいなかった。死人に見据えられたような気色悪さに、背筋に冷たいものが流れるのを感じた柳瀬は、「だったら、なんだ」と精一杯の虚勢を張る。

ちっ、借金取りかよ。

だが、男はここのところ柳瀬を追い回していたヤクザとはまるで違っていた。逃げろ。頭はそう指示を出すのだが、動けなかった。生唾だけが、脳天に抜けるようなごくりという音とともに嚥下されていった。

ぴかぴかに磨かれた男の足が、たん、たん、とゆっくりと鉄の階段を上り、柳瀬の前まできた。

男の顔は、夕景の空の焼けただれたような光線の影になって黒く塗りつぶされている。

「顔貸してもらおうか」

男はそういうと、ゆっくりとした足取りで階段を下りていった。

2

あの事故以来、集荷の伸びは止まり、新聞や週刊誌での報道が一段落したものの、業績が回復する目途は立っていない。横這い乃至《ないし》右肩下がりの業績を前に、「このままではいかん」、「なんとかしなければ」という焦りだけが虚しく募っていく。

それにつれて活気に溢れていた社内の雰囲気も悪くなった。あの夢と希望に溢れた潑剌とした顔がそろっていた会議に、淀んだ瞳の男達が並ぶ。本当に同じメンバーかと疑うほどの違いに愕然とするが表情には出さず、「こういうときに実力が出るのだ」、「苦しいときにこそ元気を出せ、声を出せ」、と激励する史郎の言葉が虚ろに響いた。

社員の表情に浮かんでいるのは単なる無気力や失意ではない。拭いきれない疑問である。

なぜだ。あんなにうまく行っていたのに、なぜ、こんなことになっちまったのか。その思いは、どうしても運送事故へと向けられていく。そこに自分も絡んでいることに、史郎は責任を感じていた。

「どうも、士気が落ちてるようだな」

その夜、珍しく会社に留まっていた相馬は、午後九時過ぎになってふらりと社長室から二階の総務へ降りてきていった。

「すみません。私の力不足で」

相馬は眉を上げただけで、「それは、違うだろ」といった。

かたん、かたん、と電車がレールを打つ音が開け放した窓から聞こえてくる。夜風が涼しい。

生来の経営者気質というか、豪放磊落な性格そのままに、相馬はオレンジ便の業績が落ちたからといって顔色を変えて吠えることはなかった。相馬にとって、事業はどこかギャンブルにも似て、常に運がつきまとうものなのだ。それを聞いたのは、配送事故から一週間経って、業績の伸び悩みを報告にいったときのことだ。「努力は必要だが、努力で行き着ける場所には限界がある。その壁を抜けるには運がいる」。そう相馬はいい、慌てずに様子を見ろ、と史郎にアドバイスしたのだった。

「オレンジ便の空車は他の運行ルートに回してしまえ。集荷の伸びが戻ったらそのときだ」

そして、史郎が記録している運行スケジュール表を手にとった相馬は、「お前、どう思う」ときいた。

「どう、とおっしゃいますと」

相馬は史郎の席から離れ、糀谷から大森界隈、その向こうの東京湾までを望む平たい工場群の夜景に眼を細めた。

「あの二人が何で死んじまったかってことよ」

「はあ……」

「金に関係があるんじゃねえか。下田が奪ったっていう金よ」

ラフなシャツにチャーコールグレーのズボンを穿いた相馬は、酒に疲れた表情でいった。

「警察も同じ様なことを言っていました」

「あいつら、なにしてやがった」

ふと、史郎の胸に浮かんだのは、夜闇に浮かび上がる産業廃棄物処理場の光景であった。二人を殺した犯人は未だ手掛かりも把めぬまま捕まっていない。

「遅配はないか」相馬はきいた。

「ここのところは、ありません」

「わけがわからんな。全く別なことが原因で努力が無に帰す結果になれば、誰だってやる気をなくす」

「私は事故車に同乗していました」

「忘れろ。誰もお前の責任だとは思っていない。平も片岡もどんな事情があったか知らんが、所詮は身から出た錆と思うしかねえだろう」

そう簡単に割り切れないから苦労しているのだ。もっとも、それは当の相馬も同じことで、目は相変わらず遠くの夜闇の奥へ向けたままだ。

そう、この中途半端さ。これがいま相馬運送に立ちこめている停滞ムードの元凶なのだ、と史郎は唐突に思い当たった。

ふっきれない、釈然としない、腑に落ちない——オレンジ便の開始で一度はひとつになった社員の連帯感に亀裂を走らせ、精神が集中できないそんな理由を作っているのは、まさにこうした不完全燃焼の思いに違いなかった。

「事件が解決しないことには……」

ふと呟いた自分の言葉に、相馬はなんの反応も示さなかった。

「なあ、大間木」

やがて、相馬は窓の外を向いたまま、「何か最近、身辺に変わったこと、あったか」ときいた。

「変わったこと、ですか」

意外な質問に聞き返した大間木はとっさに「いいえ」と答え、真意をはかるように相馬を見た。

そうか、と相馬は短く応え、「ならばいい」というと、窓辺から離れる。

「頼んだぞ」

かつての苦労を偲ばせる分厚い手のひらを大間木の肩に置くと、相馬は帰宅するのかそのまま階下へ姿を消した。

なんだったんだ。

そう思った瞬間、史郎は、はっと顔を上げた。

鏡子のことでは——。

動揺を覚え、書類仕事を前にしたまましばし史郎は茫然とした。

無論、史郎は鏡子と一緒に暮らしていることをいつか相馬に話すつもりであった。鏡子を思う気持ちに嘘はないし、可奈子のことを本当に可愛いと思う。だが、いまは鏡子の夫の影が生活にちらついていた。身を固めようにもできない。一方、ここにきて鏡子もまた史郎との関係に迷いを感じている。

「全て歯車が狂いはじめている。会社も私生活でも」

相馬ではないが、なるようにしかならんか。

どん詰まりとまでは行かないが、その一歩手前。

史郎は、トラック・ターミナルを見下ろした。いま五台ほどのトラックが後部の荷台をプラットフォームにつけて積み込み作業の真っ最中である。敷地の向こう側には運行予定のないトラックが十台ほどひっそりと並んでいる。その中に、つい先日修理から戻ったばかりのＢＴ21号車を見た史郎は、壁際に掛けてあった走行距離の記録ボードをとって事務所を出た。

積み荷作業が行われているターミナルの殺伐とした労働者の合間を縫って歩き、トラックの走行距離計を記録して歩く。駐車場で鼻先をこちらに向けているＢＴ21号車を回り込んだ史郎は、鍵束からスペアを出して運転席側のドアを開けた。帰還して間がないのか、車内にはうっすらと、排気ガスの匂いとエンジンの熱が残っている。するとたちまち、あの時の光景が瞼に浮かんだ。

必死の形相でハンドルを握りしめていた平。覗き込んだバックミラーにちらちら映っていたあの白装束の男。

なんだったんだ。どうしてなんだ――。ともすれば再び胸にわき上がってくる疑問の声を無理に抑制して走行距離計を覗き込んだ史郎は、それが予定通りの数字を表示しているのを見て胸を撫で下ろした。

平と片岡の死を見極めたように、相馬運送の得意先のひとつから取引打ち切りの通知があって、本来この時間には東海道をひた走っていたこの車もまた予定外の空車になっている。

不振なのはオレンジ便だけではない。本業もまた、荷扱いの減少に始まり、採算の悪化、取引関係の硬化など様々な問題を抱えたまま解決する糸口は摑めていない。トラックの稼働率はここのところとみに低下し始め、空車が目立ち、目覚ましい戦後の復興と来年開催される東京オリンピックに向けた世の中の上昇気運の中で、相馬運送だけがひとり取り残されてしまっているような印象さえ受けた。

ＢＴ21号車は、平と片岡という二人の運転手を失ったため、和家と他の車のドライバーを入れ替えで乗務させる変則的な状態となっている。稼働率を上げるためには新しい運転手を採用する必要があるが、受注の減少を見極めた上でないと増員もできない。かといっていまの人員では急激な受注増に対応しきれない悪循環だ。

運転席にかけた史郎は、堅いシートにもたれ、ため息をついた。フロントガラス越しに見えるターミナルの照明が眩しい。ボンネットの鼻先にあるエンブレムが鈍い輝きを放ち、微かな熱を持っている車体はまるで血の通う生き物のような息遣いを伝えてくるのであった。

運転手を新しく雇うことはない。俺が代わりを務めれば済む。

スペアキーを差込み、指先に力を入れた。

キュルルルル。エンジンが啼く。BTのエンジンが。

その瞬間、ガツン、と後頭部で音がするような痛みが脳天を貫き、史郎は呻いた。

涙の滲んだ視界で、グリーンのボンネットが揺れている。巨体を震わせ、無骨で寡黙で、肺腑に染みわたるような野太いエンジン音を足下に伝えてくる。

「医者に行ったほうがいいんじゃないんですかい」

耳元で平の囁く声が聞こえるようだった。

冷や汗が滲み出した体で、史郎はヘッドライトを点灯した。無理が祟って死んだところで誰が悲しむわけでなし――以前ならそう思っただろう。だが、いまの史郎には鏡子がいる。そして、最近とくに自分になつきだした可奈子も。あの二人には俺が必要だ。俺が守ってやらねば。そのためにも、この苦境を脱しなければいけないんだ。なんとかして。何が何でも。

ヘッドライトの二本の光芒が闇に光のトンネルをつくった。ギアを入れると、巨体は動物の背のようにのそりと動きだす。

荷扱いの連中が作業の手を止めこちらを見つめる中、史郎は産業道路に出て、糀谷から大森界隈を一周して相馬運送へ戻ってきた。時間にして十分足らずのドライブだが、何年か前に大型免許をとった勘は鈍ってはいなかった。

これならなんとかなる。

ドアを閉め、エンジンが急速に冷めていく音を聞きながら自分に言いきかせた史郎は、次に運行状況に問題がないか確かめるため運転手控え室へ歩いていった。しかし、そばまで行くと、ガラス戸越しに意外な男の姿をそこに見つけ、史郎は眉をひそめた。

警視庁の木島だ。

破れたソファにかけて運転手の一人と何事か話し合っていた木島は、史郎の姿を認めると馴れ馴れしい笑いをひっこめ、脂の浮いた鉤鼻《かぎばな》を蠢《うごめ》かしてひょいと頭を下げた。

「お邪魔しとります」

史郎の来訪に、木島の相手をしていた運転手はそそくさと席を立って姿を消す。

「いらっしゃるのなら、一言いってもらえませんか」

史郎の苦言に、「これから事務所に伺おうかと思っていたところです」と言い訳した。見つからなければ社員を嗅ぎ回って姿を消すつもりだったろうに。刑事のくせに下手な嘘をつく。

「なにか御用でしたか」

「用というか……ちょっと近くまで来たもので」

木島はまた口から出任せをいった。本音は明かさないが、取り逃した田木幹夫を追いつめようと必死になっているのは当然のことだった。

史郎はソファを回り込んで、木島の向かいに腰を下ろした。

「手がかりはありましたか」

ぼちぼちです。当たり障りのない応えが返ってくる。

「相変らず平行線か」

苛立ちを隠す気になれず、史郎はつぶやいた。木島は表情を硬くして押し黙った。捜査上の秘密か知らないが、周辺を嗅ぎ回られるばかりの史郎にしてみれば不愉快この上ない。

だが、このとき木島は思い切ったように史郎にこんなことをきいた。

「平さんは、下田孝夫の正体を知っていたんじゃないですか」

「なぜ、そう思われるんです」

「先月、田木が住んでいる家に男が忍び込んだんです」

「先月というと、田木が失踪した後のことですか」

木島はうなずいた。

「それがどうも、今から考えると、あれは平さんではなかったかとそのとき張り込んでいた刑事が言い出したんです」

窺うような木島の視線が史郎を見上げた。

「平が……？　一体、なんのために」

ふうっと大きなため息をついて木島は両膝にぽんと両手を置く。

「なにか捜しているふうだったらしいが、それが何だかはわからんのです。だが、わざわざ真夜中に忍び込んだとしたら、まっとうな理由ではないでしょうな。田木に頼まれたか、田木が絡んでいないとすれば自分の考えで入ったか――」

「あの長屋の家宅捜索はされたんでしたね」

「入念に。だが、肝心の金が出ないんですわ」

木島は、意外な話に戸惑う史郎に、じっとりと湿った言葉を放った。

史郎は返事ができなかった。「平さんは借金に苦しんでいたようですな」という木島の言葉が追い打ちをかけてくる。

「だが、いくら平でも、田木が金を置いて逃げたとは考えないはずだ」

刑事はじっと史郎が座っているソファの破れ目に視線を落としたまま、小さくうなずいただけだった。

「新聞で読んだのですが、田木の長屋から血痕が出たということでしたね。それは田木のものですか。それとも……」

「まあ、これも新聞に載ったことなので申し上げると、確かに田木の血液型とは一致していいます。ただし、A型ということだけ。残念ながら、それでは決定的な手がかりにはならない。A型の血液型を持つ人は山ほどいますからな。ところが、よく調べてみると、別な血液型も採取されたんです。このことは新聞には発表しませんでしたが、血液型はAB型。調べた結果――片岡さんのものと同一でした」

「片岡の――」

言った瞬間、史郎は、あつ、と声を上げそうになった。

「怪我されとりましたな」

木島は史郎の考えを先読みしていう。うなずくのが精一杯だった。

「検死の結果、片岡さんの右肩から腕にかけて切り傷があったことがわかっています。大型のナイフとか、匕首《あいくち》のような刃物で斬りつけられたもので、数ヵ月ほど経過した傷とのことでした」

木島はこほんと咳払いすると、こういうことではないかと思うんです、と改まった口調になる。

「平さんと片岡さんは、下田孝夫が田木幹夫という殺人犯で、大金を隠し持っていることを知っていた。あの夜、田木と運転を交替した二人は、田木の自宅に忍び込んで金を盗もうとした。ところが、田木もまた我々に気づき逃亡をはかり、金を取りに家へ戻る。そこで鉢合わせをしたのではないかと思うんです。我々が駆け付けたとき、まだ血痕は新しかった」

下田は――田木はもう生きていないのかも知れない。そんな考えが史郎の胸に浮かんだのは木島が帰った後だった。ひとり控え室に残された史郎は、暫く茫然とそこに座り、やがて事務所まで歩いて帰った。

下田孝夫と称していた男の暗くつかみ所のない表情が目に浮かび、続いてこすっからい平の面影が胸をよぎっていった。〝金に関係があるんじゃねえか。下田が奪ったっていう金よ〟――相馬の言葉が胸の奥で繰り返されたとき、足下から不吉な予感が這い上がってくるのを感じた。

「平が殺《や》ったのか、田木を」

だが、その平もまた殺された。片岡と同時に。

史郎は落ち着かない気分で窓辺に立ち、低い町屋と工場が続く糀谷界隈の夜景を見下ろした。

3

この町に渦巻く、謎の迷宮に彷徨《さまよ》い込んでしまった、そんな気分だった。

「死んだ？　竹中鏡子さんが、死んだ……？」

　琢磨が桜庭に彦島でのことを報告したのは、東京に戻った翌日のことであった。彦島西中学校の同窓生、田辺滋子から聞いた話をむさぼるように聞いた桜庭は、小さく呻いて心の痛みを表した。

「詳しいことは分からないのですが、四十年近く前のことだそうです。父は竹中さんの死を知っていたのではないかと、同窓生の田辺さんという方はおっしゃるのですが」

　苦しそうに桜庭は両腕を胸の前で組んだだけで、返事はなかった。

「私は——知らない。少なくとも、いまのところは記憶がない。もちろん、竹中さんが亡くなったのが、相馬運送倒産後のことであれば知らないのも当然のことなのだが」

　竹中鏡子の詳しい情報を得ようとした琢磨は、田辺の家を辞去した後、卒業生名簿に掲載されていた西山町の住所を訪ねてみた。彦島の中西部、奇岩の連なる海岸に近いその住所には、古ぼけた市営住宅が建っていた。中学時代の竹中鏡子が過ごしたのは、その住宅内にあったが、いまそこにかかっているのは別な表札だった。

　念のためにその家のチャイムを押した琢磨だったが、出てきた若い女は、ほんの数年前に引っ越してきたばかりで竹中という名前など知らないという。

「あとで田辺さんに電話で聞いてもらったんですが、どうやら竹中鏡子の家は地元でなく、造船景気に乗って他所から移り住んできたのではないかということでした。その当時、大勢の人が彦島に流入し、その後造船不況で散っていく運命にあるわけですが、その人たちの消息を摑むというのは非常に難しいというんです」

「東京にも親戚があったと思ったが」

琢磨は首を横に振った。

「なにせ実家もわからないような状況ですから、とても親戚までは」

「そうだったか」

しみじみといった桜庭は、アイスコーヒーのストローを口に含んだ。

「他人には思えないんです」

琢磨は偽らざる真情を吐露した。「父の青春時代を共に過ごした大切な人だった。父がどれだけ竹中さんのことを愛していたのか、私には痛いぐらいわかるんです。相馬運送が倒産し、社員がちりぢりになっていき、失意の中で亡くなったのかと思うと、胸が締め付けられます」

「あの当時、ただでさえ相馬運送の業績は下降気味だった。社運を賭したオレンジ便は成功すれば一気に開花するが、失敗すれば業績の足を大きく引っ張る、両刃の剣だったといえる。その悪い方に出た」

桜庭は唇を噛んで、続けた。

「私の記憶は銀行の融資担当者としての上っ面のものに過ぎん。細かいことはやはりわからん。ただ、配送事故が大きなマイナスになったことだけは確かだな。これからというときに、大きなイメージダウンをしてしまった。それがやはり痛い」

「平と片岡という運転手が殺されたんでしたね」

桜庭は、もの問いたげに琢磨を見る。そして、「行ったのか、向こうへ」ときいた。

琢磨はうなずいた。

納得出来なかったのだ。竹中鏡子の死を受け入れることができなかった。疑問が渦巻き、眠ろうとしても心はささくれだったまま、精神的に追い込まれていった。発病する前のような不安定な状況になり、ついにその現実から逃れるように、琢磨は机の奥にしまい込んだＢＴ21号車の鍵を握ったのだった。

「どうだった、過去は。どんなだった」

まるで催眠術師のように桜庭は琢磨の目を覗き込んでつぶやく。琢磨は額に滲んできた汗を拭い、臨床心理士を前にして精神の暗部をさらけ出しているような緊張感を覚えた。琢磨にとってそれは話せば楽になる、というような簡単なものではない。

「暗い――暗い夜でした。だだっ広いターミナルの端にうっすらと見覚えのあるボディが浮かんでいました。ＢＴ21号車のボンネットだとすぐにわかりました。運転席に座っているのは父ひとりで、トラックを出すと大田区界隈の道路を一周する軽いドライブに出たんです。大丈夫だ、大丈夫だ、行ける——そんなことを父はつぶやいていました」

大丈夫だ。自分に言い聞かせるようにつぶやく父の声を聞くたび、琢磨はなぜか不安になり、よるべ無い感情に翻弄された。

昨夜、琢磨が見た過去の中で、もちろん、竹中鏡子はまだ生きていた。大田区にある父のアパートで、健気に、必死で生きていた。本来知るはずのない父の過去を覗くことは、琢磨にとって精神的な苦痛を伴った。

「これからどうする」と、桜庭はきいた。

「いまさらやめるわけにはいきません。私にはやめられない事情もあるし」

亜美のことだ。馬鹿げたことだと桜庭は思うだろう。だが、そんな可能性にかけることぐらいしかいまの琢磨に術《すべ》は残されていないのだった。

桜庭は難しい顔になって息を吸い込み、唇を噛む。どうしたものか、断ずることができないようだった。

「ほどほどに、といいたいところだが、無理だろうな。具体的にどうするか、考えているのか」

「なぜいま、私を過去へ呼ぶのか。その理由を探るつもりです」

「どうやって」桜庭は尋ねた。

「ＢＴ21号車を捜す。この現代で」

桜庭は電気に打たれたように背筋をぴんと伸ばした。

「この現代にＢＴ21号車が生き残っているというのか、あんた」

驚愕に見開かれた瞳を見ながら、琢磨はうなずいた。

「ええ。どこかにあるはずです。それを捜す」

「まさか——。四十年近くも前にすでにポンコツの一歩手前だったトラックだぞ。それがなんでいまさら」

「保存する気であれば、百年前のクラシック・カーだって残っているんですよ、桜庭さん」

「それはそうだが、それとこれとは——」

「呪われたトラックなんでしょう」

琢磨の言葉に、桜庭はごくりと生唾を呑み込んだ。

「関わった者たちを不幸にしていく呪われたトラックだとおっしゃいましたよね、奴のことを」

奴——ＢＴ21号車のことを琢磨はそう呼んでいた。

「生きているとしか思えないんです、私には。この世界のどこかで。そいつを見つけ出したいんです」

桜庭は腕組みして唸ったまま、暫く動かなくなった。

「もし、あんたがいうように、BT21号車がどこかに現存しているとして、それをどうやって探し出すつもりだ。それこそ、干し草の中から一本の針を見つけだすようなものじゃないかね」

「そうかもしれません。ですが、きっとどこかに手がかりがあるはずです」

何を言っても無駄だ、と桜庭は思ったようだった。

「まあ、やってみなさい。ただし、気をつけてな。というのも、何か妙な胸騒ぎがするんだ。ああ、不思議なことだな。四十年も前に生きていた人たちがいままさに私の周りで生きていて、人生の関頭に立たされているのを目の当たりにしているような不安な気持ちになる。なんとかしてやりたいのに、どうすることもできん。焦《じ》れったいよ。あんたに力を貸すのが私のできるせいぜいの仕事だと思うが、それすらどうしていいのかわからん。健闘を祈るよ」

テーブルの向こうから差し出された分厚い手のひらを琢磨は握った。

桜庭と別れて街に出たとき、渋谷の空は黄色に染まっていた。以前、写真誌か何かでこんな色に染まった渋谷の写真を見たことがあるな、と琢磨は思った。作為的なその写真を見たとき、黄色いフィルターを装着して撮影されたものだと思った記憶があるが、いま上空に広がる空は、そのときみた写真と同じ色彩に染まり、切れ切れに浮かぶ細かな雲が大理石のような模様をつけている。

「それじゃあ、私はこれで」

そういった桜庭は、井の頭線の駅のほうへ別れていった。残された琢磨は排気ガスと騒音の渦巻く交差点で信号を待ち、やがてそれが青に変わるとまっすぐに東急東横線の駅へ向かう。

不意に、もう三ヵ月以上もこんなことをしているという事実に思い当たり、塞いだ気分になった。仕事もしないで。街を歩いていると嫌でも目につくスーツを着込んだ同年代のビジネスマンたち。彼らと比べ、世の中に立つ瀬もなく、病後の不安に自分探しなどをしている身の上のなんと心細いことか。引退した桜庭のような立場ならまだしも、俺はまだ若い。こんなことをして時間を潰す余裕もないはずなのに、先に進むことができないでいる。就職して、やり直そうというところまで自分を推し進めることもできないのだ。

「一体、なにやってんだ、俺は」

頼りなくちっぽけ。自分という存在が、いまこの世の中でなんの力も持たないことに気が遠くなる。力が抜け、雑踏の中で座り込みたくなる。それをなんとかこらえて歩く。俺には亜美を守るという大事な義務があるじゃないかと思い直し、足腰に力を入れる。発病する前のストレスと過労に満ちた生活には戻りたくない。いや、もう戻れない。かといって、このままでは良いわけはないのだが、それなら自分はどこへ行けばいいのか。

切符を買うとき、一瞬迷って中目黒まで買った。亜美を見舞うためだ。都合よく発車のベルが鳴り出した急行に飛び乗った琢磨は、中目黒駅前で小さな果物のバスケットを買った。桜庭と別れてまだ二十分も経っていないのに空模様が変わり、照明のスイッチを押したように暗くなった。遠雷だ。琢磨は足早にマンションを目指した。

「寝てなくて大丈夫か」

居間の食卓兼リビングテーブルに飲みかけのコーヒーカップと伏せられた本が載っている。半袖の青いシャツにコットンパンツ、裸足でスリッパをひっかけた亜美を見て、琢磨は頭に浮かんだ「痩せたな」という言葉を呑み込んだ。

「一日、寝てるわけにいかないわよ。寝てるほうが疲れる」

部屋は片づいているが、カーテンを開け放した窓から見えるベランダには、花が枯れたプランターがそのままになっていた。新しい花を持ってきてやれば良かったと琢磨は思った。琢磨のためにコーヒーを淹れ始めた亜美に、自分で淹れるから、という。

「座ってて。お客さんだから」

お客さん。その言葉が心に染みをつける。お客さんじゃないよ。そう反論したくなる。

「あれから病院、行ったのか」

今日、と亜美は応えた。コーヒーメーカーがぷくぷく音を立て始めた。亜美は琢磨がいるテーブルに戻らず、キッチンにもたれてそのプラスチックの機械を見下ろしたまま待っている。二人の距離感は縮まらない。

「先生、なんて？」

「もうちょっとだってさ」

亜美はため息をつき、「あなたはどうなの」ときいてきた。

「仕事、見つかったの？」

苦戦してる、とだけ琢磨は応えた。

「夕べ、あなたのお父さんの夢見たわ」

「親父の？」

亜美は笑った。

「私のベッドを覗き込んで、健康が一番、なんていうの」

伏線はあったんだけど、と亜美はいう。「初めてあったとき、健康ですかってきいたのよ、あなたのお父さん。初めて会う人に、そんなこと聞くなんて、変でしょう。ずっと忘れてたんだけど、お父さんの夢見たら、思い出したわ。どうかした」

言葉を失った琢磨に亜美は不思議そうな眼差しを向けた。

「父さん、日記なんかつけてたかな」

その夜、琢磨は母にきいた。流しで洗い物をしていた母は一瞬手を止めたが、すぐに動きを再開する。「さあね」という言葉は、きゅっと捻った蛇口から出た水しぶきの音に混じった。

考え込んだ琢磨は、「手帳なんかはどう？　昭和三十八年頃のやつ」と重ねてきいた。

「手帳？　そんなもん仕舞い忘れちまったよ」

几帳面な父の性格だ、古い手帳なら残っている可能性がある。

探してくれよ、といった琢磨に母は暫く黙った。母の中で感情が渦巻いているのがわかる。

「どうせ、やるだけやんなきゃ気が済まないんだろ、あんたは。大間木家の男はみんなそうさ」

4

「またちょっと元気がないみたいなんです、可奈ちゃん――」

仕事を定時に上がり、まっすぐに保育園に迎えにきた鏡子は、担任の保母さんに言われて保育室の片隅にいた可奈子を見た。小さな机に絵本が数冊、それにスケッチブックが広がっている。もう一人の保母に付き添われた可奈子は、鏡子の姿を見て立ち上がったが、表情に生気はなく、疲れた大人のような顔をしていた。

可奈、と声をかけて、「熱はないんでしょうか」と保母にきいた。

「この前のこともあるので、何度か計り直したんですが、お熱はないようなんですよ。ただ今日に限らず、最近、元気がないみたいで。おうちではどうですか」

鏡子はふと考え込む。なにか思い当たることはありませんか、と重ねてきかれ、言葉を濁した。

なくはない。いや――ある。でもそれは、他人には言えない。

「お母さんがお迎えにいらっしゃったわ。お家に帰ろうね。また明日」

手がかかっていたのか、付き添っていた保母はほっとした口調で可奈の背中を押すようにして連れてきた。

鏡子の顔を見上げ、最後の数歩だけは、それでも、たたっ、と駆けて、両手で鏡子の脚にまとわりついた。その背をさすりながら、

「お世話になりました」

鏡子は深々と頭を下げると、可奈子を抱いて出た。

「ごめんね、可奈」

顔色が悪かった。返事の代わりに、鏡子の首に回した可奈の細い腕に力がこもり、体を密着させる。私が悪いんだ、私が——。柳瀬の影に怯え、ようやく掴みかけたささやかな幸せすら、いま、指先からすり抜けていこうとしている。敏感な可奈子はそんな鏡子の悩みを感じ取り、不安になっているのではないか。

「何か食べたいものある？」

可奈子は首を横にふった。

保育園を出て、徒歩で産業道路まで出た鏡子だったが、そこで可奈子を下ろすと、まっすぐに表情を覗き込んで、お医者へ行こうか、ときいてみた。力のない目が鏡子を見たまま、小さくうなずく。鏡子は娘を抱き上げて方向転換すると、先日と同じ町医者へと向かう。夕暮れ時、羽田空港へ向かう飛行機が、その機体をオレンジ色に染めあげて空の低いところを横切っていく。そんなとき、よく二人で空を見上げて機体が見えなくなるまで見送るのだが、今日の可奈子は全く関心を持たなかった。

可奈子を抱く鏡子の足は自然に早まり、医院が見えてくると駆け込むようにして中に入った。混雑した医院の待合室でずっと可奈子を抱いて待っていると、何度も瞼が熱くなる。

なんでこうなったんだろう。

どこでまちがったんだろう。

今さら考えても仕方のないことを考えてしまう。そんな心の機微を可奈子が敏感に察していることに気づいて、しまったと思う。

母親失格だ、私。

隣に座っていた子供が呼ばれ、置き去りにされた絵本を可奈子に読み聞かせながら、鏡子は泣き出したい気分を必死にこらえた。

全て、灰色。この殺伐とした異郷の地では、空と同じ色に染め上げられた生活が目の前に横たわり、晴れ間が見えることは決してない。

柳瀬がいなかったら。

ふとそんなことを考えてみる。

逃げたい、柳瀬から。史郎さんに、全てを話したら、なんていうだろうか。同情してくれるだろうか。それとも、怒りだすだろうか。さすがに呆れ、愛想を尽かされるかもしれない。それでも、仕方がない。私なんか、史郎さんにはふさわしくないんだから……。

名前を呼ばれ、診察室に入る。

元気がないねえ。熱はないから風邪じゃないと思うけどね。夏バテかな。不規則なことはしていない？　食べ物にあたったりは――？

ありきたりな質問にうなずいたり、首を振ったりしているうち、ほんの数分で診察は終わり、「薬だしとくから」の一言で待合室に戻される。

可奈子。

医院から出て歩きながら、途方に暮れ、鏡子は心の中で娘の名前を呼ぶ。

心配しなくていいよ。母さんがずっとついててあげるからね。

疲れていたのか、腕の中で眠っている可奈子を抱いたままの鏡子の背を強い西陽が照射している。汗が滲み、腕が痺れて、やがて自分自身も疲れ切ってしまって視界が黄色くにじみはじめる。私が頑張らなきゃ。アパートまでの道のりを歯を食いしばるようにして、真っ直ぐに歩んでいくのだった。

途中で買い物をして行こうかと思ったが、お金がないのであきらめた。

さっき可奈子を医者に診せたときに、ぎりぎり足りて助かったが、それでも持ち合わせはもうあと僅かだ。この三ヵ月の間に細々と貯めた金は、柳瀬の借金返済のために消え、史郎には言えないが生活費にも事欠くほど困窮している。保育料も延滞していて、保母のどこか余所余所しい態度にも、それが影響しているかも知れないと思う。しわ寄せを食うのが、自分ではなく、可奈子だということが耐え難かった。子供には何の罪もない。

残りもので食事を作り、お粥をつくって可奈子に与えた。可奈子の具合がよかろうと悪かろうと、こんなものしか食べさせられないのが悲しかった。

「おいしいね、これ」

そういってくれる可奈子の言葉だけが唯一の救いだった。ありがとう、と何度胸の中で繰り返しても足りないほど。鏡子も一緒にお粥を食べる。昨日買った肉があったが、それは史郎のためにとっておき、自分たちはそれだけで我慢するしかなかった。いつ果てるとも知れない暗い生活はずっしりと両肩にのしかかり、必死で踏ん張ってはいるが頑張りきる自信は次第に揺らぎはじめている。

せめて自分が保証人になっている借金だけでも無くなったら――。そう思う。

「あと幾ら残っているの」

柳瀬にきいても正確な金額は教えてもらえなかった。いや、実際、柳瀬自身わからなくなっているのかも知れない、と思う。高利の利子が嵩み、いまや元本と同じぐらい膨れ上がっているのだとすれば、こんな調子で鏡子が身銭を切ったとしても焼け石に水。結局は、高利貸しに骨までしゃぶられるだけの話だ。

だが、かといってどうしたらいいのか。

可奈子を寝かしつけ、史郎を待つ時間が鏡子には憂鬱だった。流しで皿を洗っていると、ため息が出た。それはまるで魂まで溶けだしてしまうような、深い深い吐息であった。

5

俺にもようやく、ついにツキが回ってきやがった。

蒲田の商店街をスキップしそうな足取りでにやついて歩いていた柳瀬は、腹の底から込み上げてくる笑いを隠そうともせず、やがて人目をはばかることなく笑いはじめた。

顔を貸せ、と言われたときには覚悟を決めたが、男が運転するベレルが向かったのは、小さな商店街が軒を連ね犇《ひし》めきあう蒲田のとあるクラブだった。

場末の店とは思えない豪勢な布張りのソファを勧められた柳瀬は、借りてきた猫のように背中を丸めた。ここまでくれば何をいわれても、へえ、と従うしかない。何にしても、ここは逆らっちゃ命取りだという防衛本能が働き、ロングドレスを着た女が水割りを作って男と柳瀬に差し出したときにも、黙ってそれを飲んだ。ウィスキーを飲む習慣はないが、高級な酒だということは分かる。一口、二口。アルコールが回り、多少の余裕が出来た柳瀬に、うまいか、と男は久しぶりに言葉を発した。

「へえ」

夏だというのにきっちりと上下の背広を着込み、髪をバックに撫でつけている男には、暗い店内が良く似合った。茶色い照明の光がそげた頰のあたりを横から照らし、顔を影にしている。双眸だけが別な生き物のように揺れ動いていた。

男は、柳瀬が慣れない酒を飲み終えるのを待って、或る話をもちかけた。奇妙な話だった。そんなことを何で俺が？　しかし出かかった質問も、借金の棒引きを口にした男の言葉でかき消される。

柳瀬はごくりと唾を呑み込み、まばたきすら忘れて相手を見つめた。疑念が胸で渦巻いた。話がうますぎる、と思ったからだった。うまい話には要注意だ。遊び人は遊び人なりの経験を積んだ柳瀬は警戒し、頭をフル回転させたが、誘いを断るだけの材料は見つからなかった。

「い、いいっすよ。やります。いや、やらせて下さい」

うわずった声を絞り出した途端、柳瀬の腹の中で渦巻いたのは歓喜の声だ。それをさらに燃え上がらせるかのように、男は背広の内ポケットから三万円を取り出すと、テーブルに放り投げて寄越した。そいつは数センチ滑ったところで、落ちていた水滴に邪魔されて止まる。

「とっておけ」

神仏でも拝むように両手で金を捧げ持ったまま柳瀬は何度も頭を垂れた。舌足らずの礼の言葉を念仏のようにつぶやきながら。

高笑いは収まってもまだ背中の筋はひくついている。だが、それも収まると今度は、果たしてうまく行くか、と少し心配になった。

鏡子だけなら、強引にでも思い通りにできる。だが、あの男のほうは……。

いつか遠くから見た、大間木史郎の厳つい風貌を思い出した柳瀬はしばし考え込む。だが、どんな相手であれ、鏡子が自分の女房であることには違いない。そう考えると、大間木と暮らしていると知ったときの激情が体に湧き上がってくるのを感じた。

「いまにみてろや」

成沢と名乗った男の正体は知らぬが、なにか途轍もなく恐ろしい背景を感じさせた。そこに大間木の野郎を突き落としてやれば、奴も簡単には浮かんでこれまい。

引きつった笑いを洩らした柳瀬は、意地の悪い目つきになって背中を丸める。

――いい機会だ、とことんやってやるぜ。

明日、行くか。鏡子のところへ。とりあえず今夜は前祝いよ。すると繁華街は、その瞬間を待ち受けていたかのように輝きを増し始めた。柳瀬はポケットの中の札を握りしめて、色とりどりの看板を見回す。そこかしこに、夜は底なしの口をぱっくりと開けている。赤い舌を器用に隠し、欲望に目が眩んだ哀れな獲物を待ち受けている。淫靡な客引きが耳元で囁く。しどけなく笑う女が扉の陰からおいでおいでをしている。下卑た笑いは自然に腹からわき上がってきて、柳瀬の唇からこぼれていった。すでにアルコールをたんまりと仕込まれた目が潤み、柳瀬は、闇から出てきた女の白い腕に吸い寄せられていった。

6

「お疲れ様でした」

鞄をうけとった鏡子の表情はやけにやつれてみえた。考え事でもしていたのだろうか、無理に浮かべた笑顔で史郎を迎えた鏡子は遅い夕飯の仕度をするために台所に立つ。最近、鏡子の表情には暗い影が浮かぶようになった。

「おや、可奈ちゃん、まだ起きてたのか」

奥の部屋から小さな顔が覗いたのに気づいて、史郎は多少の驚きとともに、ようやく相好を崩した。子供の顔を見ると心が安らぐ。純真で計算のないつぶらな瞳が、何がそうれしいのか、史郎が帰ってきたというだけで輝くのだ。

「ほおら、おいで」

抱き上げた小さな体は軽かった。史郎の腕に高く掲げられる。「うわあ」。幼女の顔でどこか遠慮がちな笑みが弾け、両手が史郎を求めた。

「いい子にしてたかい。保育園は楽しかったかい」

可奈子は急に沈んだ顔になる。

「どうした？」

調子が悪くて夕方、お医者さまに行ってきたの、という鏡子の言葉で初めて顔色の悪いことに気づき、ああごめんな、と史郎は詫びた。おじさんはいつも気づくのが遅いんだよ。またやっちまった。

「そうだったのか。眠れなかったんだな。気分はどうだい。体が熱くないかい」

可奈子をだっこして、寝かしつけようと史郎は狭い部屋の中を歩き始める。

「お医者さまは、疲れじゃないかって。慣れない環境で――」

可奈子の背中を優しくさすりながら、史郎はぐっと胸が詰まった。俺はこんな幼い子にまで――こんな可愛い子にまで無理をさせている、と思ったからだ。そうやってみんな無理しているうち、だんだんとおかしくなってくる。しっくりきていたはずの人間関係に隙間が空き、疑心暗鬼にとらわれ、そして大切なものまで指の間からすり抜けていっちまう。そんな恐怖が胸に湧いてきた。

いまのこの生活——それはまるで、日常を支えている見えない仕組みのなかから、小さな歯車が転がり落ちてしまったようにぎくしゃくしていると史郎は思った。その歯車を必死で探して復元しようと焦る自分。だが、打開する力も知恵もないのだ。この俺という人間には。

だめだなあ、俺は……。ああ、ほんとにだめだ。

「保育園にもまだ慣れていないし、可奈で苦労してるみたいで」

鏡子の言葉は史郎の胸に刺さった。「おじちゃんがついてるからな。いじめっ子とかいたら、おじちゃんがやっつけてやるぞ」、と可奈子に囁く。

おじちゃん、かよ。

ほろ苦いじゃねえか、この呼び方。俺はいつになったら可奈子の「父さん」になれるんだ。本当になれるのか。いや——なりたい。俺はこの子の父さんになりたいんだ。そして、いつでも笑顔が絶えない、そんな家庭を作ってやりたい。それが俺の義務だ。そして夢だ。

「そうだ、可奈ちゃん。今度、遊園地へ行こうか」

「ほんと？」

可奈子の目が輝いた。

「ああ、本当だよ。どこがいいかな。花やしき？　後楽園ゆうえんち？　それとも――」

考え込んだ史郎に、「可奈、観覧車に乗りたい」という。

「観覧車か、それならみんなで乗れる」

史郎はいった。「よし、お母さんと三人で観覧車に乗ろう。連れてってやるからな。だから、今日はよく寝て元気になるんだよ」

「可奈、ありがとうは？」と思わず涙ぐんだ鏡子の言葉に、「ありがとう」という声が弾み、史郎は胸を打たれた。よかった。

家庭を持つ、愛する家族を持つ幸せとは、こういうことなのか――史郎は悟った。

「おじちゃんこそ、ありがとうよ」

温かいものがあふれ出し、さざ波のように史郎の心を満たしていく。

なんでこんなことに気づかなかったんだろう。なんで気づかなかったんだ。こんな簡単なことに。幸せになる方法はこんな足下に転がっているじゃないか。それなのに、ああ、ほんとに俺は馬鹿だ。

7

生麦を過ぎた頃から霧が出た。闇を穿《うが》ってきた二本のヘッドライトは銀色の壁を映すのみで、反射した光がフェンダーをくっきりと浮かび上がらせている。さっきから前方に車の姿はない。和家はバックミラーを見た。後方にもついてくるヘッドライトはなかった。

右手の闇の底に重工業会社の巨大な倉庫とクレーンが見えている。霧はその平たく広大な屋上にも、そして鉛色の海にも立ちこめ、船は霧の合間の小さな光点になっていた。

ちっ。鼻歌まじりでBT21号車のハンドルを握りしめていた新人ドライバーの垂井《たるい》が舌を打った。

「霧雨っすね。こんな天気じゃなかったはずなのに」

フロントガラスを埋め尽くした微小な雨粒。ぎゅう、と喉を絞り上げるような音がしてワイパーが扇形に拭き取った。

ボンネットが濡れ、震えている。

ぎゅう、ぎゅう、ぎゅう。

足下から力強い排気音と振動が込み上げ、少し開けた三角窓から冷たい霧雨が吹き込んできて和家の膝を濡らした。

垂井はハンドルから身を乗り出すようにして、突き出したグリーンのノーズ越しにセンターラインを見下ろしている。見通しが利かない道路ではそれが目安になるのだ。垂井の右手が伸びフロントグリルの下側をまさぐる。フォグランプを点灯させると、見通しは多少ましになった。白い微粒子の向こうで、ぽっ、と赤い色が咲いた。信号だ。「おっとっと」。垂井の声と共にBT21号車のブレーキが甲高く鳴き、ぼんやりと浮かび上がった横断歩道の手前で巨体は停止した。ダイカストエンジンの、どどっ、どどっ、という逞しい命脈が足下に伝わってくる。

「なんか、あの世に向かって走ってるみたいっすね」

口走ってから、垂井は自分の言葉に首を傾げた。なんでそんなこと言っちまったんだ、と訝しがるかのように。霧が言わせたのだろう。淋しい深夜の道路、生き物のように揺れ動く霧のベールは、それ自体引力を持つかのように視線を吸い寄せる。ひとっ子ひとり通らない横断歩道を見つめながら、和家はふとあの夜のことを思い出す。あの夜——下田孝夫が、いや殺人鬼田木幹夫が失踪した夜のことだ。

そう、その夜もまた、深い霧が出ていた。深い深い霧だ。深い深い……。

和家一彦が、下田の正体に気づいたのは半年ほど前のことだった。いや、怪しいと思ったのはもっと前、初めて下田と会ったときのことである。どす黒い目が印象的だった。感情を削ぎ落とし、まるで冬の湖面のように暗い瞳の奥底に渦巻く悪意。世を忍び、隠れ暮らしているのは和家も同様だが、下田という男は運動家崩れともまた違う雰囲気を纏《まと》っていた。同じく秘密を抱える者の直感でこいつにも何かあるとピンときた。だが、それは主義主張、イデオロギーとかいうものではなく、もっと別な類のもののはずだ。

何者だ、こいつ――。その思いは、長く和家の胸の底でくすぶることになったのである。

同じトラックに乗り、飯を食い、集荷し配送する。一日、十二時間以上もトラックの荷台で肩を並べていたこともあるが、下田が自らのことを語ったことはただの一度もない。

流れ者が多い業界だ。

初めてあった者同士、少し話が弾むと必ず出るのが身の上話だった。たいていヤメで、職を変え、あるいは運送会社を転々として全国を渡り歩いている類が多い。あるいは、身を隠すために一時的にハンドルを握っているような連中。たとえば和家自身のような連中は、決して身元を明かすような事は口にしなかった。

どんよりと重いカーテンのような霧をBT21号車の鼻先が押し分け、ぼやけたセンターラインに沿って轟々たる走りっぷりを見せていた。やがて川崎と東京都を結ぶ大師橋の黒いシルエットが浮かび上がったかと思うとBT21は、多摩川を渡りだした。産業道路の終点近くに、相馬運送のターミナルはある。垂井の頬がおおきく膨らみ、ふうっという吐息が洩れる。その瞬間に鋏で切り裂いたように霧は晴れた。助手席の三角窓から、鉄と埃の入り交じった匂いがどっと入ってきた。グリーンのエンジンカバーの脇に耳のようにつきだしているウィンカーが鳴りだしたかと思うと、BTはその巨軀を大きく旋回させて相馬運送のターミナルへと帰着したのだった。

簡単な荷物チェックと書類の記入を済ませた和家は、敷地を見回す。倫子《のりこ》の小さなスポーツカーの姿はなかった。

当日の仕事を終え、垂井に別れを告げた和家は埃にまみれた産業道路を足早に渡り、新呑川《しんのみ》に沿って歩き出した。十分も歩くと道路の喧噪が背後に遠ざかり、辺りには静寂が迫ってくる。汗ばんだ体にシャツがくっつき、首に巻いたタオルは湿って汗くさかった。疲れ果てた体のために風呂でも入りたいところだが、生憎《あいにく》こんな時間まで営業している銭湯はない。

最後の角を曲がるとき、和家の第六感に響いてきたのは、不穏な気配だった。人の気配だ。誰か、いる。

瞬時に浮かんだのは、平が関わっていたまっとうな筋ではない連中のことだった。平と片岡が死んでしまった理由はおそらく〝例の仕事〟と関係あるはずで、理由によっては和家自らの身も危ない。

足を止めた和家は、角にある製麺会社の陰に隠れて様子を窺った。霧が切れてくれて助かった。何人いるだろう。二人か、三人？　和家のアパートを見張れる暗闇に隠れている。小さなタバコの火が蛍の光のようにぼんやりと燃えていた。

神経を研ぎ澄ました和家は、連中が外灯の下に出てくるまで待つ構えで、倉庫の壁に貼り付く。そのとき――

背後からふらりと小さな灯りが近づいてくるのに気づいて、踵《きびす》を返した。遅い帰宅途中の労働者を装って夜回りの巡査をやり過ごした和家は、再び倉庫の陰から道路の向こうへ視線を向けた。しかし、そこには先程までの気配はきれいに失せ、いまは本物の夜闇が陰気な脚を伸ばしているだけであった。

第九章　後始末

1

手帳？　そんなもん仕舞い忘れちまったよ——。

素っ気ない母の言葉だった。だが、それとは裏腹に、父の手帳はそれから幾日かして外出から戻ってみると、琢磨《たくま》の机の上に載っていた。押入れの奥にしまい込んでいた父の遺品から母が探しだしたものらしい。「昔の話なんか蒸し返してなにしようってんだろうねえ」。洗濯物に霧吹きしながら嘆いてみせる母に礼をいった琢磨は、再び自室に戻ると期待で胸を躍らせながら手帳を開いた。

細引きでくくられた手帳は全部で八冊。その中に一九六三年の手帳を見つけた琢磨は、ちょうど自分と同年代だった頃の父の几帳面な筆跡を見た途端、胸に押し寄せてきた感慨に不意の涙がこぼれそうになった。

三十代半ばの父は、小さな女の子を抱えた竹中鏡子という女性を愛して、それを守ろうと必死だった。度重なる障壁に悩まされながら一人の女のために力を尽くしていた頃の父。その行動の記録がいま琢磨の手の中にあるのだ。

鉛筆書き。顔に似合わぬ几帳面な筆跡は、経理担当の事務方として一生仕事に生き続けた父の一面を克明に表現している。真面目で、仕事一筋だった父。いつも背中を向けて、人間味に乏しいと琢磨は恨んでいた。そんな父とは全く違う人間像がこの手帳の中にあるのだ。ひとりの女性が父を燃え上がらせ、そして呪われた一台のトラックに運命の歯車を徐々に狂わされながら。

酸化した紙は、脆くなっている。別に雨漏りしたわけではなかろうに、ページの端がどれもひどく黄ばんでいるのは、いつもワイシャツのポケットに手帳を入れていた父のスタイルと重なった。紛れもない父の手帳だ。父の汗と涙を吸い込んだ手帳。そして、もしかしたら、竹中鏡子の秘密を探る重要な手がかりを与えてくれるかも知れない手帳。そして、この世界のどこかにあるBT21の居場所を琢磨に知らせてくれるかも知れない道標。

五月、六月、七月……。

琢磨は手帳の半分以降を重点的にめくり、目を皿のようにして読んだ。

六月、竹中鏡子が入社、八月、オレンジ便の開始、運送事故、十月、極端な業績悪化……。父を巡る環境は急激な変化を伴って、ひたひたと破滅への坂道を転げ落ちていったのだった。慌ただしく、そして残酷なこれらの日々を父は淡々とした面談の記録で埋めていた。

倒産。その二文字がページをめくるごとに出てくるのではないかという気がして、琢磨は心臓の鼓動が早くなるのを感じた。父が直面していた厳しい現実がその黄ばんだページから3Dの映画でも見ているような生々しさで伝わってくる。

ふうっ、と大きな吐息をついたとき、琢磨は一九六三年の手帳を静かに机に置いた。

無かった。

このどこにも、BT21号車に関する記述は無かった。手帳の表紙は薄汚れ、ページのいくつかは欠落しかかっている。自分でも異様なほど緊張し、こめかみをたらりと汗が伝い落ちる。

震える指で次の手帳をとった。一九六四年。一般的には東京オリンピックで知られるこの年、すでに相馬運送は倒産していた。だが、倒産後暫く父は会社に残り残務整理に奔走したはずだ。

手帳の記載はめっきり減っていた。一つ、弁護士らしい名前と電話番号を見つけたが、苗字だけ、しかも住所のない記載で突き止めようもない。念の為、その電話番号にかけてみたが、今は使われていないというメッセージが流れた。

一時間ほどかけて二度ほど見直してみたが、結局、琢磨はその手帳からＢＴ21号車の行方を摑むことができなかった。

「ここまでか」

落胆した琢磨は、一階に降りて桜庭に電話をかける。

「ああ、君に連絡しなければならんと思っていたところだ」

電話口に出てきた桜庭はいい、記憶が進んだ、といった。

「いまこうしている間にも、過去という時は私の脳に新たな記憶を植え付けている。だが、それは全く鮮明な記憶というわけではなく、やはり四十年近く前に起きた事実としての、いまとなっては曖昧な記憶に過ぎん」

「するとＢＴ21号車の記憶は……」

電話口の向こうで、ひとしきり桜庭は考え込んだようだった。

「ＢＴ21号車に搭乗していた平と片岡という二人の運転手が亡くなり、運送事故というオレンジ便の出鼻を挫く大打撃を受けたことは記憶にあるんだ。だが、肝心のＢＴ21号車がその後どうなったか……。私の記憶の鮮明な部分は、解体業者を紹介したところまでだ」

だが、その緒方自動車からＢＴ21は回収されている。

電話の向こうで小さく唸る声が琢磨の耳に届いた。

「その後……その後、大間木さんと私との間に、なにかあったような気もするんだが。つまり、解体業者を――緒方さん以外の――紹介して欲しいというような話だったか、それがあやふやな記憶で、いまは判然とせん」

琢磨は考え、「過去へ行ってみようと思います」と答えた。BT21号車の手がかりはやはり、過去にある。

2

柳瀬が鏡子を訪ねてきたのは、九月半ばの夕刻のことであった。まだ残暑の残る東京に、昼、つかの間の雨がぱらついたがそれも止み、水気をたっぷりと含んだ靄がたち上っている。可奈子を迎えに行き、やはり今日も元気が無かった、という、ここのところ頻繁に聞かされる保母の説明に心痛し、それでも手をつないで水たまりを飛び越えながら帰ってきた鏡子は、柳瀬の訪問にただ戸惑い、慌てた。

「お金はもう少し待って下さい。まだ給料日ではないし」

開けたドアのノブを持ったままの鏡子の腕を払うと、柳瀬は押しのけるようにして、上がり込んでくる。史郎から受け取った金で買ってきた食材の袋を覗き込み、

「けっ、いいもの食ってんじゃねえか」といった柳瀬は、ビールでもないのかよ、と食卓の椅子をひいた。

「よう、可奈。元気か」

怯えきった二つの目が隣の部屋からこちらを見ている。さっきまで鏡子に見せた明るさが消え、調子が悪いといった保母の言葉を裏付けるように蒼白な顔になっていた。こっちへ来い、といった柳瀬の言葉に、襖のへりを握りしめたまま、可奈子は動かなかった。その小さな指が白くなるほど力が入っているのを見て、「可奈、具合が良くないのよ」と鏡子は慌てて割って入る。

「暫く休みなさい、可奈。お布団、敷いてあげるから。ね」

可愛げのないガキだぜ、と吐き捨てた柳瀬の言葉を背中で堪《こら》え、可奈子を寝かしつけた鏡子は、再び柳瀬と対峙しなければならなかった。

「もうすぐ、大間木さんが帰ってくるから」

柳瀬は楊枝でせせりあげたような音をたて、「冷たいじゃないか、鏡子」、とにたついた笑いを浮かべて鏡子を引き寄せようとした。アルコールで濁った目をしている。また飲んだの、あんた。そう口に出そうになって、慌てて鏡子は言葉を呑み込む。抗《あらが》ったが、力の強い柳瀬にかなうわけもなく、鏡子は抱き寄せられた。

「久しぶりだなあ。寂しかったろう、俺がいないと。なあ」

耳元で囁かれた鏡子は、両腕をつっぱり、足をばたつかせた。胸をわしづかみにしている手をなんとか振り払うと、肩ではあはあ息をしながら、ごくりと唾を呑み込む。

冷たい怒りをたたえた狡猾な目が、じっとりと湿っていた。

「抱かれたくねえのかよ、俺に」

あんたなんかに抱かれたくない。死んでも——。そう言えない自分の弱さが恨めしかった。怖かった。拒絶すれば、さんざん殴りつけられ、床に転がれば足で蹴られる。気を失ってしまうか柳瀬の気が済むかするまでその暴力は続くだろう。そんな生活をもう五年近くも続けてきたのだ。

どうすればこの男と縁を切ることができるだろうか、と考えて鏡子は絶望的になった。どれだけ逃げても、この男は追いかけてくる。いまの鏡子の状況などおかまいなしに、金をせびり、そして土足で新生活へ踏み込んでくるのだ。

「お前は俺の女じゃねえか。俺達は夫婦なんだからな」

夫婦なんかじゃないのよ、もう。

「お前が俺のために尽くすのは当たり前だ。鏡子」

違う違う違う——。鏡子は心の中で絶叫し、とにかく柳瀬がこの場からいなくなってくれることを望んだ。どんなやり方でもいい、どんな方便でもいいから、目の前から消えて欲しい。

　すると、自分を抱きしめていた腕の力がふっと緩んだ。

「鏡子」

　それがいままでとは感じの違う呼びかけだと気づいたとき、鏡子はゆっくりと顔を上げて夫の顔を見上げる。

「お前に頼みがある」

　お金ならもう――。言いかけた鏡子に、「そんなんじゃねえ」、と柳瀬はいった。


　朝から働きづめに働いた末、伝票の整理がようやく片づいたのは深夜零時に近い時間だった。

　腕を動かせばばりばりと音のしそうな肩を回しながら、史郎は簡単に机の上を片づけると夜間作業の続くターミナルを後にした。夕暮れ時から天気が回復したのはいいが、中途半端にふった雨がスチームとなって湿度はぐっと上がった。

　すっかり寝静まった住宅街を歩いていく史郎は、ふいにどこかでアコーデオンの音がしたような気がして立ち止まる。

　最近、よく来るな。

　どうせ近くの飲み屋に顔を出す流しだろうが、こんな夜中に。

雨は上がり、そしていまはもうスモッグでかすんだ夜空の下、ぽつんと街灯の立つ路地を歩き、小さな駐車場とそれに隣接するアパートの階段を上がる。「史郎さんが階段を上がる音で、帰ってきたなってわかるの。だって史郎さんの足音って、ずしんずしんと重たそうで、特徴的なのよね」。思い出してふっと笑いがこぼれる。

鏡子は、史郎にとって無くてはならない存在だ。誰がなんと言おうと、俺の大切な人だ。

お帰りなさい、という言葉を期待してドアの前に立った史郎だが、すぐにいつもと様子が違うことに気づいて、首を傾げた。鏡子の出迎えはなく、仕方なしに鞄に入れた予備鍵で開けると、テーブルにいて驚いたような顔を上げた鏡子の見開かれた目と視線がぶつかる。

「すみません、気がつかなかったものですから」

鏡子はほつれ毛を直しながら慌てて立ってきた。

「何かあったのかい、鏡子さん。可奈ちゃんは？」

最近、可奈子の調子が良くない。それは鏡子から聞いていた。保育園に通わせないで自分で面倒を見たいというのが鏡子の本音だろうが、せっかくの職場を手放してしまったら後には何も残らない。金のことなら俺がいるから心配しなくても、と史郎は何度かいったが、鏡子はなぜか頑なに拒むのだった。

鏡子には、生活費以外に金がいる理由があるのではないか？　そう史郎は考えたが、それを確かめることはできなかった。鏡子の通帳をのぞき見てしまったことも、まだ言えないでいる。こもごもの事情がそれだけの葛藤を生んで史郎の胸で渦巻いた。

上着を脱いでハンガーに掛ける。暑さで喉が渇いた。流しを見た史郎はふと、水切りに置かれた湯飲みに気づいて、全身の血がひいた。思わず、鏡子を振り返る。

「実は、またあの人がここへ来ました」

なんでだよ、と史郎はつぶやいたなり、食卓の椅子に座り込んだ。頭を抱えた史郎に、鏡子はしばらくは凍りついたように動きを止め、声ひとつ出ない。

「ここは俺の家だ、鏡子さん。俺とあんたの家じゃないか」

恨み節かよ。情けない。そう思うのだが、唇からはそんな言葉が洩れた。愛する女をつけ回す男が、こともあろうに同棲しているその家にまで上がり込んでくる。その厚かましさだけでなく、それを甘受してしまう鏡子の弱さも史郎には焦れったい。

「それで？」

絶望の淵を彷徨《さまよ》う魂を持て余していた史郎は、どうにか精神のバランスを保っている。

「それで、なんの用だったんだ。ただ、鏡子さんの顔を見に来ただけかい。だったらもう……もう……二度と」

拳を握りしめたとき、「もうだめなのよ」という鏡子の気の抜けたような声が聞こえて史郎は顔を上げた。茫然として、言うべき言葉さえ見つからない。そんな史郎の視線の先で、鏡子は魂を見失った土塊《つちくれ》のような表情をしていた。

「どこへ逃げても、あの人は必ず追いかけてくる。もうだめ」

史郎は鏡子を見つめた。その間、下の道をさっきのアコーデオン弾きらしい音が通り過ぎていくのを史郎は聞いていた。どこかとち狂ってやがる。

「好きとか嫌いとかじゃないのよ、もう」

磨かれたガラス窓の外は、暗い糀谷《こうじや》界隈の町並み。低い屋根が連なる庶民的な住宅街はとうに寝静まり、遠く羽田旭町、大森界隈の工場地帯から微かな臭気を含んだ風が漂ってくる。

このとき、鏡子が話した仔細を史郎は後になって思い出すことができなかった。気が動転し、打ちひしがれた史郎の記憶に残ったのは「保証人」という言葉だ。保証人として夫の借金を鏡子が背負っているという事実だ。

「いくら返しても減らないのよね。あの人が飲んでしまったのか、それとも高利においつかないのか、それはわからない。でも、働いても働いても、結局、お金は全て借金の返済に消え、たとえあの人が来なくても、借金取りが私を追い回すでしょう。そうなったら迷惑を被るのは史郎さん、あなたなのよ」

柳瀬という男が憎かった。可奈子を抱えて必死で生きようとしている鏡子にたかり、骨までしゃぶる男の存在が史郎には許せなかった。しかし、もっと許せないのは、他ならぬ鏡子が、そうした境遇を諦めのうちに甘受してしまっていることだ。

そういうことか。預金通帳の残高が減っていった理由を知った史郎は、悔しさに唇を噛んだ。借りたのは柳瀬。借りるだけ借りた挙げ句、博打に女にとつぎこんで、借金の帳尻だけが鏡子に回ってくる。そんな馬鹿な話があってたまるか。

「それで、今日はどうした、金」

鏡子に金はなかったはずだ。

「お金を渡さないと、帰ってくれないんです、あの人」

あの人。吐き気がする。ぐっと奥歯を噛んだ史郎は、食費か、ときく。昨日渡した二千円。そんな金までむしり取って行きやがったか。だけど――。

「金だけだよな」

と史郎はきいた。「その男と――」

鏡子は首を横に振った。不安で、宙ぶらりんでどうしようもない史郎に、鏡子はなにかを言おうとして口を噤む。気になった史郎が聞くと、実は、と妙な話が出てきた。

「あの人、史郎さんに頼み事があるっていうんです」

「頼み事?」

「ある人に頼まれて、史郎さんに運送の仕事をしてもらいたいというの」

どうせまっとうな筋ではない。眉をひそめた史郎の心を察した鏡子は口を閉ざした。

「仕事というのは、どんな」

聞けば、柳瀬という男の居場所などがわかるかも知れない。相手のことを多少なりとも知れば、やりようもある。そう考えた史郎に、相模原方面への荷物運送という意外な内容を鏡子は話した。

相模原……?

ひっかかるものを覚えた。が、鏡子は首を傾げる。

「もし、引き受けたら?」

きいた史郎に、鏡子の沈み込んだ目は意外な回答を用意していた。

「借金の棒引き……。自由になれる。そうあの人は言うのよ」

まさか——。いくらの借金かは知らないが、話がうますぎる。

「少し考えさせてくれ」

史郎は声を絞り出した。

3

桜庭厚《あつし》が入院した、と連絡があったのは、最後に桜庭と話した翌々日のことであった。

「一昨日の夜、倒れまして。救急車で病院に運び込んだんです。昨日一日はお薬で眠っていたんですが、今日目覚めた途端、大間木さんに連絡しろと主人が。いえ、いま来て頂いても面会出来るかどうかわかりませんし」

電話の相手は桜庭の妻だ。

容体をきいた琢磨に、脳の病気だとだけ答える。その口振りから重篤なものを感じた琢磨は不意に緊張し、それ以上きくことを控えた。

「お電話したのは、主人から言付けを預かったものですから。笹塚の樋口自動車。そうお伝えしろと主人が……」

「笹塚、ですか」

「すみませんがそれだけしか思い出せなかった、ということでした。でも調べる価値はあると」

当たってみます、といって受話器を置いた琢磨は、さっそくイエローページを電話台の下からひっぱり出す。

中古車、或いは解体業者といったところか。四十年近く前の話だから、名前も変わっているかも知れないと思った琢磨は、中古車業者の欄に同じ名前を見つけて、手を止めた。

住所は笹塚三丁目だ。

東急東横線の新丸子まで歩いた琢磨は、渋谷から新宿へ出た。そこから京王線に乗り、笹塚へ。地図を片手に十分ほど歩いて見つけた樋口自動車の看板は、陽に灼けた青いペンキに白字で書かれていた。

中古車業者らしく、道路沿いに旗が並び、値札のついたトラックが十台ほど並んでいた。車の奥に事務所があり、整備工場を併設している。そこまで入っていくとオイルの匂いがした。

琢磨は、中古車売場の中を通って事務所へ向かった。

油の滲んだ手で帳面を付けている五十代の男がひとりいた。陽に灼けているというより、古いオイルを薄く塗りたくっているような顔だ。無精髭を生やし、パーマの崩れた髪には蜘蛛の巣が張ったように少し白いものが混じっている。

「昭和三十八年か三十九年か。おおかた四十年も前の話だな。親父の代だ」

そのときもこちらで営業されていたんですか？　ときいた琢磨に、もちろんといった男は、樋口純夫という名刺を、手の汚れをつなぎで落としてから差し出した。琢磨には名刺がない。名前だけ名乗り、「私用なので」とつけ加えた琢磨は、気安い樋口に勧められるまま椅子をひき、なんとか調べていただけませんか、と頼んだ。

樋口は腕組みをして唸る。

「と言われてもそんな古い時代の取引記録なんて残ってないよ」

笑顔で説得するような口調。あきらめな。そう言われているような気がした。

「当時は先代がご商売をされていたんですよね」

「ああ」

「先代にきいていただけませんか」

もしや覚えているのでは。なんせ不思議なトラックだから。緒方自動車の会長だって同じようなことをいっていたではないか。期待した琢磨だったが、「死んだ。去年」とあっけない返事があった。

「そんな古いトラックの行方なんぞ調べてどうすんの、あんた」

琢磨は言葉に窮した。BT21号、あのボンネット・トラックを見つければ、父や竹中鏡子、それに金の行方がわかるはずだ、というのは全く根拠のない思いこみに近い。

「父がそのトラックに関わっていたんです。想い出の品というか」

「想い出の品にしちゃあ、でかい」

一瞬あっけにとられた琢磨は、それもそうだな、と思い、同意するためにうなずいた。

とにかく、何かわかったらお願いします、とひたすら頼むことしかできなかったが、それでも、「一応調べてみるよ」という樋口の言葉を引き出して、見送られるまま午後三時過ぎの街に出た。

帰りは樋口に教えられて近くのバス停から渋谷行きのバスに乗った。強い陽射しの差し込むバスの車内、エンジン音はどこかボンネット・トラックのそれに似て、琢磨を落ち着かなくさせた。ともすれば自分という存在が浮遊物のように世の中を漂っていく、そんなやるせなさに自滅しそうになる。職もなく、地位もない、自分という存在がいったいこの世の中にとって、いやそれより自分自身にとってどんな意味があるのかと、問うてみても答えはない。それが不思議だった。なんで三十の半ばにきてこんな無目的な――いや、正確にいえばあの過去の謎を追い、亜美の窮地を救うという自ら定めた目標がないわけではないが――捜し物をする羽目になっちまったんだろうと、つくづく首を傾げたくなるのだった。

「もういい加減、そんなことやめて職探しでもしたらどうだい」

あきれ口調の母の言葉に、まったくだ、といった琢磨は、その夜、再び馬のいななきのような巨大なダイカストエンジンの音をきいた。キュルルルル。キュルルルルル——。手のひらに握りしめた鍵の感覚は、すとんと暗い闇におちたように、意識から外れてなくなっていく。

滲んだ視界がやがて鮮明になると、巨大なトラックが居並ぶターミナルの光景がゆっくりと立ち上がってきた。

俺は、本当にこれを見ているのか。それとも脳が「見ている」と勘違いしているだけなのだろうか。

本当に俺は大丈夫なんだろうか。こんなことを繰り返していて、本当に……。

大丈夫かよ。

「大丈夫っすか」

突如、無骨な男の声がきいた。どうなってるんだ俺は——。

「どうにかなっちまったかと思った」

琢磨の代わりに答えたのは、いまや聞き覚えのある史郎の声だった。

4

イグニッション・キーを回した途端、脳天に来た。配送先の倉庫から会社へ向かう帰路のことだ。人手不足の穴を埋めるため、この日、進んで運転手役を買って出た史郎は、新米の垂井と共に集荷された荷物を運び入れ、カラのまま戻ることになっている。不採算。だからこそ、俺がやらねば、と思っての志願だった。

垂井のどこか幼さの残る顔をまじまじと見つめた史郎は、「少し、休んでいきますかい」という誘いを断った。

構わずデコンプレバーを引いた。クラッチを切り、スターターを回す。ブルンと大きなひと揺れでエンジンに息が吹き込まれ、小刻みな振動を伝えてきた。史郎には、こんなところでぐずぐずしている暇はなかった。早く帰社して仕事を片づけないと、また深夜残業になってしまう。多忙な中を運転手の補充に出た史郎に代わり、今頃は鏡子がひとりで切り盛りしているはずだった。早く帰ってやらなければ、と思う。

史郎は、BT21を出すと、細身のハンドルを左へ切った。ダイカストエンジンは、調教された猛獣のような従順さで史郎の意思に従う。だが、史郎にはわかっている。こいつは呪われたトラックなのだと。奇妙な力で現実をねじ曲げ、様々な苦悩と乾きった死とを運んでくる。

丸子橋の渋滞を避け、無理して住宅街の道を通り抜けた史郎は、多摩川沿いの道路から大師橋へ抜けた。軒先にぶら下がった洗濯物をかすめて走るBTに垂井が身を固くする。「うわあ」という声がその口から何度か洩れ、その都度無言のまま唇を固く結んだ史郎の横顔を窺うように見るのだが、とくに言い訳がましいことを口にする気にもなれない。

心が、荒《すさ》んでいた。

半ば自棄《やけ》になっている。それが自分でもわかるのだが、どうすることもできなかった。この状況を自力で打開できない焦燥感が、いつしか諦めへと変じていく。

がたん、と派手な横揺れ一発で巨軀を急旋回させた。産業道路へと鼻先を突っ込んだBT21号車は、工業地帯の薄汚れた空気を吸い込んで一気に加速を増す。

「飛ばしすぎですぜ、課長。お巡りに捕まりまっせ」

前輪が舞い上げた砂埃が乾ききった産業道路のアスファルトから舞い上がり、ざらついて始末の悪い人生さながらに史郎の顔面を叩きつけてくる。くそったれが。アクセルを踏み込み、さらにフェンダーの揺れが大きくなった頃、相馬運送の看板が見えてきた。

ゆっくりとトラックを回し、指定されたターミナルにバックでつけた史郎は、ふうっとため息とともにエンジンを切った。ダイカストのエンジンが鎮まっていく。史郎の胸騒ぎもそれに合わせておさまっていった。

「お疲れ」

青ざめている垂井にいって運転席から降りた。夕景のターミナルは、錆び付いた屋根が西陽を反射させていて眩しい。考えなければならないこと、決めなければならないことは山ほどあるというのに、目の前の仕事をこなすことだけで精一杯。ささくれだった気分のままBT21を離れた史郎は、首にぶら下げたタオルで額の汗を拭いながら事務所棟へ向かう。

総務課のシマに鏡子の姿はなかった。見回したが、二階に姿が見えない。もしや自分がすべき走行距離計のチェックに降りていたのではないかと気づいて、また階段を下りた。入れ違いになったか。しかし、ターミナルにも鏡子の姿はなかった。

近くにいた荷扱いの男を捕まえ、「竹中さん、みなかったか」と聞く。さあね。途端に相手の顔がにやつき、舌が唇を舐めた。

「課長もなかなか隅に置けないや」

そういった。

「なんのことだ」

体を固くした史郎に、相手はこたえず作業に戻っていく。汗びっしょりの背が、他の連中と混じり合い、視界から消えていくまで見送った史郎は、小さく毒づいて事務所に戻った。背後で、下卑た笑いが沸き上がり、それにつられて数人がどっと笑うのが聞こえる。

なんのことかわからぬ史郎は、伝票と書類で一杯になった書類入れに目をやり、思わず嘆息した。鏡子がいくらか処理してくれたはずだが、とにかく仕事量が多すぎて手に負えなかったらしい。

やれやれ。

そのとき史郎は、伝票に伸ばした手をふと止めた。鏡子の机がやけに片づいている、と思ったからである。

机の鍵が一本、キーホルダーから外されて机上に出ていた。

「鏡子さん……」

唐突に心が揺れ、立ち上がりかけた史郎の視界にふらりと入ってきたのは、権藤だった。

「大間木、ちょっと」

とだけいって、ズボンに両手を突っ込んだまま背を向ける。肩を怒らせて歩く様は、見ていて滑稽だが、権藤は有無を言わせぬ態度でたてつけの悪いガラス戸を力任せに開いて三階へ上がっていった。社長室だ。

それを追った史郎は、だまって権藤の後に続いて階段を上った。鏡子に何かあったか、という思いはすでに確信に変わっている。

相馬は、アルコールの抜けきらない目で長椅子にかけ、足を組んでいたが、史郎の姿を見ると、デスクにもどって場所を空けた。その横顔からは何も読めなかった。経営者らしい、どこか毅然とした雰囲気が漂う、いつもの相馬らしからぬ態度に不安を募らせた史郎は、やがて「竹中さんには辞めてもらった」という一言を聞いて息が止まった。

「話は権藤から聞いたが、お前としたことが、お前としたことが面倒だな」

お前としたことが、という一言がきいた。相馬としては、穏便に済ませたかったという本心が、その声音に滲んでいるが、そうならなかった理由は、隣にいる権藤だと見当がつく。権藤は折れた前歯の間に挟んだ煙草を上下させながら、この最高の見せ物を見物している。さぞかし楽しいだろうさ。だが、史郎の心は、自分がいないほんの僅かな間に社を放逐されてしまった鏡子のことから離れなかった。怒る余裕などなく、ただひたすら狼狽することしかできない。

「なんとか考え直していただくわけには行きませんか、社長」

史郎は懇願した。

「身から出た錆だぞよ、大間木。そもそも、夫と死別したなんぞという話が嘘ではないか。それを知っておっただろう、大間木。それでいながら、あの女と同棲するとは、不適切極まり無い。違うか？」

脇から権藤が口を出す。わかっております、といった史郎は、それでも相馬を見た。社長は、ぐっと顎を引き、暫く考えていたが、「一度下した結論だ」という。

「社員にも知れ渡っているようだし、けじめをつけないわけにはいかん」

つい今し方、荷扱いの男から掛けられた言葉の意味を悟り、史郎は唇を噛んだ。

「本来ならば、お前も馘なのだぞ、大間木総務課長。部下の経歴詐称を隠し、さらに女に手を出すとは、管理職としての適性に欠ける」

ご丁寧に肩書きまでつけて呼んだ権藤は、いいですかな、とあらかじめ相馬と打ち合わせでもしていたのだろう、一言断って続けた。

「とりあえずお前は譴責《けんせき》処分である、大間木。竹中鏡子は本日をもって解雇。社長の温情によって総務課長職は据え置くこととするが、今後オレンジ便の指揮及び対外取引の一切はわしの領分とし、お前が出ることはまかりならん。いいな」

オレンジ便もか……。深い敗北感に打ちひしがれた史郎は、権藤の言葉でその場にへたり込みたくなった。

「社長、これでよろしいですな」

相馬はこたえず、史郎に向かって「お前はまだ若い。好機はまたくる」と声をかけた。

氷の上を滑る風のように、上っ面をすり抜けるだけの言葉だ。

気力も体力も失せ、贅沢な社長室の光景に代わり、史郎の心象風景を埋めつくしたのは、荒涼たる砂漠だ。木も水もない、わずかな潤いすらない、広漠たる空間。そこに俺はいる。そこを俺は歩いている。

相馬の前を辞去し、階段を下り、そして事務所の自分の机に向かうまで、史郎は幾度となく愛する女のことを思った。そして、油断すれば溢れそうになる涙をなんとか堪《こら》えて席につくと、職場の好奇な眼差しに耐えつつ、山積した伝票を虚ろに眺めるしかなかった。

5

気がつくと、鏡子は海に来ていた。

海といっても、故郷の彦島のような躍動感のある美しい海ではない。東京湾の一角、動物のキリンそっくりの大型クレーンが居並び、貨物船が行き交う鉛色の海だった。足下に寄せる波から生臭さと油の匂いが立ち上がって鼻腔をつくが、慣れるとそれも気にならなくなった。

鏡子は何年か前に買った黄色いワンピースを着て、風に飛ばされないよう帽子を手で押さえている。ぶら下げている布鞄は手作りで、中には今日の昼に食べようと思ったお弁当がそのまま入っていた。

空の低いところまで傾いた太陽は、容赦なく鏡子の表情を照射している。この海を見た途端に溢れ出した涙は止まりそうになかった。

夫の元を逃げ出し、単身で生きようと決意して東京に出てきた。なんとか職を得て、史郎と出会い、可奈子とのささやかな生活が始まったときの幸福。そんなちっぽけな幸せまでも、指先から抜け落ちてどこかへ行ってしまった。

「辞めてくれるか」

そんな一言であっさりと職まで失い、つきまとう柳瀬の影に怯えながら、母子共々、路頭に迷っている。自分を愛してくれている史郎になにも返すことができない。そればかりか、迷惑ばかりかけて……。

鏡子は、柳瀬から頼まれた話を史郎にしたことを後悔していた。自分だけでなく、史郎までも巻き込んでしまう。「借金が棒引きになる」とか「自由になる」とかいう柳瀬の言葉を、そんな旨い話があるはずない、と思う反面、口にしてしまうところに無意識の期待を抱いていた自分に気づく。

情けなくて悲しくて、目の前真っ暗ね。

そう思うと胸が上下し、ふっ、と出てきた吐息は笑いになった。

笑うしかない。

笑えるじゃない。

なんなの私の人生って。

油の浮いた水面を見つめる。手摺りはなかった。車止めの向こうに立ち、鏡子は目を閉じる。生と死の境目が見えた。

死ぬ瞬間になって、自分が何を考えるだろうか、とそんなことを考えたのは初めてだった。楽しかった子供の頃の思い出？　きらきらと無数に輝く彦島の海？

違う。

直射日光を浴びて赤茶けた瞼に浮かんできたのは、無邪気に笑う可奈子の笑顔だった。

生まれたてのちっちゃな手。よく笑う子だった。母さん、母さん。甘えん坊で寂しがり屋の可奈子は、泣き虫で友達にいじめられるとすぐに鏡子のところへ走ってくる。母さん好き。母さん好き。鏡子が怒ったとき、可奈子は鏡子の顔色を窺う。可哀そうな子。親の顔色なんか窺わなくていいのよ。私はいつだってあなたの味方なのに。どんなときでも、いつになってもあなたの味方なのに。柳瀬の暴力に堪えながら、可奈子を庇い抱えた夜。この子を守るのは私しかいない。私しか――。

母さん……。

いっそう熱い涙が頬を伝い落ち、鏡子は声を上げて泣いた。

「可奈、可奈……。可奈」

死ねないよ、可奈を残して。母さん、死なないから。

陽がゆっくりと傾く頃、あまりにも泣きすぎて鏡子は抜け殻になった。体と魂が離ればなれになってしまったかのように、眼前に広がる港の夕景を不思議そうに眺める。

泣いたって、変わらない。何も。

柳瀬がいて、返しきれない借金がある。史郎とのことは、夢。嫌なことを忘れる夢をたまに見せてくれるのよ、人生は。

いくら苦しくても、自分で歩いて行かなければならない。切り拓いていかなければならない。可奈子のために。そう、たった一人の娘のために。かけがえのない娘のために。

ようやく踵《きびす》を返した鏡子は、重い足を引きずるようにして可奈子を迎えにいくために保育園へ向かう。鏡子がいたのは羽田旭町の突端、そこから保育園までは徒歩で二十分ほどの距離だ。

「ああ、竹中さん」

鏡子の顔を見た途端、またも保母は眉を寄せる。「可奈ちゃん、どうも調子が良くないみたいで」

ぐんと心臓をわしづかみにされたように体を強ばらせた鏡子は、医務室のベッドで横になっていた可奈子のところへ走る。

「可奈……」

眠っていた。微熱。食欲が無く、友達とも遊べないようで、といった保母の説明を聞き、タクシーを呼びましょうか、という申し出を断って背負った。

帰路、掛かりつけになった医院に寄る。季節外れの夏風邪っぽいなあ、という医師のいつものんびり口調にとりあえず安心して、布団に寝かしつけた。余程疲れていたのか、具合が悪いのか、可奈はぼんやりした表情のまま横になるとすぐに寝息を立て始める。

残暑の夕刻だった。

タオルを冷たい水に浸して額に置き、軽く団扇であおいでいた鏡子は、トントン、というドアをノックする音ではっと動きを止めた。

史郎さん——？

心配して早く帰ってきてくれたのか。期待してドアを開けた途端、鏡子は凍りついた。

「なんだ、その顔はよ」

柳瀬はいった。鏡子を押しのけて部屋に入ってきた柳瀬は、奥の部屋の可奈子を見て「けっ、寝てるのか」といって椅子にかけた。

鏡子は玄関の三和土《たたき》に突っ立ったまま、我が物顔で上がり込んだ柳瀬を見ている。

どこかでアコーデオンが鳴っていた。神経に障る音だ。

「帰って。ここはあなたの家じゃない」

鏡子の言葉に、柳瀬の顔つきが険しく歪んだ。

「お前の家でもないだろうよ」

柳瀬の目の奥で憎悪の炎が赤く灯る。

「可奈子が、具合が悪いの。だから」

帰って。そう言おうとした鏡子に構わず柳瀬は汗ばんだシャツから煙草を出して口にくわえた。立ち上がり、流しに置いてあった徳用マッチを擦り、点火する。椅子にもどってうまそうに煙草を吸っている柳瀬は、煙を吐き出すたび、ひょっとこの面のような顔で、玄関に突っ立ったままの鏡子に吹き付けるようにした。

灰が、食卓に落ちた。

慌てて灰皿を差し出す。そのとき、鏡子の腕を押さえつけた柳瀬は、二の腕に煙草の火を押しつけた。

「やめて――――！」

悲鳴を押し殺し、引き抜いた腕に激痛が走る。意識が遠くなる中で流しまでいって水道水で腕を冷やす。心臓が跳ね上がり、恐怖が体中を駆け巡り始める。いつか柳瀬と暮らしていた頃、毎日のように感じていた恐怖。将来の夢も幸せも、全てを諦めなければならなかった、鏡子をがんじがらめにしてきた恐怖——それにまた、鏡子は金縛りにあったように動けなくなっている。

流しの上、小さな窓から風がそよぎ、その風にのってまたアコーデオン弾きの陰気な曲が聞こえてきた。

「この前の話、大間木にしただろうな」

どうにか、鏡子はうなずいた。

「で、どうだ。首尾は」

焼き鏝《ごて》を押しつけられたような腕の痛みに堪えながら、鏡子は腰を痛いくらい流しに押しつけていた。

「史郎さんを巻き込むのはやめて」

柳瀬はだまってその言葉をきいた。

「史郎さん」

鏡子を真似た猫なで声で柳瀬は揶揄《やゆ》する。「史郎さん、か。なあ、鏡子——」

吸い殻を無造作に床に捨てた柳瀬は鏡子にゆっくりと近づいてきた。

「よく考えてみな。あの借金さえなきゃ、俺もお前も、もうこんな苦労はしなくて済むんだ。いまのままじゃ、どんだけ働いても金は借金の返済に消えていく。羽が生えたみたいに、どっかへ行っちまうんだ。だけど、借金さえなきゃ、俺達はまた自由なんだぜ。昔みたいによ、仲良く暮らせるってもんじゃねえか」

嘘――。酒、女、博打。あんたは一度だって家庭を顧みることはなかった。いつだって私と可奈子を置いて外で遊び惚け、気づいたときには借金だらけ。あんたはいつまでも同じことを繰り返すわ。

「自由だ、俺達はよ。自由なんだ。大間木に仕事をやらせろ。そう説得するんだよ」

「いやよ」

自分でも驚くぐらいはっきり、その言葉は唇をついて出た。なんだと、といった柳瀬の表情にどす黒い翳が落ち、表情が消えた。

耳元で爆竹が破裂したような音がして、聴覚が途切れた。平手打ち。頬が熱い。

「やめてよ」

柳瀬は笑った。

落ち着き払った態度で煙草を抜く。徳用マッチが擦られ、先端に火が灯った。部屋には、斜めに傾いた夕陽が差し込み、裁断されたような光の剣が斜めにさしていた。

煙草を右手に持ち、体を押しつけたかと思うと、顎を押さえられた。目の前に煙草の先端が近づいてくる。やがてそれは目の下へ行き、張られた頬にはっきりと熱を感じるほどに近づいて止まった。

「もういっぺん、言ってみやがれ」

全身から汗が滲みだし、目を閉じた鏡子の神経は、頬に寄せられた煙草の熱、その一点に集中する。

目を開けた。

悦楽に酔いしれ、とろんとした柳瀬の顔が視界にあった。視線が、恐怖に彩られた鏡子にじっと注がれる。

じっ、という小さな音とともに、鏡子の頬が焦げた。

また離す。

「まだまだ」

柳瀬はいった。「お前がうんというまで、続くぞ。今度はどこにする。鼻か耳か、それともおっぱいなんてのもいいな」

鏡子の顎を押さえつけている指に締め上げられ、悲鳴はくぐもってしか聞こえない。体を密着させてきた柳瀬は、鏡子の抵抗をいとも簡単に封じ込め、低く嗤った。

逃れる術《すべ》を求めて伸ばした指先に固いものが触れた。

お前は俺のもんだ。

柳瀬は鏡子の耳元で生臭い息とともにつぶやく。煙草を吸い、ふうっと吹きかけ、そしてまた先端を今度は左の頬へ近づけてきた。

「俺にさからったお前が悪いんだぞ、鏡子」

この男がいる限り、あんたがいる限り、私にも可奈子にも、本当の幸せはきやしない。

すぐ近くでアコーデオンが鳴っている。そのメロディの断片は脳裏に突き刺さるかのように不快で、ざらついていて、どこか狂って聞こえる。

煙草の先端の熱がくっきりと感じられる。

じっ、という皮膚の焦げる匂いと共に、焼け付く痛み。鏡子の意識が弾け飛び、指先に触れたものを握りしめた。

柳瀬は足下に崩れ落ちた。悲鳴を聞いた。助けを求める懇願かも知れなかった。でも、それは言葉というより、ただの不連続な音の連なりでしかない。鏡子の視界を埋め尽くしていたのは銀色の視界だ。真夏の彦島で、熱湯をはったような空がそういえばこんな色をしていた。

柳瀬は、足下にできた血の海に沈み込んでいた。小さな目がまだ怯えたように鏡子を見上げている。気がつくと、鏡子もまた溜まった血の中にぽつねんと突っ立っているのであった。

胸元から込み上げてきた悲鳴は、細くて固いカタン糸のようだった。堪えても堪えても喉から這い上がってくる。

柳瀬を殺した。

殺したのだ、私が。その事実の重みがじわじわと鏡子を蝕み、気が遠くなった体が揺れ始めた。

どうしよう。

しんと静まりかえっている。

可奈子が眠っていたのは、本当に良かった。

なんとかしなければ。なんとか——。

流しに背を押しつけていた鏡子は背後に気配を感じて振り返った。流しの上、通路に面したところに小窓がある。見上げた鏡子は思わず短い悲鳴を上げた。ひとつ開け放ったその窓一杯に、のっぺりした大きな顔が覗いていたからである。

「何か、お役にたてることはございやせんか」

男はいうと、鏡子の返事を待たずに小窓から離れた。カチャッという小さな音と共にドアが開き、白装束の巨体が不釣り合いな敏捷な動きで部屋に上がり込んできた。

「あらら」

驚いたように男はいい、しゃがみ込んで柳瀬の脈を取る。「なんまんだなんまんだ」と呪文のように唱える様は僧侶っぽいが、背中のアコーデオンはまさに流しの弾き語りである。男は、一言、「殺したのかい、そいつで」といって、鏡子の手を見た。

はっと振り払った鏡子の手から血塗れの包丁が落ち、鋭い刃が床で音を立てた。

6

すまん。もう少しで帰るから、待っていてくれ。鏡子さん——。

猛烈に働いた。鏡子への心痛と疲労で、心と体がばらばらになりそうだった。会社を出たのは午後十時過ぎだ。小走りにターミナルを横切り、徒歩五分という場所にある自らのアパートへ急ぐ史郎の胸に、鏡子への思慕と同情、そして悔しさが募った。

史郎は、アパートの前で足を止めた。

この界隈に不釣り合いな黒塗りのベレルが道端にとまっている。どんよりした夜空にもぴかぴかに磨かれたボディが艶やかだ。そんな史郎の耳に陰気なメロディが聞こえる。「アコーデオン弾きか……」。辺りに姿はない。すぐ近くから聞こえてくるのに。不思議なことだと思いながら階段をあがり、自室のドアの前で足を止めた。

アコーデオンは部屋の中から聞こえてくる。戦争時代に逆戻りしたような演歌だか軍歌だかわからない曲が、ときおり風洩れするのかスースーという音混じりで奏でられているのだ。ドアを開ける。

「鏡子さん？」

しかし、史郎を迎えたのは、鋭い視線の男であった。男は食卓の椅子にかけたまま、史郎をじっと見ている。借金取りか。史郎の目を引いたのは、その脇でアコーデオンを抱えている白装束の男だった。刹那心臓がばくばくと音を立て始めた。この男――。

見たことがある。

平が殺された夜、BT21号車のバックミラーでちらちらしていた白装束の――。

こいつだ。間違いない。しかし――

なんでこいつが、俺の家に？

「もういい、猫寅」

男のひと言で、アコーデオンがぱたりと止んだ。

「鏡子さん、これは……？」

鏡子が向けてきた目には、感情の欠片《かけら》もない。なにがあったんだ。一足踏み出した史郎に台所の光景が飛び込んできた。狭いアパートである。

絶句した史郎に、見ての通り、と男がいった。窓際に立っていたアコーデオン弾きがじりじりと動いて史郎の背後に回る。動くたび、義足の先端が床を叩き、釘でも打ちつけるような固い音を立てる。

「ど、どういうことだい、鏡子さん」

こたえはない。

「何かされたのか、こいつらに」

鏡子に駆け寄り、肩に手を触れると、かすかに、その首が左右に動いた。

「人を殺《あや》めちまったらしい」

黒っぽいなり、きっちりと上着まで着込んだ男が、代わりにいった。「壊れかかってるぞ、この女――」

面白がっているような口調だった。

鏡子は居間の壁に足を投げ出して座っていた。その様は魂のない人形のようであった。目はうつろで、どこにも焦点を結んではいない。鏡子の魂がどこかへ抜けだし、その留守の体を揺すっているような感触。頭がぐらぐらと揺れ、体にはまったく力がなかった。

その目尻から一筋の涙がこぼれた。

「警察に連絡しようか、いま相談していたところでね。そうなれば、この女は殺人で逮捕されるのは間違いない」

男がいう。鏡子の肩を両腕で支えたまま、史郎は動けなくなった。

警察。逮捕――。それが恐ろしい津波のような勢いで感情を翻弄し、史郎の思考を寸断し、砕いていく。

「ま、待ってくれ。警察には報せないでくれ」

気がついたとき、史郎はそういっていた。「なにか事情があったはずだ。そうだろ、鏡子さん。そうだよな」

揺すられ、頬を向けた鏡子の火傷に史郎は気づいた。

「事情があるんなら警察で説明すればいい。ただ、正当防衛にはほど遠いと思うがね。長い裁判の末、情状酌量があったとしても、旦那殺しだ。何年間かは臭い飯を食うことになる。その間、娘はどうなるかな」

その言葉に奥の部屋の襖を開けた史郎は、可奈子の寝姿を見て、ほっとため息を洩らす。

「女囚の烙印を捺されるか。一生消えることのない、烙印をな」

その言葉に裏の意味を感じ取った史郎は、男を見つめた。

「なにがいいたい」

「お前が望むなら、この死体を処分してやる」

男はいった。

「あんたは」

成沢、とだけ、男はこたえた。「通りすがりみたいなもんだ」。素性など最初から明かす気はなさそうだった。

「こっちはどっちでもいい。決めてくれ」

成沢はいった。どす黒い血の海に沈む、一つの死体からは異臭が漂いはじめている。鏡子を一瞥し、そっと死体にかがみ込んだ。ぐっと胃をねじられたような吐き気が込み上げたが、なんとか堪えて、光の失せた目を見た。

旦那殺し。

煙草の吸い殻に血が滲んでいる。拾い上げた史郎は、「くそっ」、死体に向かって投げつけた。跳ね、血の海につかまって、とまる。

「警察は困る」

絞り出した史郎の言葉に、視界の隅で鏡子がはっと我に返ったように動くのが見えた。史郎さん——。止めようとするかのような鏡子の声は小さく、かすれていた。猫寅が背後で動き、義足を鳴らす。

「あんたに頼めるのか」

「そのほうが、簡単だ」

成沢はいう。「どうせ、どこかでのたれ死ぬ運命の男だ。こんな男のために警察沙汰にすることはないと思うが」

「条件はなんだ」

成沢の誘いに史郎はのった。

「猫寅」

成沢の言葉で白装束の男が動き、どうにか手足がでないように毛布にくるまれた柳瀬の死体をひょいと持ち上げた。床の血は別な布で拭き取り、成沢に言われるまま裁ちばさみで細かく裁断して捨てた。

死んだ人間の重みをまるで感じさせない身軽な動作で、義足を鳴らしながらアパートを出ると、夜陰に乗じて階段を下り、駐車場に止めた史郎のスバルへと運んでいく。

処理はまかせておけ、といったところで、目の前からそう簡単に死体が消えてくれるわけではない。死体を運ぶのはお前だ、と成沢はいい、場所はあんたもお馴染みだろう、という言葉を添えた。

「相模原のごみ捨て場、といえばおわかりのはずだ」

史郎は顔をあげた。あの場所か。灰色の夜空の下で、もうもうと煙を出して稼働していた処理施設。こいつら——。何かあるぞ。もっと深い何か。途轍もない裏の世界。その深淵に足をかけた自分を史郎は意識したが、もう後に引き返すことはできない。六畳間の片隅で打ちひしがれ、魂の抜け殻のようになっている最愛の人をなんとか立ち上がらせ、眠っている可奈子の部屋で横にさせた史郎は、「後は俺に任せてくれ」と耳元で囁いて急ぎ外に出た。

そこに、成沢の姿はもうなかった。

鈍色《にびいろ》の夜空を反射させせたベレルがするすると糀谷《こうじゃ》の曲がりくねった裏道から出ていくと、史郎は、面妖な僧侶のような男と二人、夜のしじまに立っていた。

「さあて、行きましょうか、お兄さん」

猫寅の言葉で傍らに鎮座していたスバル360の運転席を開けた。助手席に猫寅が滑り込むと、小さな車体がわずかに沈んだ。まるで子供かなにかのようにアコーデオンを抱えている。それが狭い車内のフロントパネルにぶつかって、猫寅は不機嫌そうな声を出した。

「後ろに置いたらいい。あれを、立てれば置けるだろう」

史郎がいうと、奇怪なアコーデオン弾きは体を捻り、片手一つで横になっていた死体を立て、空いたスペースにアコーデオンを置いた。猫寅が動くたびに、香が漂う。巨体の上ののっぺりした顔は、それ自体脂肪太りした体のように肉が垂れ下がり、重く垂れ下がった瞼の下に隠れた目は小さい。

小型車を駐車場から出した史郎は、糀谷界隈の町屋を縫って走り、産業道路へ出た。軽いエンジン音だけが車内に響いている。

狭い車内に死体が一つ、異形《いぎょう》の坊主と乗り合わせているこの状況をどう打開したものか、史郎は考えた。いいや、打開のしようなんぞあるわけがない。この状況こそがそもそも打開なのだから。それにしても、胸苦しい。

産業道路を南下し、やがて大師橋を渡る頃になって史郎の鼻腔にある変化が現れた。

血の匂いが漂ってくる。それと柳瀬のズボンを汚していた小便と、垂れ流した便の匂い。それはいやが上にも、史郎に死体とドライブしているという現実を思い出させるのだった。

いまいましい信号が赤に変わり、後部座席を振り返って様子を見る。毛布に包まれた柳瀬の死体は、まるで布にくるまれた仏像か何かのように真っ直ぐに立っていた。死後硬直が始まっているのか、猫寅のアコーデオンにもたれかかっているようでいて、頭部まで直立している様は、ひとつの〝物〟である。リア・ウィンドウには、走ってきた何の変哲もない道路があり、遠くにきらめいている港の灯りが少しだけ見えた。視線を戻すとき、ちらりと猫寅を盗み見る。

眠っているのか、こいつ。

身動きひとつしない怪人からは、まるで生気が感じられない。本当に生きた人間だろうか。まるで禅僧かなにかのように両手を膝の上に置き、人通りの絶えた寂しい道路に顔を向けている様、その落ち着きようはただ者ではない。そのとき猫寅の目が微かに開いたかと思うと、底光りのする眼底を史郎は見てしまった。背筋に冷たいものが一気に駆け抜け、逃げ出したいほどの恐怖に駆られたとき、またあのひどい臭気が鼻をついた。

「青ですぜ、お兄さん」

「わかってる」

顔をしかめた史郎は、そのときになって初めて窓を閉めきっていたことに気づいた。なんてことだ。アクセルをふかしながら三角窓を押して向きを変えた史郎は、ドアの窓も全開にした。

たちまち、生ぬるい風が吹き込んできた。充満していた臭気が抜けていく。生き返った気がした。

吐息が史郎の唇から漏れた。深呼吸を何度も繰り返すうち、ようやく人心地ついてくる。ハンドルを握る指の感触を確かめ、スピードメーターを配慮する余裕が出た。深夜の道路をスバルのヘッドライトが照らし、鶴見の雑多な光景がやがて後ろに遠ざかっていくと川を越えた。鶴見川である。

右のウィンカーを出す。ルームミラーで後方を確認した史郎はまた別なことが気になってきた。

毛布のてっぺんが少しめくれ上がっている。柳瀬の死体にまきつけた毛布が車の振動で徐々にずり下がってきているようだった。

一旦気になると、とめどなく神経がそちらに向かい始める。

アクセルを踏む度、毛布の端がゆらゆらと揺れるのがルームミラー越しに見える。その度に毛布は少しずつ——そう、おそらくはほんの何ミリかずつ確実に落ち始め、やがて、史郎にもはっきりと頭部の黒髪が見えた。皮をかぶった巨大な筍みたいだ。

車を止めて直そうか。いやいや、そんな時間があったなら、少しでも前に進んで早いところこのとんでもない状態からおさらばしたい。

そう思ってアクセルを踏んだときだ。最悪の状態が訪れたことを史郎は知った。

前方で赤色灯が回っている。スピード違反の取り締まりか。道路中央に出てきた警官が赤い表示灯を回転させ、史郎のスバルを路肩へ誘導する。強行突破するか。いや、そんなことをすれば全ては水泡に帰す。人員満載したスバルがパトカーを振り切れるはずもない。

ヘルメットをかぶった警官がゆっくりと近づいてきた。腰をかがめると、小さな敬礼とともに、車内を覗き込む。

「免許証を拝見」

くそったれ。免許証は財布の中に入れたまま後部座席に放り込んである。

冷や汗がどっと流れ、体の芯ががたがたと震えるのが分かった。史郎は体を曲げて狭い後部座席を探る。無い。どこへ行ったか、車を出すときには気が動転していて、具体的にどの辺りに放ったか、思い出せなかった。

「どうしました」

巡査の声に少し疑念が滲む。やっぱりどこかで止まって毛布を直してくればよかった。柳瀬の死体と猫寅のアコーデオンがでんと居座る後部座席は、暗くて目が利かない。もし、死体かアコーデオンの下になっていたら——。アコーデオンと死体は微妙なバランスをとりあっていて、いまやどちらを動かしても、柳瀬の死体は左右に転がることは間違いなかった。毛布がめくれ上がり、死体が警官の目に触れたら……。

史郎は必死で手を動かし続ける。「ありますか?」。疑念はさらに強くなっている。早くしないと、臭いからも足がつくかも知れない。くそっ。一か八か、ルーフライトのスイッチを捻った。警官の視線は、後部座席を探している史郎の動きに集中している。毛布の突端から飛び出した毛髪に気づかれたら、そこで終わり——。気が急く。早く、早くしろ——。そのとき、

「アコーデオンですか」

警官の声がした。

「へえ」

と猫寅。史郎の手が死体の足下で財布の感触を発見したのと同時だった。全身から力が抜けていく。さらに汗がどっと噴き出し、指の震えを悟られないよう、財布から

免許証をひっぱりだした。

ぽっ、と懐中電灯が顔の前でともった。免許証の記載を読み、写真と史郎とを交互に見る。よほど暇なのか、念の入った作業だ。

まるで返すのが惜しいような手つきで、警官はそれを史郎に戻した。敬礼。「お気をつけて！」

アクセルを踏み、ちっぽけな車体を本道に出した。危ないところだったが、なんとか助かった。ほっとため息を洩らしたのも束の間、ルームミラーに視線が釘付けになった。

死体に巻き付けていた毛布が緩み、頭部が突き出した。間一髪。

柳瀬はうっすらと目を見開き、鏡ごしに史郎を見つめていた。だらしなく緩んだ頬には血がこびりつき、半開きの唇からは黄色い歯が覗いている。嗤っているかのようだ。その首は、道路の凹凸を拾って車体が揺れるたびに、小刻みに揺れるのだった。

やがて、大粒の雨粒がフロントガラスを叩き始めた。こつん、という氷の粒でも衝突したかの硬質な音とともに、銃創のような痕をガラスにつけた最初の一滴はさらに数滴の後続を呼び、あっというまにどっと滝のような雨を見舞った。

なんてこった。

ヘッドライトに、大粒の雨脚はまるで細長い銀色の棒のように照らし出される。吹き込んだ雨に、たまらず窓を巻き上げ、三角窓を閉める。するとたちまち、再びあの臭気が蘇ってきた。ベンチレーターを開けると、小さな窓から吹き込んできた湿気をたんまり含んだ空気が車内を攪拌しはじめる。ふと横を見た史郎は、猫寅がどこか嬉しそうな顔をしているように見えて、寒気を覚えた。臭気というものをものともせず、ただ助手席におさまっている怪人は、時折「右」だの「左」だのと指図する以外の言葉を発していない。

「臭うな」

たまらず口にした史郎に、猫寅ははじめて顔を向け、それとわかる嗤いを浮かべた。気味の悪い笑い方をしやがる。こいつが平を殺したのだ。もしかすると、片岡も――。

あんたが殺したのか。きいたところでこたえるはずのない質問が史郎の胸に浮かんだ。お前は何者だ。普段何をしている。なぜ俺と鏡子さんにつきまとう――アパートの周りでアコーデオンの音を聞いていたことを、このとき史郎は思いだした――、目的はなんだ。成沢という男の正体は。平と片岡を殺した理由は？

様々な疑問も次々に浮かぶ。いくつかの問いについては、答えの想像はついた。

成沢は闇の掃除屋で、そもそも平と片岡がその片棒を担いでいたに違いないということだ。奴等の行動を史郎は知っており、そして運送会社の総務担当という都合のいい職に就いている。柳瀬を使って、史郎を利用しようとしたのは成沢の企みだろう。そんな史郎にとって、鏡子は唯一の弱みで、成沢は、それを巧みに突いた。もしや、鏡子のことを会社に知らせたのは成沢ではないのか？　史郎の思いつきはすぐに確信に変わった。

「ずっと俺や鏡子さんを見張ってたのか」

たまらず史郎はそれだけを口にした。

返事はない。

何をきいても同じだろう、と史郎は見当をつける。全てを考えているのは成沢で、この妖怪のようなアコーデオン弾きは、汚れ仕事を請け負っているに過ぎない。

「その足、どこで？」

にっと楽しそうな顔がハンドルを握りしめている史郎を振り向いたのがわかった。

答えなし。

世の中に傷痍軍人は大勢いて、人と人との殺し合いをくぐり抜けてきた軍人も史郎の周りには少なくない。だが、猫寅の持つ醜悪な印象は、こうした国や正義を旗印に闘ってきた男達とは一線を画すものだ。

ふと気づくと、後部座席の柳瀬がこちらを見ていた。俺にも質問してくれよ、そう言いたそうな顔だ。ルームミラーの角度を変えた。今度は気配が背中に漂ってくる。

まったくどうしようもないことに、それははっきりと史郎の五感に存在を主張し、片時も頭から離れることはない。

路面の状況が悪くなってきた。長いドライブがついに終わりに近づき、雨に煙る平たんな光景の中に、こんもりとした建物の影が浮かび上がってきた。

一本道を史郎のスバルはうなりを上げ、水しぶきをはね飛ばしながら直進し、やがてかすれて名も読めないほどの看板がかかる門柱の間を通過してアクセルを緩めた。

「止まれ」

久々に口を開いた猫寅は史郎と死体を残して助手席から降りて前方の建物の中へと消え、入れ替わりに陰気な顔の老人が出てきた。壁のスイッチを入れる。地鳴りのような低い物音と、微かな振動が史郎にも伝わった。

史郎は運転席から外へ出た。雨がたちまち顔を叩き、全身がずぶぬれになったが、柳瀬の死臭を我慢しながら車内にいるよりは百倍ましだった。

「そろそろいいぞ、若いの」

出てきた史郎に老人はいった。意味はすぐにわかった。足下、ほんの数メートル離れた場所に奈落が見えた。その底で回転している不気味なカッターが目に入ったとき、全身の血が下がった。やれ、若いの。ぐずぐずすんな――。老人の背後から猫寅が現れ、戸惑っている史郎に代わって後部座席から柳瀬の死体を運び出す。たちまち毛布に雨脚が当たり、雨粒が垂れた。白装束はあっという間に濡れそぼり、色の白い巨大な頭部、その分厚い瞼からも雨が滴った。

義足を鳴らし、「成仏」とでも言ったか、猫寅の口もとが動いたかと思うと、さっと腕が動き、毛布もろとも柳瀬敏夫の死体は奈落へと投げ捨てられたのだった。覗き込んだ史郎は、巨大なカッターがまるで獲物を与えられた肉食獣さながら柳瀬の肉体をむさぼり食う様を目の当たりにした。

だが、肉を裂き骨を嚙む音はほんの僅かの間で、横様に落ちた柳瀬の体はあっという間に見えなくなる。見上げた史郎の視界で、煙突から煙が出ているのがかろうじて確認できた。やがて柳瀬もあの排煙となってこの悪天候の夜空へ排出されるのだ。

7

目覚めたとき、まるであの土砂降りをこの身に浴びたかのような汗を搔いていた。額を拭った腕にべったりと汗が付着し、いまだ鳴り続いている心臓の鼓動が、動揺の深さを物語っていた。

ＢＴ21号車の鍵がいつのまにか琢磨の指先からすり抜けてカーペットの上に転がり落ちていた。慎重に取り上げたとき、瞬時、音が蘇った。

ガツガツガツッ。

身の毛のよだつ音とともに、血飛沫《しぶき》を上げて死体が刻まれる光景はまさに修羅場としかいいようがなかった。

朝。窓はすでに白んで、これから始まる真夏の一日を予感させる室温はすでに三十度近くまで上がっているようだった。

俺が見たのは、本当に父さんの過去だろうか。

これこそまさに悪夢という奴ではないのか。父の過去とは無関係な夢ではなかったのか。

何度かそう思おうと努力したが、無駄と知って琢磨はがっくりと肩を落とした。ひとりで抱えるには重すぎる。そこで琢磨は、その日、渋谷区内の病院に転院したと連絡のあった桜庭を訪ねた。「一時的にくらくらっ、ときてな」

病状をきいた琢磨に冗談めかした桜庭だったが、琢磨の話を聞くうち、次第に顔色は深刻なものに変わっていった。

「竹中鏡子さんが、人を殺したというのか」

「見たわけではありません。ただ、状況からするとそうとしか……」

「殺されたのは誰かわかるか」

「たぶん、別れた男だと思うんですが……。一緒にいた男が〝旦那殺し〟といっていましたし、今までの経緯からするとまちがいないと思うんです」

難しい顔をして桜庭は考え込み、ベッドで上半身を起こしたまま胸の前で腕を組んでいた。

「父が警察の世話になったという話、桜庭さんは聞いていらっしゃいませんか」

おそるおそるきいた琢磨に桜庭は否定した。

「いいや、そんなことは知らんな。第一、そんなことにでもなれば、次の就職先とて簡単に見つからなかったはずだ」

桜庭の病室は、明るい二人部屋で、隣のベッドには、八十近いと思われる老人が静かに横たわっていた。脳の病気ということで心配したが、大事には至らなかったようで、ほっとした。

琢磨は、桜庭から言付けられた笹塚の自動車工場を訪ねたことを話し、「そうか。なにしろ古い話だからな」という桜庭のつぶやきをきいた。

「気をしっかり持つんだ」と見舞いのつもりが励まされ、琢磨は桜庭の病室を辞去してきた。

湿度の高い一日。午後になってどんよりと重たい雲に覆われ、不快感はぐんと増した。分厚い雨雲は、排気ガスの充満したコンクリートの街をすっぽりと覆って、鍋蓋の役割を果たしている。昨夜みた息詰まるような車内の雰囲気を琢磨は思い出した。

行き場のない空気、行き場のない感情は、いつかちょっとした穴から噴出して、己の感情を制御不能にしてしまいそうだ。二年前、ストレスというガスをたんまり貯め込んだ自分が、なにかの拍子に壊れてしまったのと同じように。

駅の公衆電話で亜美に連絡し、訪ねた。

中目黒駅前のフルーツパーラーで冷たい白桃を買い、なぜか難しい顔をして迎え入れた亜美に渡した。「気を遣ってくれなくていいのに」。彼女はそれを大事そうに冷蔵庫に入れ、麦茶をコップに注いだ。

「どうしたの」

きいた琢磨に、亜美はますます冴えない顔つきになった。

「どうにも納得がいかないのよ」

彼女はいった。

「あなたにこんなことを言うのは筋違いだってことはよくわかってる。でも、おかしいと思うの」

亜美が話したのは、榊原という男が出したという巨額損失の経緯だった。亜美はひとつひとつの事実を確かめるように、もし文章にしたら箇条書きがふさわしいような口振りで、順を追って説明する。

「お客さんから三億円の運用を頼まれたのが一年前。それから何度かにわたって榊原は日本株を中心に投資を繰り返した。ところがそのほとんどで失敗した。最終的にお客さんの被害は約一億円にのぼった」

概略はそんなところらしい。亜美の口からそのことを聞くのは初めてだ。

「そのときの株式相場はどうだったの」

「低調な時期ではあった、確かに。だけど、おかしいのよ」

亜美はずっとそうしていたのか、食卓の椅子で片膝をかかえた格好で、目の前に広げた山のような書類から一つのレポートを取り出すと鉛筆でトントンとやった。門外漢の琢磨には難しい様々な株式指標やグラフが記載された書類だ。顧客に渡された運用報告書のコピーもあった。

「榊原は運用のプロなの。ところが、この取引先の運用に限っていうと、連戦連敗。素人でもこれだけ負け続けるのは難しいでしょう」

「君は中味はチェックしなかったのか」

「任せてくれということだったから」

亜美の声は後悔を含んで小さくなった。

「それで責任だけが君に押しつけられたと」

「運用は本来、榊原の専門なんだけど、コンサルタントとしてキャリアを積むために私が窓口になったほうがいいという話だった。顔つなぎみたいなものよ。それで徐々に仕事の中味をシフトしていこうと。プライベート・バンキング部門の取引というのはキャリア以上に相手の信頼を勝ち得ることが重要なの。アメリカの投資銀行なんかはもっとドラスチックにやるみたいだけど」

亜美が勤めていたのは、フランスに本社があるコンサルタント会社だった。語学の得意な亜美は、大学の経済学部を卒業した後、二年間の海外留学を得て、今までに三社の外資系企業を転職した経験がある。その点では大学を卒業して、昼も夜もなくひとつの会社のために働き続けた琢磨とは相当の違いがあるが、いずれにせよ、今は二人とも失業者だ。

「腑に落ちないのよね」

亜美は考え込んだ。

琢磨は亜美が広げている書類を何枚かつまみ上げて眺めてみたが、どれもチンプンカンプンで、すぐに諦めた。出る幕ではないのだ。亜美も期待していないのか、やがて話題を変えた。

「このマンション、引き合い、あったらしい」

琢磨は顔を上げたが、言葉は出て来ず、重いものがずんと心に沈んでいった。

その夜、久しぶりに琢磨は亜美の手料理を食べた。発病から二年、離婚という法的な手続きをとって一年。その時間の溝を感じさせない、普通の食事。琢磨は亜美を抱きたいと思った。しかし、結局、一線を超えられないままマンションを出たのだった。

いつのまにか雨がぱらついたらしく、街は黒く濡れ光っていた。歩くうち、束の間の幸福感は薄れていって、現実の虚無が琢磨の胸に広がっていく。

上の空だ。何をするにしても。

父がひた隠しにしてきた過去への罪悪感と衝撃は、いくら埋めても埋めきれないダメージを自分に与えている。

つらかった。精神的な負荷がまたひとつ増え、俺はどうなっちまうんだろう、という漠然とした不安が生々しく立ち上ってくる。

琢磨の帰宅を待っていた母は、「亜美のところに寄ってきた」というと心配そうにきいた。

「亜美さん、どんな具合だい」

「まああだな。病気のほうは心配ない」

母はじっと琢磨を見た。

「あんたはどうなんだい」

「俺か？　まああだな」

母からの返事はない。

「さっき、樋口さんって人から電話あったよ。トラックがどうのこうのって」

ぶっきらぼうな母の言葉に、出された茶をすすっていた琢磨は顔を上げた。

「なんだって？」

「電話をくださいって——」

「何時頃？」

一時間ぐらい前かしらねえ——。母の言葉を背中で聞きながら、そばにあった電話をひっつかんだ。樋口の名刺の番号にかける。

「お尋ねのトラックのことなんだけど、三浦の農家に売ったみたいだね」

「三浦？」

古い書類を調べてもわからなかったので諦めていたところ、偶然訪ねてきた古い取引先が、そんなことを言ったのだという。

「因縁めいた話だけど、その方によると、実に不思議なトラックだったそうだ。グリーンのボンネット・トラックで、存在感があって、妙に気になる。しばらくうちにあったらしいがある日なくなっていた。どうしたんだと親父に聞いたところ、三浦へ売ったって。その方が訪ねてきたのも、何年ぶりかのことで、奇遇というか——」

樋口は電話の向こうで言葉を探したが、適当な表現は見つからなかったようだ。しかし、琢磨にはわかった。決して偶然なんかじゃない。ＢＴ21が呼んだのだ。俺を自分のところへおびき寄せるために。くそったれが。親子二代にわたって祟るつもりか。

「その、三浦の売り先がわかれば、教えていただきたいんですが」

琢磨は内心の思いを押し隠して話を進める。

「うちの取引先で三浦にある先といえば、一軒しかないんだ。とはいえ三十年以上前の話だから、本当にその取引先さんへ父が売ったか、さっき電話をして確かめてみた」

心臓がどくんと音をたて、息が苦しくなった。

「そ、それでどうだったんです」

樋口は、ちょっとした間を置き、おもむろにこういった。

「確かに、うちから一台ボンネット・トラックを中古で買ったという話だった」

ようやく、この現実の世界でBT21号車の手がかりを掴んだ瞬間だった。琢磨は、勢い込んだ。

「それで、いまそのトラックはどこに?」

樋口は、こんどこそたっぷりと数秒の間を置いた。

「まだ、その取引先にあるそうだよ」

琢磨の胸に熱いものが込み上げた。ついに見つけたのだ、BT21号車を。呪われたトラックめ。奴はやっぱりこの世界に生きていた。

樋口から尾山農園という名前と住所をきいて電話をきった琢磨が、三浦へと向かったのは、その翌日のことである。

第十章　BT21

1

その夜を境にして、史郎のなかで何かが変わった。

川崎駅近くの繁華街で猫寅を下ろしたのは空が白み始めた頃だった。白装束の異形《いぎょう》がアコーデオンを抱え、厚化粧の剝がれかけた歓楽街の薄闇にとけるように消えていく。まるで谷に降りていく客の亡霊を見送るタクシー運転手の気分でそれを見送り、車を出した。

悲しいのか、悔しいのか、怖いのか、絶望しているのか、史郎にはわからなかった。あるいは、それらすべてかもしれなかった。

自分のスペースだけぽっかりと空いた駐車場にスバルを入れる。アパートの部屋に戻ると、開け放しのカーテンから、夜明け前の淡い光が差し込み新しい一日の始まりを告げていたが、そこに新鮮味の欠片《かけら》も見いだすことはできなかった。

「ただいま」

返事はない。

「鏡子さん？」

まさか。慌て、奥の部屋の襖をがらりと開く。

「鏡子――」

いた。可奈子に添い寝をするように横になったまま、天井を見上げている。その胸が微かに上下しているのをみて、史郎はその場にへたりこんだ。拳を力一杯握りしめ、ずいぶん長い間、史郎はその格好のまま動けなかった。

成沢から呼び出しがあったのは、それから三日後のことであった。

秋雨前線が本格化し、関東周辺に局地的な集中豪雨をもたらしているというニュースがラジオで流れた日である。東京も朝から激しい風雨で、路地はぬかるみ、どぶ川には薄汚れた生活排水が溢れた。

朝、いつものように七時に出社した史郎は、席に着くなり鳴り始めた電話をとった。交換から回された相手の声は、一度きいたら忘れられないほど冷たかった。

朝から断続的に降り続いた雨が、そろそろ雨脚を弱めた夕刻、史郎は所用と偽って相馬運送の小型バンを運転して川崎駅に近い指定の店に出かけた。

「仕事だ、大間木さんよ」

白木のカウンターで飲んでいた成沢は、史郎に横顔を向けたまま告げた。

「来週の水曜日。荷物、運んでくれ」

黙っていると、刺すような成沢の視線がこっちを向いた。震え上がるほど冷ややかな目だ。思わず後じさりしたくなるほどの迫力だった。

「わかってんだろうな」

小さく肩を揺らして嗤った成沢は、集荷先の住所と時間をいった。書き取り、配送先をきいた史郎に、例の場所と告げる。裏の世界のゴミ処理かと、史郎は察した。平と片岡がやっていた仕事がこれならば、遠からず自分も殺される運命にあるのかも知れない。

史郎の考えを察したか、成沢は声にドスを利かせた。

「もし、あんたが裏切ったら、一生後悔することになる。肝に銘じておくんだな」

人生という暗夜行路にぽっかりと空いた陥穽に塡《はま》った。そう思ったが、いまさらどうにかなるものではなかった。

「やればいいんだろう」

史郎はいい、『風来』を後にした。

雨のそぼ降る中、相馬運送に戻ると警視庁の木島が史郎を待っていた。

「なにか御用ですか」

吸いかけの煙草をもみ消した木島は、軽く一礼して史郎と対峙した。鉤鼻《かぎばな》の上にいっそう猜疑心を濃くした瞳をした男は、田木の一件以来、頑迷なほど相馬運送に執着している。

「近くまできたもんですから」

といつもの下手な方便を使った木島は、その後どうですか、とそれとなくきいた。

「どうと言われても……」

言葉に窮する史郎をじっと眺めた木島は、「ところで、相模原廃棄物処理場のことなんですがね」と本題を切り出した。

「民間の施設らしいというところまでは、以前報告した通りです。ところが、詳しく調べてみると、これがどうも、よくわからない。表に立っているのは、相模黒川興業なる怪しげな会社ですが、これが幽霊会社でしてな。株主はまた別の会社で、さらにその会社の株主も別……ときて、いろいろ苦労した挙げ句、最終的にはどうにも妙な連中に行き着くようでして」

「妙とは、どんな」

成沢の顔が浮かんだ。

「つまらんヤクザですよ。ヤクザだった、というか。というのも、登記簿謄本を辿って行き着いた人間は、もう死んでるもので」

「死んでる？」

木島の言葉は史郎を驚かせた。

「あのごみ処理場、死人の所有物なんです。ご存じでしたか」

「いいえ」

といった後、史郎は嘘の破綻に気づいた。以前、取引先だと誤魔化したことがある。

「なんで嘘なんかついたんです」

眼光鋭く、木島は突いてくる。

下手な言い訳をしようにも、史郎には思いつかない。正直に話すしかなかった。

「実は、平と片岡の様子がおかしかったもので、尾《つ》けていたんです」

木島は言葉の真偽を秤にかけるように史郎をじっと見た。

「様子がおかしいとはどんなふうに？」

ＢＴ21号車の走行距離と二人の不可解な行動。興味深く聞いた木島は一応、頷いたが、もちろん、全てを納得した様子でもない。むしろ、やっぱり隠していやがったかと、余計に猜疑心を掻き立てられたふうに見えた。史郎を睨み付け、他に隠していることはないんですか、と畳みかけてくる。

無い、と史郎はしらを切った。成沢と自分との関係に触れるわけにはいかない。それは自分のためというより、鏡子のためだ。

「ごみ処理場が死人の経営といっても、実際には裏で糸を引く輩《やから》がいるはずです。それが何者か、いまのところわからないが、そのうち――」

木島の話に頷いた。

成沢。奴には隙がない。しかし――いま木島はその真相に一歩近づいたかも知れない、と史郎は思った。おそらく成沢は、田木の事件を追う刑事がごみ処理施設に目を付けたことに気づいていないはずだ。

「だが、平さんはその世界と関係があった。きっかけは借金で、片岡さんも関与していた。彼らは、相馬運送の配送の途中でごみ処理施設に寄り、なんらかの請負仕事をしていたとは考えられませんか」

木島はさらに鋭い仮説を披露する。

「だが、その仕事は長く続けられない危ない仕事だった。平さんは足を洗おうとするでしょうな。そのためには金がいる。大間木さん、あなただったらどうする？」

木島は真面目な顔できいた。

「金を返せばいい」

胸が痛む。金を返して済む話なら、どんなに楽だろうか。そうだ。鏡子の借金であれ、自分が代わりに返してやれば、それで済んだ。だが、死体処理という取り返しのつかない借りを返すのは、不可能だ。

「だが、平さんにそんな金はなかった」

「田木の金を狙ったということですか」

木島はうなずき、問題はその金を本当に平と片岡の両名が奪ったかどうかですわ、といつもの疑問に戻った。

「それを大間木さんならばわかるのではないかと思いましてね」

無茶なことをいう。

「わかりませんよ、そんなの。私は平の仲間じゃないんだから」

そう突っぱねた史郎に、そうかな、と意味ありげに木島はいった。

「あなた、さっき走行距離云々といったではないですか。もし、平が田木の金を奪っていたのなら、裏の世界との縁もそれで切れたはずだ。なあ大間木さん、ひとつ頼みがあるんだが、田木が失踪した後、平と片岡両名が運転するトラックの走行距離に異常な点がなかったか調べてもらえんだろうか」

調べるまでもなく、史郎はその回答を知っていた。

「田木が失踪した後も、不審な距離はあがっていました」

もし平と片岡が田木の金を得、足を洗っていたらあがるはずのない距離だ。つまり、二人はやはり金を手にしていないということだ。

「駄目か……」

当てが外れ、木島の肩がすとんと落ちた。振り出しに戻る。邪魔をして悪かった、といって立った木島のこうもりがターミナルの敷地から出ていくのを見送った史郎は、その日の空のように重たく湿った溜息をついた。

2

東横線で横浜まで出て、京浜急行に乗り換えた。川崎から横浜にかけて広がる建物の密集した都会の光景は、久里浜を過ぎた辺りから開けた半島のそれに変わっていく。久里浜線の普通列車に乗り換え、八月のさんさんと降り注ぐ陽射しを浴びた近郊野菜の畑と開けた空を見ていると、ぎすぎすした都会の喧噪を忘れさせてくれる。

終点の三崎口でおり、小さな駅舎から出て真夏の炎天を仰いだ。随分遠くまで来たものだな、という実感が沸き上がり、同時に、これが自分探しの旅の、果たして終点なのだろうかと、一瞬、思いを馳せた。

二年間の闘病。退院はしたものの自分に自信が持てないまま宙ぶらりんな数ヵ月を琢磨《たくま》は過ごしていた。思いがけず彷徨《さまよ》いこんだ時空の果てに見た父の過去、亜美のトラブル、母の苦悩――。しかし、琢磨をこうした行動に駆り立てたBT21号が、なぜいま琢磨を誘うのか。その謎は依然として解けていない。

この現世にBT21がまだ現存しているのではないか、という推測はやはり正しかった。

琢磨が見た過去の光景で、巨大なダイカストエンジンをフェンダー部に備えたボンネット・トラックは、夜露に濡れて輝くトラック・ターミナルの皓々たる灯りをあびて小刻みに振動を繰り返しているのだった。

あのBT21がいまどんな姿で琢磨を待ち受けているのか。それを思うと無性に落ち着かない気分にさせられる。だが、その謎はまもなく解けるはずだ。

尾山農園は、三浦市郊外で農業を営む会社だと、樋口からはきいていた。駅前でタクシーを拾い、両側に広がる丘陵地帯を走った。近郊野菜の産地だ。幾何学的に耕された畑には、夏の陽差しを浴びた野菜が葉を気持ちよさそうにそよがせている。

「あれですね」

三十分近く走っただろうか。スピードを落とした運転手がいった。まわりは畑ばかりだが、遠くに杉の木立と赤い円屋根の倉庫が見える。道端の支柱に尾山農園の看板がくくりつけてあった。

土の匂いがする。

静かで、人気《ひとけ》はない。三浦半島の丘陵地を吹く一陣の南風が舞い、琢磨の少し伸びかかった髪を乱していく。乾いた風には潮の香りが混じっていた。

琢磨の前には鉄筋三階建ての白い建物があった。事務所と民家が一緒になった造り。その事務所の中に人がいて、タクシーから降りて近づいてくる琢磨を見ている。まるで山男のような髭を蓄えた体格のいい男に迎えられた。それが尾山農園の社長、尾山清一だった。

事務所といっても、パソコンを置いたデスクとソファがあるだけの簡素なものだった。琢磨にそのソファを勧め、自分で麦茶を淹《い》れた尾山は、事務机の椅子を引いてかける。歳は琢磨より十歳近く上、真っ黒に陽灼けし、農作業にふさわしいがっしりした手が印象的だ。

「トラックを探してるんだって？」

樋口がどれだけのことを話しておいたかわからなかったが、琢磨はうなずいた。

「なんでそんなものを探してるんだい」

「実は私にもよくわからないんです」

たぶんそうきかれると思った琢磨は、実のところＢＴ21号を探している当たり障りのない理由をあれこれ考えていたのだが、尾山は不思議な男だった。つい本音を口にしてしまう。

尾山は興味を抱いた。

「ほう。理由もよくわからず、こんなところまで来たのか」

「そう言われてしまうと、返す言葉もないんですが」

じっと琢磨を見つめる。

「なにか不思議な力に導かれて、とか？」

今度は琢磨が尾山を凝視する番だった。「え、ええ……うまく説明できませんが。あの、尾山さんも――」

尾山は腕を組んだ。

「あんたが来るような気がした、というか、あんたを俺は見たことがある。既視感って奴かな。昨日あんたから電話もらったとき、いつか夢で同じような場面があったな、と気づいた。そしてさっきあんたがタクシーから降りたのを見たとき、同じ感覚が頭のどこかで蘇ったんだ。だが、それは夢で見たとかではなく、もっと別の――こんなことをいうとあんた笑うだろうが、予定されていた場面、というかな。そんなものだという気がした。そもそも、あれは親父が大事に使っていたトラックでね。親父は霊感の強い人だった」

尾山の亡き父が野菜や飼料の運搬用にと、知り合いだった樋口自動車に頼んだところ、ちょうどあのトラックが売りに出ていたんだ、と尾山は説明した。

「当時すでにボンネット・トラックなんて時代遅れになりかかってたはずだ。だが、親父はどういうわけか、あのトラックが気に入っててね。調子が悪くなって新しいトラックを買っても手放さなかった。何か感じるものがあったんじゃないか。そういうの、俺にはまるでわからないんだが、親父の形見みたいでいまだに置いてある。天然記念物ものだよ」

尾山は爽快に笑った。

「四十年以上前のトラックですから、調子が悪くなるのも当然ですよね」

昭和三十年代の下町を疾走していた力強いＢＴ21の走りが脳裏を過《よぎ》り、一抹の寂しさを覚えた。

「調子が悪かったのは、以前の話で、いまはだいぶよくなった」

リストアしたのだと、尾山は説明した。

「古い車をいじるのは趣味としてなかなかいいもんだ。大間木さんは、なんであのトラックを探しているかわからないといったが、きっかけはなんだったんだ。それぐらいはわかるだろう」

琢磨は、ショルダーバッグから二つ折りにした封筒をつまみ上げた。その口をあけ、目の前にある小さなテーブルの上に中味を滑らせる。

「イグニッション・キーか」

尾山はそれをつまみ上げ、裏返しながら「古いな」とつぶやく。ふいに立ち上がると、背後の事務机の抽斗を開け、お菓子の箱を取りだした。中味は鍵だ。じゃらじゃらかき回していた指がやがて一本のキーを探し当てる。

「これは——!」

琢磨は息を飲んだ。BT21号車のキーだった。形もメーカーのエンブレムも同じ。違うのは、尾山が出した鍵のほうが比較的新しいということだった。

「うちにあるのがスペアなんだろう」

スペア。その言葉に琢磨は二つ並べられた鍵に見入った。指先を近づけてみる。

あ——。

音だ。

キュルルルル。

どこか遠くのほうで聞こえる。緑の草原、朝靄の丘のどこかで馬がいななくようなこの響き……。BT21号車が俺を呼ぶ声だ。

来たな。来たな。そうだ。こっちへ来い。こっちへ。俺のとこへ。さあ、さあ……。

呼んでいる。BT21号車が。あのグリーンのボンネット・トラックが。俺を呼んでいる。手招きしている。あの忌まわしい過去から、現在まで生き抜いてきた呪われたトラックが、いま――。

目を上げると、尾山がまじまじと琢磨の顔を覗き込んでいた。琢磨は爪の先で弾くようにして自分の鍵を封筒に入れると鞄にしまった。

「父の遺品なんです。それではじめて、このトラックに父が乗っていたことを知りました。昭和三十八年。大田区の相馬運送という会社で経理をしていた父の人生をこのトラックは狂わせたんです」

「狂わせた……？」

尾山は繰り返したが、それ以上の詳細を尋ねようとはしなかった。

「ＢＴ21――尾山さんのところにあるトラックの相馬運送時代の名前です。ＢＴ21号車は呪われたトラックだったんです」

思わず黙り込んだ尾山に、琢磨は今までのことを話した。田木幹夫という殺人犯の失踪、平と片岡という二人の運転手が相次いで殺されたこと。そしてオレンジ便という新規事業がその際の運送事故をきっかけにしてとん挫していったことを。

「あんた、それをどうして知った」

返答に窮した琢磨は、テーブルに一本だけ残った鍵を見つめた。

「ＢＴ21は俺に知るはずのない過去を見せてくれました。信じられないでしょう。気が狂った男の戯言《ざれごと》だと思われるでしょう。でも、本当なんです」

琢磨はキーをしまいこんだ鞄をさする。「この鍵が私を過去へ連れてってくれたんです。父の視点から、私は昭和三十八年に起きた出来事を見ることができました。すみません。お怒りになったのなら謝ります」

だが、尾山は琢磨の話になんら疑問を口にしたりはしなかった。立ち上がり、キーをとる。そして。

「BT21号車、か。　愉快な話だ。　だけどな大間木さん、それは違うんじゃないか」といった。

「違う?」

怪訝な顔になった琢磨に、尾山はいった。

「あのトラックは決して呪われたトラックなんかじゃないってことさ。逆じゃないかと思う。俺に言わせれば、人間思いの、すばらしいトラックだと思うね。まあ、とにかく見てやってくれ、その、BT21号車を。うちでは単に、ポンコツと呼んでるがね」

「是非、お願いします」

琢磨は尾山について事務所を出た。

傍らにある倉庫へ向かう。細長い三階建てのビルぐらいの大きさのある建物で、モルタルの古ぼけた造りだった。屋根はスレートで、まるで西部劇に出てくるような高さ数メートルもある両開きの扉がついている。

扉を固定している閂《かんぬき》を横に引いた尾山は、左側の扉を力一杯に引いた。少し地面にひっかかるのか、ガタガタッ、と土と木が擦れる音がし、琢磨のところから内部の薄闇が見えた。

壁のどこかに穴が空いているのか、何本かの光線が差し込む様は、まるでスポットライトのようだ。

風が吹き込み、藁と機械油が入り混じった匂いが琢磨の足下まで這いだしてくる。細かい埃の微粒子がいままさに目覚めたように舞い始め、まるで光のシャワーのようだ。

「それ！」

尾山がもう一方の扉を勢い良く引き、全開にした。

舞い上がった埃が琢磨の視界を埋め尽くす。時の粒子に琢磨には思えた。無数に、音もなく、スローモーションできらきらと舞い落ちるカーテンの向こうに、そいつは蹲《うずくま》っていた。

「ＢＴ……」

琢磨はつぶやいていた。

四十年近い歳月が経っているとは俄には信じがたい。鮮やかなグリーンのボンネットがいま琢磨の目の前に迫っていた。圧倒的な光景だった。銀色のエンブレム、フェンダーに横の模様をつけているぴかぴかのモール。そいつを包み込むように、光の粒子が舞っていた。無秩序に、狂ったように。いままさに喜びを爆発させたように。踊り狂っている。

「やっと――やっと見つけたぞ」

ボンネットの上の運転席を琢磨は見上げた。いままさにそこに父の姿を見たような気がして熱いものが込み上げてくる。父が青春の全てを賭けた瞬間をこいつは見ていた。一人の女性を愛し、挫折と絶望の淵へおちていった四十年前の父。熱い目をした男の姿を。

ぴかぴかに磨かれた四角いフロントガラスが青空を映している。眩しげに見上げた琢磨に、尾山は自分の鍵を渡した。

「乗ってみたら」

「エンジン、かかるんですか?」驚いて琢磨はきいた。

「かかるよ。もちろん。お気に入りの子守歌だ」

「ドアの鍵は別になってるんだが、鍵はしめてない」

琢磨は運転席に上った。

細身のハンドルと、硬質で飾り気のないフロント・パネルに、スピードメーターや燃料計、水温計が配置されている。

　助手席側に回り込んだ尾山が叫んだ。

「デコンプレバーを引くんだ！」

　左膝あたりから伸びているレバーを尾山は指差した。ギアをニュートラルに入れ、クラッチを踏む。カタンという音、押した瞬間重いが、足に力を込めると深く、意外に軽い感触。琢磨はイグニッション・キーを回した。

　キュル、キュル、キュルルルルルル。

　ＢＴ21が、覚醒しようとしている。

　かからない。

　琢磨は再び同じ動作を繰り返した。

　キーを回す。

　キュルル、キュルルルル……。

「もうちょいだ！」

　尾山が叫んだのと同時に、ガタンという揺れがきた。エンジンに息が吹き込まれたのだ。なんと重々しい音か。魂を揺さぶられるようだ。じわりと視界が滲んだ。

「父さん……」

　思わず涙が溢れ、頬を伝った。グリーンのボンネットは、まるで巨大な獣の鼻のように琢磨の座る運転席から猛々しく前方へと伸び、エンジン・フードと、その両側から突き出しているウィンカーを揺らしている。開け放った倉庫の入り口からどこまでも続く近郊野菜の畑が見える。フロントガラス一杯に降り注いでいる太陽が眩しく、目を閉じた琢磨に暗く殺伐とした工場地帯の光景が重なってきた。そうだ、あの時代を走ってきたのだ、こいつは。いや、いまでも走っているのかもしれない。昭和三十八年、高度成長を支える京浜工業地帯、小さな町工場と重工業の巨大工場が軒を並べ、油の匂いとひっきりなしに機械の稼働する音と、そして排煙に覆われたあの世界を。

琢磨の胸に、あの夢以上にリアルな光景が広がった。埃っぽい道路にかかる月。荒涼とした下町の光景は現代と比べると遥かに見通しがきき、閑散としている。ドッドッドッ、と太い排気音と野性味のあるエンジンの振動を伝えて走るトラックのボンネットを運転席から見ている父。疾走。両側の景色が飛ぶように背後に消え、象の雄叫びのようなエンジンの咆吼とともに、ボンネットが小刻みに揺れる。

だが、突如、琢磨はえもいわれぬ胸騒ぎを感じ、不安になる。お前はなにを俺に伝えようとしているんだ。

「大間木さん、大間木さん……」

自分を呼ぶ尾山の声がして、琢磨ははっと目を見開いた。

そこにはさっきの丘陵地帯の長閑《のどか》な光景が横たわっている。

ふうっ、と重たい吐息を洩らした琢磨は、指が白くなるほど強くハンドルを握りしめていることに気づいて、力を緩めた。

尾山は、気づかうような視線を琢磨に向けている。

「大丈夫です」

琢磨はハンカチで涙を拭き、そして二度、三度と鼻をすすった。胸の高鳴りと込み上げてくるものがおさまるのを待って、「どうもありがとうございます」と尾山に礼をいう。

「動かすこともできるんだけど、ちょっと足回りがいまいちなもんで。何分、長い間酷使したから。よく働いたよ」

愛撫するように変色した水色のフロント・パネルに触れ、言葉に詰まって一瞬、黙りこくった。

「……引退してからもエンジンをいじったりして楽しませてもらった。いや実はね、もう処分しようと思ってるんだ。場所はとるし、いつまでも置いとくのもね」

「処分って……」

尋ねた琢磨に尾山は言葉を濁した。

「まあ、最後になると思うんで、よく見てやってよ」

「どうされるおつもりですか、BTを」

「知り合いの解体業者に引き取ってもらうことにしたんだ。世の中不況だそうだけど、うちもあんまり楽じゃなくてね。逗子に土地があるから、そっちでアパート経営でもしようかと思ってさ。農園の資産は少しずつ処分してるんだ」

「そうだったんですか……」

なんということだろう。琢磨はもう一度フロントガラス越しにボンネットを見下ろした。

お前は、死ぬ運命にあったのか。

解体業者の手に渡ったら、BT21は今度こそ、その生命を終える。

運転席をおりた琢磨は、銀色のモールを巻いた堂々たるフロント・グリルにそっと指を触れた。若き日の父はこのトラックと一緒に青春時代を駆け抜けた……。

懐かしく、甘酸っぱい感傷のさざ波が琢磨の胸に沸き上がり、再び涙が込み上げてきた。

傍らにたった尾山は手にしたタオルで「HINO」のエンブレムを磨いた。キュッ、キュッ、と力強く。いとおしむように。

「売ってくれませんか、俺に」

琢磨の言葉に尾山はびっくりした顔で振り向いた。手の動きが止まっている。

「売る？　あんたに」

「ええ、できれば、お願いします」

嘘だろ。思いがけないことを口走っている自分に狼狽しつつも、一方で、無性にＢＴ21号車が欲しいと思っている自分に琢磨は驚いた。このトラックには何かある。それがわからないうちに手放すべきではない、というのは自分を納得させようとした理由であって、正直なところ、筋道立った理由などなかった。ただ、なにかが——琢磨の心のなかで動いた不思議な感情が、そう言わせたのだ。

「解体業者にいくらで売るんですか。その金を払いますから」

「払う？　逆だよ。俺が業者に金を払って持ってってもらうんだ。金を取れるような価値はこのトラックにないからさ」

「そうですか……」

腕組みした尾山は、あんた本気か、と琢磨にきいた。「こんなのあんたが持っていってても何の役にも立たないぜ」

「いいんです。しばらく、手元に置いておきたい。そうするべきだと思うんです」

また理由のない意見。根拠のない行動。なんなんだ、これは。単に感傷に浸っているだけではないのか。自問に、答えは出ない。

「ちょっと待っててくれ。実は、今日の夕方取りに来てもらうことになってたんでな」

そういうと尾山はゴム長を鳴らして慌てて事務所へ走り、暫くして戻ってきた。話がついたのだろう。琢磨に親指を立て、ニッと笑った。

「さあて、問題はどうやってこいつを運び出すか、だな。あんた、どこに住んでるんだって？」

川崎です、と答える。

「一戸建て？」

「一応」

「駐車場は？」

「あります」

正確には、あるにはある、といったところだ。かつて父の車を入れていた駐車スペースがある。琢磨も一台持っていたが、発病したとき、入院費用の足しにするために売り、今は車のない生活をしている。さしあたっての課題は免許だが、別にボンネット・トラックを乗り回そうというわけではないから問題ない。一番の懸案は、どうやってこの三浦半島の突端から川崎まで運ぶかということだが、それは尾山の申し出で解決した。

「それなら俺が運んでやるよ。足回りさえ整備すりゃあ大丈夫だろうから、今週中に直して、乗っていってやる。それならいいだろ」

「なんとお礼を申し上げていいのか……」

琢磨は感激し、そして一番心配なことをきいた。

「おいくらでお譲りいただけますか」

最低でも整備費用はかかるはずだ。タイヤだって安くはない。

「あまりたくさんは……失業中なので」

恥を忍んで琢磨はいう。二年間の闘病生活と失業で、預金は底をつきかけている。

なんだそうだったのか、と尾山はいい、腕組みしてどうしたものか思案した。

「リストアした費用はここのところでも二百万円以上はかかってるんだ。だがそれは俺のお遊びみたいなもんだから、この際いいさ。整備し直す実費分だけでいいよ。そうだな……二十万。いま十万円。あんたの職が見つかって最初のボーナスが出たらそのとき十万。どうだ」

「職が見つかったら尾山さんに連絡すると信用してもらえるんですか」

返事の代わりに、尾山は右手を差し出す。その手を握り返した琢磨は、気分が高揚し、軽い興奮を引きずって帰宅したのだった。

次の日、尾山から電話があって車の引き渡しは翌週の水曜日と決まった。

その約束の日の昼過ぎ、これから出る、と連絡があった尾山が実際に琢磨の家に到着したのは夕方近くになった。

地を這うような野太い排気音。ドラム缶を転がすようなシリンダーの音とともに、ガタガタッ、ガラス戸を揺らすほどの振動がきて、家の中から血相を変えた母が飛び出してきた。

「なんだい、この音」

「トラックを買ったんだ」

「トラック？　工事現場へ砂でも運ぶつもりかい」

琢磨の後を追ってつっかけで飛び出した母は、琢磨の誘導でゆっくりとバックしてくるボンネット・トラックを見て絶句した。

グリーンのボディは、ありったけのワックスを使ったらしくピカピカに磨き上げられ、まるでクラシック・カーの展示場から運び出してきたようだった。エンジンの躍動感と規則的な排気音は、古さを感じさせるどころか、まるで昭和三十年代からタイムスリップしてきたのではないかというグッド・コンディションだ。夕景の中でブレーキランプがくっきりと浮かび上がり、それは駐車スペースのほとんどと背後にある自家菜園の一部を占めて止まった。

運転席から降りてきた尾山は、一仕事やり終えた充実感を体中から発していた。顔を火照らせているのはクーラーのせいだけではないはずだ。

琢磨は金を入れた封筒を渡し、尾山が金を数えるのを待つ間、きんきんと放熱しているエンジン・フードを見つめていた。

「こんなに長い距離を走ったことはなかったが調子よかったぜ。あんたも免許とったら試してみるといい。なかなかおつなもんだ。日本最大のクラシック・カーかも知れん。まさしく、走る天然記念物だ」

膨らみのあるタイヤカバーをたたいた尾山は、煙草を点けてうまそうに吸った。

「車の引き渡し書類は助手席にある。サインしたら、あんたのもんだ」

俺の車……。俺のＢＴ21。

こうなる運命だったのか。

運転席側のドアを引き開けると、かっと熱した空気が顔にあたった。ステップを踏んで乗る。黒いビニールシートはすり切れて、真ん中あたりには穴があき中のスポンジが見えている。細身のハンドル。

感慨が胸にわき起こり、琢磨は目を閉じた。デコンプレバーを引く。クラッチを切り、イグニッション・キーを回した。無意識の動作だった。

何かが頭の中で聞こえた。脳内分泌物同士が反応しあい、変化したかのような、静かだが、劇的な感覚が琢磨を襲った。

「おい、大間木さん大丈夫か」

変化に気づいたか、尾山の声がする。

「なんとか」

自分の声が答えた。

「なんとか、なるさ」

だしぬけに誰かがいった。何だ?

「つらいことばかりじゃない」

聞き覚えのある声がいっているのが聞こえる。なんのこと? 琢磨は問う。俺の人生のことかい。それとも、あんたの人生? そうなのか、そうなのか——父さん……。

3

信号で停まると、太いエンジン音が地を這い、ミラーが後続の車と環状線のだだっ広くやけに白っぽい道路を映し出していた。

「なんで、なんで……」

助手席で鏡子が泣いている。「なんでこんな……」

「鏡子さん」

重く沈んだ声で鏡子の名を呼ぶ。まだ信じられない思いで、鏡子がしっかりと抱きしめている可奈子の寝顔を見つめた。こんなにも安らかなのに。こんなにも愛らしいのに。

「なんとか、なるさ」

苦しげに史郎は言った。

「つらいことばかりじゃない」

可奈子の具合が悪いと鏡子が報せてきたのは、その朝の十時過ぎのことであった。交換から回された電話で、鏡子は、言葉も聞き取れないほど狼狽していて、仕事もそこそこに史郎は自宅アパートまで走ったのだった。

鏡子の手の中で可奈子はぐったりとして動かなかった。ときおり薄目を開けるが、呼びかけても返事はない。

かかりつけの先生のところへ、といった鏡子に、「町医者じゃあ、だめだ」と史郎はいい、すぐさま目黒にある総合病院へと可奈子を運び込んだのだった。

すぐに検査になった。

午前中付き添った史郎だったが、次第に落ち着きを取り戻した鏡子の「終わったら電話するから、会社に戻って」という言葉で、一旦引き返してきた。

その鏡子からの連絡は夕方になった。検査の途中で可奈子の容体は少しはよくなり、結果が出るまで一旦帰宅し、入院が必要ならば再度出直し、となったらしい。その背景には、運悪く入院棟のベッド数が足りず、空きを待つのに数日かかる病院側の事情があるらしい。

医者は検査結果を見るまではっきりした診断をすることはない。だが、食い下がった鏡子は、検査を担当した医師から、脳炎の疑いがあるという言葉を聞いたのだった。

「まだそうと決まったわけじゃない。決まったわけじゃないさ——鏡子さん」

根拠のない慰めを口にした史郎は、そのとき可奈子の目がうっすらと開いているのを見て、目で鏡子に知らせた。四肢を痙攣《けいれん》させ意識障害としか思えないことを口にしていた可奈子は、いま静かに目を見開き、鏡子の腕の中で運転席から見える町の光景をぼんやりみている。

「可奈」

鏡子が呼びかけた。

「可奈、びょうき？」

可奈子の小さな声がきいた。鏡子は涙をすすり、「大丈夫だよ。大丈夫だからね」、と可奈子の頬を撫でる。じっと泣いている母親を見た可奈子の目から涙がこぼれるのを史郎は見た。

「母さん、泣いてる」

「泣いてなんかないよ。母さん、泣いてないもん」

「泣いちゃだめよ」

可奈子の言葉に鏡子は無理に笑い、そして力を入れて娘の体を抱きしめた。

史郎は唇を噛んだ。

神様、あんたは不公平だ。

なんで俺達ばかりにこんなつらい思いをさせるんです。不幸にさせるんです。俺や鏡子さんばかりじゃなく、可奈ちゃんにまで……。

そのとき、史郎の耳に、可奈子が発したその声が届いた。

「父さん」

前方の信号が青から赤に変わる。刹那、かっと胸が熱くなった史郎の視界がじわじわと滲みだし、涙があふれ出した。おじさんのことを父さんと呼んでくれるのかい。ほんとうかい。優しい子だな。可奈。お前は大人が泣いたり笑ったり、怒ったりするところをたくさん見すぎたから、気持ちがわかるんだろう。おじさんは――いや、父さんは最高に嬉しいよ。ありがとう。ありがとう。

声を上げて泣き出しそうになる。ぐっと涙を堪《こら》えて可奈子を振り返った史郎は、「可奈、がんばれ」というのがやっとだった。ちょっとでも油断したら、ぼろぼろと涙がこぼれてきそうだった。なにをどうがんばるのやら、自分でもよくわからなかったが、それがいま可奈子にかけてやれる史郎なりの言葉だった。

史郎は腕で涙を拭いながら、無理に笑って見せた。だが、強面《こわもて》がくしゃくしゃになって、笑っているのか泣いているのかわからなくなる。

なんて悲しいんだろう。

なんてうれしいんだろう。

これが人生ってやつか。こんなに苦しい思いをして生きていくのが人生ってやつなのかよ。

再びアクセルを踏み込むと、BT21号車は、遮蔽物もなく、運転席をまともに夕陽に照らされながら走り出した。それは昭和三十八年九月のことであった。

可奈子のこと、鏡子のこと、そして成沢の仕事のことなどが頭にちらつき、会社に戻ってからも仕事は遅々として進まなかった。伝票を整理し、ターミナルを見回る間も気持ちはどこか上の空で、常に不安につきまとわれている。オレンジ便の行方を心配していた頃はまだ序の口と思えるほどで、いまの悩みはそれとは比べものにならないほど深刻になっている。

権藤が仕切るようになったこの一週間で、社内の士気も随分下がった。社員の目が死んでいる。みんな、やる気を無くし、目的意識を失っている。だが、いまの史郎にはもう何もすることができない。相馬運送はいま、坂道を急激な勢いで転がり落ちていた。

俺には、選択の余地はない。悩んだところで、やることはもう決まっている。

仕事がはかどらなかったこともあって、遅い帰宅になった。

「可奈ちゃんの具合、どう」

「眠ってる。七時過ぎに一度起きたからお粥食べさせたけど、またすぐ」

病気のせいだとはいえなかった。食卓に、史郎の本棚からひっぱりだしたらしい、家庭用の医学書が載っていた。

「ヘルペス脳炎を調べていたの」

「ヘルペス……？」

「症状が、可奈子と比べてどうかと思って」

どうだった、ときくよりもまず、史郎は自分で本をとり、そのページを広げた。風邪の症状で始まり、意識障害を伴う症状の説明、そして死亡率が高いという一文がささくれだった杭の一撃のように史郎の胸を衝く。

ゆっくりと本を戻した。ごくりと唾を嚥下するが、喉がからからに渇いて、喉の筋肉が上下しただけの不快なものだった。

細かな症状が似ていると思った。

だけど、所詮素人向けの医学書じゃないか。これを読んでも実際のところ、可奈子の病気がなんなのか、医者にしかわかりはしないのだ。全ては検査の結果を待つしかない。

「どうしよう、可奈子がもし――」

鏡子は唇を嚙む。

「そうと決まったわけじゃないさ」

耐え難い沈黙の後、鏡子はいった。

「検査結果が出たら、自首しようと思ってる」

はっと、鏡子を見つめた。

「だめだ、そんなの。だめだよ。鏡子さんがいなくなったら、可奈ちゃんはどうなるんだ。それに俺だって――」

史郎は声を失った。鏡子が本気だとわかったからである。

「可奈を叔母の家に預かってもらうことはできる。その家には子供がいなくてね、柳瀬とのことを知った叔母が、可奈子を預かろうかって前からいってくれてる。――そんな顔しないで、史郎さん。これは正しいことをしようっていう話なのよ」

眉尻を下げてきっと情けない顔をしているに違いなかった。だけど、どうしようもない。鏡子はそんな史郎に無理に笑って見せる。一緒にオレンジ便を企画していた頃の鏡子の笑顔とは、似ても似つかない悲しい笑顔だった。

「正しい、こと……」

「そうよ」

鏡子はいった。

「私は柳瀬を殺してしまった。誓っていうけど、殺したくて殺したわけじゃないのよ。刑事さんの前でそれをはっきりと言うつもり。そして、当然の罰を受けようと思うの。そうするしか私たちが救われる道はない。違う？」

史郎は言葉に詰まった。

「もう、成沢の言うなりにはならないで史郎さん。正しいことをして。私のことは大丈夫。どれだけかかるかわからないけど――待っててくれるでしょう？」

いやだ、俺は待ちたくない。待ってなんかいるもんか。ちきしょう。なんでこんなことになっちまったんだ――！　史郎は苦悩した。

4

翌日夕方まで山積するデスクワークを処理して過ごした史郎は、午後五時過ぎ、事務所の二階の窓に立った。夕刻から乗務することになっているBT21号車は、一時間ほど前に配送先から回送されてきてターミナルに横付けにされている。積み荷作業がそろそろ終わりに近づいているのは、幌のかかった荷台へ荷物を運ぶ男達の動きを見ていればわかる。

BT21号車の鍵をボードからとった史郎は事務所を出て階段を下りた。

都内で一軒集荷し、そのまま横浜にある家電量販店の倉庫へ向かうルートは、成沢の話を受けて史郎が組んだものだった。

運転手控え室まで行くと、和家《わけ》がひとり、スプリングのはみ出したクッションに座って煙草を吸っていた。史郎の姿をみると、どうも、というように軽い会釈を寄越す。そういえばさっきまでグリーンのコンテッサが止まっていたが、いまは見えなくなった。まだ倫子《のりこ》とつきあっているのか、と口元まででかかったが、黙った。そんなことはもう、どうでもいい。

「行くぞ」

煙草をもみ消し、立ち上がってきた和家と一緒にBT21号車に乗り込む。和家がステアリングを握り、自分は助手席に乗り込んだ。

はあいオーケイ！　と荷扱いから威勢だけの掛け声がかかり、和家はトラックを出す。「大谷電機で集荷がある」

運行予定表を見た史郎の言葉にうなずいた和家は、左のウィンカーを出して産業道路を左折、一路大森方面へ向かう。和家にとっては、勝手知ったるルートだ。新呑《しんのみ》川、呑川を越え、大森八丁目のガスタンクを右、さらに直進し、運河を挟んで東京瓦斯大森工場が見える倉庫前で最初の集荷を行った。それに約一時間を要し、大谷電機の倉庫を出たのは予定より十分ほど早い午後七時である。

「戻ります」

和家がいったとき、「一軒、寄ってもらいたいところがある」と史郎は告げた。エンジンをかけようとした和家の動きがとまり、問うような眼差しが向いた。

成沢からきいた住所を告げると、和家は黙ってトラックを出した。会社の取引先筋ではないと察したはずだが、反問は無かった。

大森七丁目から新呑川に沿って西へ向かい、国道と京浜電鉄を越える。東蒲田から仲蒲田へと地名が移り、蒲田駅から広がる雑多な商店街の飲み屋と民家が入り交じった地域へと変わっていく。

地図を広げ、成沢から指示された場所は、そんな雑然とした界隈、空き地と倉庫が隣接する一角だった。「光洋興行」という看板をヘッドライトが照らし出している。

「停めてくれ」

助手席から降りた史郎は、ひび割れたガラスにそって四角いテープが点線のように張られた入り口に立った。運転席から和家が首を捻って史郎のほうを見ている。足下のコンクリート片は、明らかに壁から剝がれ落ちたもので、足を踏み出すたびに細かい破片が音を立てた。

誰もいないのか。

そのとき、ぽっと内部で火が灯ったように見えた。奥の部屋のドアが開閉したのだろう。なにか重いものを引きずる音が近づいてきて、やがて内側の鍵が外されると、男が顔を出した。白いシャツから妙に長いやせぎすの首を伸ばした男だ。長身に不釣り合いに小さな頭部は、眉が濃く、鼬《いたち》を思わせる顔をしている。ヤクザ者だと一目でわかる手合いだ。

「荷物を取りに来た」

史郎がいうと、黙って男は足下の木箱を軽く蹴飛ばした。中味の詰まった鈍い音がする。

持とうとしたが、一人では無理だった。ヤクザ者は手伝おうとせず、底意地の悪い顔で史郎の奮闘を眺めている。和家を呼び、荷台の最後部に乗せた。男が姿を消した廃屋の奥から、賭博だろうか男たちの嬌声が聞こえた。

「運転、代わってくれるか」

再びBTを出したときのぞき込んだバックミラーに、白いスクーターが浮かび上がった。ヘッドライトがまるで人魂のように揺れる。猫寅が追走を始めたのだ。

和家が、顔を強ばらせた。

「課長――」

「わかってる」

産業道路を右折した史郎は、相馬運送の向かいで、軋むブレーキペダルを踏んだ。甲高い、山鳥の声音に近い音を立て、古ぼけた老兵は道端に寄って止まった。

「降りろ」

和家は一瞬、聞き違いか、という顔をした。再び、史郎はいった。「降りろ。早く――。命が惜しかったらな」

和家は史郎の顔を見たまま左手を動かしてノブを引くと、助手席から歩道へ飛び降りる。ドアを閉め、まるで出撃前の零戦でも見送るように、二、三歩歩道を後ずさると戸惑うように右手を挙げた。淋しそうな目をするじゃねえか。そう史郎は思った。眉を寄せ、遠慮したように見つめる和家の顔には、まるで史郎の運命があと数時間で終わると予感したかのような表情がくっきりと浮かんでいた。

クラクションを一発鳴らして応えると、右ウィンカーを出し、史郎は産業道路を南下し始めた。

横浜の取引先に到着したのは午後九時近く。荷下ろしを手伝い、受け取り伝票にサインをもらって、幌をかぶせる。ガランとした荷台には、例の木箱がひとつだけ残った。そいつはいま、ちょうど運転席の真後ろにぽつんと置かれている。人間が入っているとすれば、やけに小さな箱だった。死体じゃないのか？　いや、あの木箱に入るように、小さくしたのかも知れん。きっとそうだ。そういう奴らだ。

史郎は背後を振り返り、コンクリートの塀で囲まれた倉庫の出入り口付近を振り返った。そこには夜の闇がぽっかりと口をあいているだけで猫寅の姿は見えない。だが、その闇のどこかに奴は息をひそめ、こちらの様子を見守っているはずだった。あるいは、出入り口の近くにいて再びBTが出てくるのを待っているのだろうか。

——正しいことをして。

鏡子の言葉が一瞬、胸をかすめていった。それは一日、史郎を苦しませ続けた言葉だった。苦しみ、悶絶した結果、史郎はここにいる。ひとつの決意を抱いてここにいる。

「ごくろうさん」

荷扱いの声に送られ、運転席に乗り込んだ史郎はふうっと重たい吐息を漏らした。

いよいよか——。ＢＴ21は本来ならば引き返すはずのルートから外れ、一路、北へと向かった。

陽炎《かげろう》が舞うように後続が現れた。闇夜のひとつ目小僧よ。その光を目にした史郎は不意に緊張感を覚え、知らず知らずアクセルを踏み込んでいた。相模原に向かって轟音とともに道路を疾走するＢＴ21号車の背後を一定の距離を置いてぴったりと猫寅が追走してくる。

雲が切れ、月が出始めた。満月は過ぎたが、多少欠けたぐらいの、青白く、クレーターまではっきり見えそうな月がかかっていた。

どれぐらい走っただろう。やがて月明かりに照らし出された畑の一本道へ出た。舗装が途切れ、穴ぼこだらけのひどい道は、トラックの車輪を容赦なくとらえ、そのたびに突き上げるような揺れを見舞ってくるのだった。背後で木箱がごとりと音を立てるたび、柳瀬の死体を運んだときの情景が心に浮かびルームミラーを覗き込んでしまう。荷台の覗き窓から青白い顔をした血みどろの顔がこちらをのぞき込んで、にっと笑いかけるような、そんな恐怖にとらわれ、背筋を冷たい汗がどっと流れていく。だが、実際には何も見えやしない。背後の木箱に収められているのが、男か女か、まだ若いのか年寄りか、史郎の知ったことではなかった。どういう理由があって殺され、あるいは死んだのかも知ったことではない。それに、多少楽観的な見方をすれば、あの中味が死体かどうかさえ、わからないのだ。

ふうっと頰を膨らませた史郎の視界に、こんもりとした林が現れた。藍色の闇、ヘッドライトに照らし出された道路の果てに、寒々とした印象の針葉樹が先端を空に突き立てている。それがぼうっとしたシルエットになっているのは、廃棄物処理場の看板を掲げたあの施設の灯りが向こう側にあるからだった。

林に入ると、地面から伝わる感触が柔らかい腐葉土のそれに変わった。深い轍がついている。そこにもっと太く、深い、車輪をのめり込ませながら、史郎の運転するBT21号車は古く乾ききった門をくぐっていった。

廃棄物処理場の内部には、人気《ひとけ》というものがまるでなかった。

徐行した史郎は、やがて見たことのある大きな建物の前までBTを進め、そこだけぽつんと灯りのついている管理部屋の前までグリーンのボンネットを近づけてエンジンを切った。

ずっと緊張したまま運転したせいか、体を動かすと関節がきしむような音を立てる。ドアノブを押し下げて降り立ったその場所は、墓場のように不気味な空気に包まれていた。

ドアが開き、ひとりの老人が現れた。弱々しい蛍光灯の下で見た男の顔は死人のように土色で、目は死んだ魚みたく濁り、黄色い目やにが目尻から垂れていた。

「何を捨てに来た」

老人のしわがれた声がいった。

「さあな。中味のことはきいてないんで」

史郎の返答に何か感ずるものがあったか、老人は立ち止まって裸足に履いているゴム草履に視線を落とした。そして、ゆっくりと顔を上げたとき、その顔は恐ろしい妖怪の本性を表すかのように引きつり、濁った目は闇に潜む猫の目のような光を帯びていた。

「お前、裏切るつもりだろう」

老人は骨ばった鼻に皺を寄せた。

「俺にはわかるぞ、若いの。人の心が読めるのだ。お前は裏切る。その顔にそう書いてある」

動くことができなかった。こめかみあたりから噴き出した冷たい汗が頰を伝う。すると、男の顔に気味の悪い笑いが広がった。静かにゆっくり、そしてはらりと土気色の仮面が剝がれるかのように、身の毛のよだつ形相が現れる。死人のようだった老人の体に人間離れした妖魔の魂がするりと入り込んだかのようだった。

「そうだな、若いの。もし違うというのなら、荷台の箱をこの穴へ落とせ。落としてみろ」

史郎は唇を嚙んだ。

〝正しいことをして――〟

鏡子さん――俺は、俺は……あんたを……。

〝待っててくれるでしょう――〟

鏡子さん、鏡子さん、鏡子さん――。拳を握りしめた。歯を食いしばる。かっと目の奥が熱くなり、唇は、口の中で洗濯でもしているかのように震えはじめた。

だけど、だけど、俺にはやっぱり――できない。

すまん、鏡子さん。

ぎゅっと目を閉じた史郎の耳に、突如、野鳥のような老人の叫びが鋭く響いた。

「落とせ。どうした、落とせ！」

老人はいまやぎらつく目で史郎を睨みつける。「ほうら見ろ。落とせまい。お前は使い物にならん。隠しても俺にはわかるぞ。お前の心が、心がな！」

老人は外見からは想像もできない敏捷な動きでさっと後ろに飛び退いた。皮と骨ばかりの腕をドアの隙間から事務所の中へ入れると、地鳴りのような轟音とともに史郎の背中にある奈落の底で、冴えた光を放っていたカッターが回転しはじめた。

老人が絶叫した。

「猫寅――！」

視界の端に、白いものが現れた。そいつは急速な勢いでこちらへ向かって疾走してきた。タンタンタンッ、という義足の音はまるで機銃掃射を思わせる乾いた音を森のしじまへ、この陰気な建物の染みだらけで汚れたコンクリートの壁へ、放っている。

空豆のような腫れぼったい瞼がかっと見開き、白装束の裾をはためかせた猫寅の眼は、まっすぐに史郎を見据え、鈍い光を放っていた。背中のアコーデオンが激しく揺れる。白い鍵盤と赤いラメの入った胴体、蛇腹をくりつけている黒いベルトが猫寅の肩の向こうで狂ったように踊っていた。とてつもない恐怖が史郎の腹の底からわきあがり、意味不明の声が喉から洩れた。

殺《や》られてたまるか――！

横へ飛んだ拍子にＢＴ21のタイヤに肩を打ち付けた。立ち上がった史郎はボンネットを挟んで猫寅と対峙する。舌なめずりした。やけに赤い舌だ。目を見開き、鬼の本性を現した猫寅は、そのとき、ギーッ、というなんとも言えない恐ろしげな叫びを発した。こいつは人間じゃねえ。史郎の全身から滝のような汗が噴き出し、心臓が跳ね上がった。ＢＴのボンネットから熱が伝ってくる。鈍い光を放つグリーンのボディ、その向こうに中腰になった猫寅の鼻から上が見える。猫寅が声を発した。身の毛もよだつ声だ。

猫寅の体が飛び、ボンネットに腹から落ちた。

「死ねえ」

史郎の腕元へ腕が伸び、汗にまみれているのか濡れた白装束からじゅうという音とともに蒸気がたち上る。生臭い息が史郎の耳もとへ吐きつけられ、その太い指先が史郎のシャツをしっかりと摑み、握りしめた。

「つかまえた」

まるでかくれんぼしていた相手を見つけたときのように猫寅は相好を崩した。

猫寅の太い腕が首に巻かれた。物凄い怪力だ。一瞬のうちに史郎の意識は遠のき、このままでは数秒と保ちそうになかった。

一発目の銃声はくぐもって聞こえた。腕の力が緩む。酸素がどっと脳内に流入してきた。俺は生きている。するともう一発。パン、という今度は明瞭な音が耳を聾《ろう》した。

大道芸人の一人芝居に似ていた。アコーデオンを背負ったままくるりと一回転した猫寅は、起き上がろうとしてバランスを崩す直前、鮮血にそまった顔で虚空を見つめた。木島の撃った銃弾は確実に猫寅の頭部を砕き、そこに真っ赤な薔薇のような傷口を広げている。

猫寅の体が背後へ倒れ込み、奈落へと滑った。

ガツッ、ガツッ、という鈍い音と断末魔の叫びが混ざった。アコーデオンのベルトが外れ、酔っぱらいがオルガンを弾いているような調子っ外れな音階が派手な勢いで辺りに響き渡る。しかし、その白と黒のプラスチックの鍵盤はまたたくまに見えなくなった。駆け付けた木島が仰天して、その様を見守っている。目を見開き、口を大きくあけたまま、右手に握った銃すら忘れ、怪人の最期を看取る。アコーデオンの破片は鋼鉄の刃に裁断され、物凄い血飛沫《しぶき》があがった瞬間、両足が上に突き出した。

カンッ、という鋭い音とともに猫寅の義足がカッターに弾かれ、見下ろしている史郎の頬をかすめて背後の闇へ飛んだ。それが、猫寅の最期の抵抗だった。

「なんてこった……なんて、なんてひどい有様だ」

そうつぶやいた木島は、おもむろに史郎を振り返ってはっと瞠目した。いま、史郎の頬を滂沱の涙が流れていたからだった。

5

清潔なクリーム色をした壁、その天井に近い一点を見つめていた桜庭に、琢磨の話は、一度観た映画のシナリオを聞かされているように思えたかも知れない。だが、それは決して退屈なものではなかったと思う。それどころか、ある種の感慨をその胸一杯に喚起したに違いなかった。その証拠に、頬を伝う涙を隠そうともせず、こんなに小さかったかと思うほどしか布団の盛り上がりのない体の上で、桜庭は点滴の刺さったままの腕をそっと上下させた。

桜庭はいった。

「そのとき、大間木さんを狙った殺し屋が死に、廃棄物処理場で働いていたという男は闇に逃れた。死んだ殺し屋は――まあ、死に様がそんなこととは大間木さんも言わなかったから知らなかったが――結局、身元もわからなかった。大間木さんが成沢に頼まれて運んだ木箱からは、ばらばらの死体が一体発見され、それは、つまらんチンピラのなれの果てだと後々判明した。だが、成沢は捕まらなかった。行方は杳として知れず、一説によると、死体処理を失敗したことで、そのスジに追われて姿をくらましたのだというのだが、根拠のほどはいかばかりか」

桜庭は言葉を切った。

「あんたが見たのは、そこまでか」

いえ、と応えた琢磨は、昨日BT21が琢磨に見せた過去の続きを簡単に話して聞かせたのだった。琢磨がそのトリップからこの現実の世界にもどったのは今朝方のことで、母によると、運転席で気を失った琢磨はそのまま眠り続けていたという。

たしかに長い夢のようだったと、琢磨は思う。悪夢である。

「結局、警察の捜査は深夜まで続いて、父が家に帰りついたのは、明け方近い時間でした。父は成沢という男が逮捕されなかったことを怖れているようでした。復讐されると思ったんでしょう。それで父は、人目を忍ぶように竹中親子を連れてアパートを出、話から察すると竹中鏡子の親戚の家に連れていったようでした」

琢磨の見た過去の光景はそこで終わっていた。目覚めた後、ひどい疲れを感じた。冷や汗で全身を濡らし、軽い眩暈《めまい》と吐き気を覚えた。猫寅と呼ばれた男の最期は瞼に焼き付き、思い出すたび震えが来る。

あの父が。そう思うと俄に信じられない。だが、事実なのだ。父は、愛する人のために、命を賭して闘った。それが法律的にどうであれ、父のしたことは正しいと琢磨は思う。不器用で実直な男が精一杯勇気を振り絞るその生き様に、琢磨は畏敬の念を抱いた。

「あんたは、大間木さんが竹中鏡子の親戚の家に行ったというのか。それならば、その家を探して訪ねてみたら、竹中親子の情報がわかるんじゃないだろうか」

桜庭の指摘は琢磨も考えていたことだった。だが、鏡子と可奈子が身を寄せた家の場所がどこなのか、その点になると琢磨の記憶は曖昧なままだ。

「道の様子はいまとはかなり違っていますし、土地勘があれば別ですが、具体的にどこというのは……」

「何か、手がかりになるようなものは無かったか。たとえば、巨大な煙突があったとか、線路があったとか」

桜庭の言葉は、ぼんやりとした霞みの向こう側にある琢磨の記憶の一部を呼び覚ました。

「そういえば、電車が走っていくのが見えました」

「どこの路線か分かるか？」

それほど注意を払っていなかった。電車の色も形も、覚えていない。ただ、父の視界の中を横切っていく光景を目にしただけだ。

そのとき、まるで深い水の中でガラスの破片がきらりと光りを放つように、記憶の片隅にひっかかっている別な手がかりを琢磨は摑んだ。

「新宿町――。そうだ、思い出しましたよ、桜庭さん。父が運転していたスバルが信号で止まったんです。その交差点に新宿町という案内板が確か出ていました」

当時の地図で新宿町を探し出せば、現在の場所も判明するはずだ。

もう少しだ。もう少しで竹中鏡子の消息が判る。


しかし――。

「琢磨さん、亜美がどこへ行ったか知らない？　いないのよ」

その夜かかってきた片倉雅子の電話に、琢磨は、不穏な響きを感じ取った。

「携帯に、決着をつけられそうだってメールが入っていたの。亜美からも聞いているでしょ、榊原のこと」

雅子は続けた。

「亜美は、こう考えたの。もしかしたら、証券会社が発行している書類そのものが偽物なのではないかって。それで調べてみると、榊原と仕事で組んでいた証券会社の担当者が先月退職したことが判ったの。最近、企業買収専門の会社を設立してそこのトップにおさまったらしい。まだ三十五歳で、億単位の金を持っているという噂よ。外資のトレーダーには、年収が億を越えるプレーヤーもいるけど、この男の場合ちょっと疑問ね」

「榊原と連絡は？」

ようやく、琢磨にも真相が把めてきた。架空取引で損失に見せかけた金は、本当はみんな榊原たちのポケットに入っていたということだ。

「携帯、つながらない。彼と同じチームの人の話では、別荘へ行くっていってたらしい」

「別荘？」

「ねえ、琢磨さん、もしかすると亜美、そこへ直接乗り込んでいったんじゃないかしら。さっき、心配だったんで中目黒のマンションを訪ねてみたんだけど車が無いのよ。――彼女、別荘の場所は知っていると思うから」

遠慮がちに雅子はつけ加えた。

「住所、わかるか」

「ええ。以前、亜美からもらった絵はがきにあったから」

それは軽井沢の住所だった。

「オーライ！　オーライ！　ハイ、オーケイでーす！」

赤いつなぎをきて両手を振りながら、トラックを誘導する若い男の目が、まん丸になっている。

関越道の料金所は目と鼻の先だ。ずんぐりと長いボンネットの巨体が信号待ちで止まるたび、隣に並んだ車の運転手は、まるで死滅した動物を目の当たりにしたような顔でBTと運転席に座っている琢磨とに驚きの眼差しを向けてきた。しかし琢磨には、他のドライバーや物珍しそうにボンネットを眺めながら前を横切っていく歩行者の視線を構っている余裕など無かった。

給油を待ちながら、冷や汗まじりの道程を振り返る。入院中に免許が切れ、そのままになっている琢磨がハンドルを握るのはほぼ二年振りだった。しかも、かつて運転していた小さなセダンではなく、旧型のボンネット・トラックだ。エンジン音と振動は半端じゃなく、しかも扱い難《にく》い。

それでも中原街道から環状七号線を一路北進し、約一時間かかって関越道の入り口近くまで来た。

無事にたどり着けるだろうか。

いや、たどり着かなければならない。亜美のために。

駆け寄ってきたスタンドの店員に、窓越しに一万円札を渡した。

「お気をつけて！」

お決まりの言葉に、琢磨はうなずいた。

轟然たるエンジンを回し、車の流れの中へ巨体を割り込ませていく。

もうもうと黒煙を吐きあげながら、現代の道を走る。そう、まさに走っている——その感触を、琢磨が握るハンドルは確実に伝えてくる。

料金所のゲートを越えた。

琢磨は床が抜けるほどアクセルを踏み込み、強くハンドルを握りしめた。

スピードメーターは当時としては標準の、最高速百二十キロにむかって緩やかにカーブを描いていく。無数のノイズがひび割れのように響いていた。フロントガラス越しに見えるボンネット。エンジンの音。両側に枝のように突き出したバックミラーが激しく揺れ動きながら後続の車と夜空を映していた。琢磨の意識は次第にＢＴと一体となっていった。頭から様々な思念が抜け落ちた後には、ただ走る、という純粋な行為に没頭する自我だけが残った。

時間の感覚が失せた。

どれぐらい走ったか。

気づくとラジエーターの水温計が上がり、じわじわと限界に近づいていた。そのうちボンネットが吹き飛ばされ、ラジエーターの蓋が白煙の筋を引きながら空へ吹っ飛んでしまうかも知れない。

「まだいける。まだ行けるぞ」

琢磨は、弱小アメフトチームのコーチのように、いった。返事はない。ただ、揺れが一段と激しくなった気がするだけだ。車体が激しく揺れている。BTが喘いでいるのだ。荷台はがたがたと断続的な音をたて続け、時折、無気味に軋んだりする。今にもエンジンルームを跳ね上げ、ダイカストエンジンが飛び出してきそうだ。

藤岡の分岐を過ぎ、一時間以上走った頃、軽井沢の出口が見えてきた。

霧が出ていた。かつて琢磨が支配されていたような濃霧にBT21はのみ込まれた。一瞬、ふわりとしたカーテンをくぐったと思った。気づいたとき、音の無い世界に琢磨はいた。

通り過ぎていく交差点の名前に目を凝らす。白樺の林が道路の両側に見え、気がつくと対向車も後続車もいない深夜の道路にBT21だけがいる。ヘッドライトに映し出された霧は、白い壁のようでもあった。そいつは否応なく視界を埋め尽くし、やがて完全に前が見えなくなると、琢磨は、サイドブレーキを引いてトラックを路肩に寄せた。

霧の向こうに、廃棄物処理場が浮かび上がった。

琢磨の脳が絞り出す記憶の残滓だろうか。それともＢＴが見させる幻影？　いや、この運転席はＢＴ21の記憶の走馬燈《そうまとう》を映し出しているのだ。そうとしか思えない。

荷扱いの男達のやりとりが聞こえる。荒っぽい指示と、息遣い。回転するカッターのぐわんぐわんうなる音――。

車内灯を点灯させ、フォグランプのスイッチを探す。あった。ハンドルの右下の黒いノブだ。それを引き、ヘッドライトを落とした。夜の路面が再び琢磨の前に出現し、幻影は消えた。

琢磨は鼓動が激しくなった胸に手を当てる。まるで誰かに見つめられているような、落ち着かない気分にさせる。視線――ルームミラーだ。しかしそこには、霧に包まれた闇が映っているだけだ。

再び走り出した。

窓から湿った風が吹き込んでくる。スピードメーターはさっきから四十キロをいったりきたりしていた。靄のかかった川面をたゆたう小舟に乗っているような気分だ。あれ程うるさかったエンジンの音が消え、ＢＴは滑走しているかのようだ。同時に、張りつめた神経が徐々にすり減り、注意力を散漫にし、思考力をじわじわと失わせている。瞼の裏が熱くなり、瞬きするたびにのりづけされたような感触があった。

咳払いをひとつ。車内で響く音の虚ろさに、琢磨は頼りなくなる。軽井沢駅前の商店街を過ぎ、三十分も走った頃、木立の中に並ぶ別荘街のただ中を、BTは滑るように走り続ける。

霧が少し晴れた。エンジンの音が木立の下ばえを伝い、付近の静謐に遠慮のない罅《ひび》を入れはじめる。消灯された別荘の白い漆喰がぼんやりと見えた。

十キロ近いスピードでトラックを進める琢磨は、白樺林の向こうに突如現れた警察車両らしい警告灯に驚いてブレーキを踏んだ。その端に赤いプジョーが停まっている。亜美の車だ。

「亜美——!」

パトカーが入り込んでいる私道の入り口へノーズから突っ込んで停めた。

ロフトのある瀟洒な別荘だった。寝静まった周囲の中でそこだけ皓々と灯りがついている。私道の端に「榊原」の表札が見えた。

小径を走った琢磨の腕を警官のひとりが摑んだ。

「どちら様?」

「亜美は?」

ぽかんとした顔になった刑事は、何かを悟ったかのように手の力を緩める。

そのとき、玄関のドアが開いて榊原が刑事二人に付き添われて出てきた。琢磨の姿をとらえた榊原の顔が歪む。

「亜美――！」

刑事の制止を振り切り、琢磨は別荘の中へ飛び込んだ。そして、室内の予想外の明るさに棒立ちになる。北欧あたりの家を思わせる白い内装に、深い絨毯が敷かれた広いリビング。その長椅子から立ち上がった亜美は、驚きの目を琢磨に向けた。

「どうしたのよ。なにしてるの、こんなところで」

あきれた、と言わんばかりの口調。琢磨は戸惑った。

「君を助けにきた。心配して――決着をつけに行くって、彼女へ連絡しただろう、片倉さんのところへ」

亜美は腕を組んだ。

「あなたには内緒にしておいてって、雅子には頼んだはずよ」

「彼女だって心配だったんだ」

「あのね、一人で乗り込むわけないでしょう。刑事さんに情報提供して、逮捕に協力したの。逮捕するまでは口外するわけにいかないけど、雅子にだけは伝えておこうと思ったの。それだけよ」

そういうと亜美は、悪戯をした子供を前に、どう叱ろうか考えている若い母親のように、両手を腰に当てて琢磨を見つめたのだった。

第十一章　可奈子

1

　猫寅が死んだ夜、藍色のケープを纏《まと》ったような真夜中の底から成沢はふっつりと姿を消したのだった。

　しかし、成沢の底光りのする瞳は史郎の記憶に焼き付いて離れなかった。絶えずどこかから凝視されているような不安、ひたひたと影に追われているような身の危険を史郎は感じ取っていた。

　杞憂ではないのか。そうも思ってみる。だが、一旦体に擦り込まれた恐怖と疑念は、そう簡単に消えるものではなかった。

　史郎が警視庁の木島に、「相模原廃棄物処理場まで荷物を運んでくれ」という依頼があったことを通報したのはあの朝のことであった。

つらい決断だった。刑事の介在は、柳瀬を手に掛けた鏡子を危うくする。だが、そのままでは、成沢という男の魔手にからめ取られ、利用されるだけ利用されて最後には生きる屍にされてしまう。

あの夜、ごみ処理場での立ち回りと時を同じくして川崎堀之内にある『風来』にも警官が踏み込んでいた。

だが——

成沢は姿を消した。

そして、顔面を潰された水死体が羽田三丁目先の弁天橋排水場に上がったのはその翌夕のことだ。

死体の身元は不明だが、死体が着けていたズボンのポケットに、Nの頭文字を縫いつけたハンカチが入っていたのだという。黒っぽい服をきて漂ってきた死体は、三十代半ばの男のものだった。

「年齢は一致しますな?」

暗く陰気な死体置き場。おそらくは壮絶な私刑の果てに命を落としたであろう死体には無数の痣があった。確かに、体格的には成沢に似ている。身につけていた服はまさに成沢のものと思えた。

「確かに、歳格好はこんな感じでした」

史郎は証言しつつ、すっと腹の底に氷塊が落ちたような薄ら寒さを感じた。成沢という男がそう簡単に死ぬはずはない。

自分と似た男を身代わりに殺し、川へ流したのではないか。いま、検屍用の寝台に横たわっている見ず知らずの男は、捜査の目を欺くために殺された身代わりなのかも知れない。

成沢の冷たく残忍な目を思い出した史郎はあらためて、背中につららがぶらさがるような恐怖を感じた。

「成沢の身元は割れたんですか」

「いえ。本名ではないでしょう。そっちのスジに強い刑事も心当たりはないというし……」

死体置き場のひんやりと湿った部屋から外に出た史郎は、大きく何度も深呼吸した。鼓動が激しくなって、損傷した死体には正直、立っていられないほどの衝撃を受けた。

何者だったのだ、成沢とは。

刑事の言葉は、史郎のこめかみ辺りに新たな汗を噴き出させる。「まあ外に出ましょうや。ここじゃ息がつまる」

近くにある喫茶店に入り、うまくもないコーヒーを啜りながら木島は、時折、史郎の表情を観察するように事件のことについてあれこれと話をした。

史郎が全てを話していると木島は思ってはいない。お互い腹を探り合うような落ち着かない会話だった。

しかし木島は、猫寅の素性について更に驚くべき話をした。

その後の捜査で、白装束のアコーデオン弾きの情報を集めていた捜査員のひとりが、川崎界隈に張っている売春婦のひとりから男の塒《ねぐら》を聞き出した。蒲田に近い安アパートと飲み屋が犇《ひし》めき合う界隈にある一室だ。踏み込んだ捜査員はそこにあった男の所持品から、戦争で右足を落とした傷痍軍人に当たりをつけたのだが——。

「調べてみると、その男、昭和三十年に死亡していることがわかったんです。不思議なこともあったものですな。死んだ男になりすましていたのか、死んだと見せかけて生きていたのか。身寄りといっても、年老いた遠縁がひとりいるだけの極道だったらしい。いまとなっては確かめようもないが、戦争のどさくさに闇に紛れ込んでしまった男であることだけは間違いない」

史郎がごくりと生唾を呑んだとき、木島は勘定書をもって立ち上がった。

史郎はまるで鉛のように重たくなった気分で、重い足取りのまま会社まで戻ったのであった。

「それにしても、とんでもないことをしてくれたもんよ」

そんな史郎を権藤は責めた。

「事故だろうが事件だろうが、それに巻き込まれたのはお主の脇が甘いからだ、女にうつつを抜かし、挙げ句どれだけ会社に迷惑を掛ければ気が済むのか」

すみません。ご迷惑をお掛けします――。情けないとは思いつつ、権藤に詫びを入れた史郎は、ここ数日の、目が霞むほどの疲労によろけそうになりつつ、総務課の席についた。

なんとか、木島に鏡子の事件を知られることはなかったが、それとて事の成行きによってはどうなるか知れたものではない。

その日の夕刻のこと、運行距離の確認のためにターミナルへ出かけて戻ると、権藤の部屋のドアが閉まっていた。

来客か。

誰、ときくと社員のひとりが、「三つ葉銀行の桜庭さんですよ」と教えてくれた。

いよいよ資金調達か。

ふいに緊張を覚えた史郎は、溜まった伝票を未決箱からごっそりと取りだして並べながら、部屋のほうへと気を配っていた。

「いやあ、どうもわざわざお越しいただきまして。ありがとうござんす」

愛想だけはいい権藤の声に送り出されて姿を現した桜庭の横顔は深刻だった。史郎の顔を見て軽く困ったような会釈をする。うまくいかなかったか――。その仕草で直感した史郎は、わざわざ一階の玄関前まで桜庭を見送り、米つきバッタよろしく何度もお辞儀を繰り返している権藤の姿を二階の窓から眺め降ろした。桜庭を見送った後の権藤の表情は歪んで、陰険な笑いを浮かべている。

桜庭がふらりと舞い戻ったのは、それから五分も経っていなかった。

二階のガラス戸までくると、手振りで史郎を呼んだ。

「どうしました」

驚いた史郎に、桜庭は、ちょっといいですか、といって外へ誘いだした。

産業道路沿いに店を出している喫茶店に入ると、桜庭は大仏のような顔を真正面に向けて、危機的な状況だと思っています、と切り出した。

相馬運送が三つ葉銀行に申し込んでいる運転資金の融資審査が、かなり難航しているというのである。

「オレンジ便がこれからどうなるのか、権藤部長からはっきりした計画がまるで出てこないんです。いまのままでは御社への融資は不可能だ」

史郎は息を呑んだ。

「しかし、その融資がないと相馬運送は……」

わかっています、と重々しくうなずいた桜庭は、なんとかなりませんか、と逆に史郎にきいた。

「なんとかといわれても……。私は事情があってオレンジ便の責任者を外されてしまったし、資金繰りも権藤部長がするということになってしまったから」

「竹中さんのことが原因らしいですね」

史郎はあ然として、桜庭を見返した。なぜそのことを……。呑み込んだ言葉を察した桜庭は、くそ真面目な顔で、残念です、とだけいった。

史郎は気づいた。わざわざ史郎を呼びに舞い戻ったのは、史郎に頼みたいことがあるからではないか。

「資金繰りの責任者でなくても、資料を作成したりすることはできるでしょう。であれば、オレンジ便の限界採算をはじいてもらえませんか」桜庭は言った。

「限界採算……？」

「つまり、オレンジ便という事業単体で、どのくらいの売上げがあり、経費がかかったか。儲かったのか損したのか——その詳細を知りたい」

「それを権藤部長には……？」

乗り出した体を元に戻して、「私は大間木さんにまとめてもらいたいと思っています」と桜庭はいった。

「できますか」

「できないことはないが、すぐには……」

「時間がないんです」桜庭は言った。「できるだけ早く頂けませんか。権藤部長の話では、出来れば今月末までに資金が欲しいという話でしたので」

資金繰りの事情はよくわかっているつもりだ。権藤が、月末と融資期限を切っているのは、すでに余裕資金が底を突きかけているからだった。厳密にいうと定期預金を取り崩せば今月末の決済はギリギリなんとかなる。だが余白もそれでお仕舞いだった。来月二十日と二十五日、そして月末にそれぞれやってくる決済に充てる手持ち資金はもう無い。そうなる前に、なんとか手当てして一息付きたいと権藤は考えているのだろう。

「今月末の融資は難しいかも知れません。では来月なら大丈夫なのかというと、正直ちょっと厳しい」

腋をたらりと冷や汗が流れる。額に汗が滲んだ。「明日ぐらいまでになんとか資料をまとめて頂けませんか」といった桜庭に、なんとかやってみます——そう史郎はこたえるしかなかった。

その日午後十一時を過ぎても、史郎は、自分のデスクで書類に囲まれていた。

桜庭が求める限界採算はそろそろまとまりかかっていた。ひどい内容だ。良くはないとは思っていたが、正直なところここまで悪いとは思わなかった。

こんな資料なら出すだけ無駄ではないか。そんなことを思いつつ、経理資料の束をめくっていた史郎の目に、一枚の伝票がとまった。

田原海運という取引先への接待交際費を支払ったという記録だった。田原海運の伝票を史郎が目にしたのは、実は二度目である。最初のとき、何かがあるとは感じながら、それが何なのかわからずじまいだった。

しかし今、おや、と思ったのは、その伝票に記された、コメントが気になったからだった。

〝六月二十五日付、遅配。謝罪のため羊羹《ようかん》持参〟

その日付は史郎の記憶の一片を呼び覚ました。

「下田が失踪した日じゃないか？」

運行日誌で確認してみた。

間違いない。

下田孝夫は和家一彦と配送へ出かけその途上から失踪したのだった。史郎はBT21号車の配送記録を調べた。そして、当日の配送先欄に「田原海運二一：〇〇」という記述を見つけた史郎は、胸の底からじわじわと疑惑の黒い水がしみ出してくるのを感じたのだった。

遅配だと？　しかも菓子折りつきとなると一時間やそこらの遅れではない。

疲れ果てて思うように回転しない頭で事実を整理してみた。

下田孝夫という偽名を使っていた殺人犯・田木幹夫は、配送の途中でトラックを降りたまま失踪した。その後、下田の借家で血痕が見つかり、後日殺されることになる平と片岡あたりが関係していたのではないかと推測されている。

謎めいているのは、田木の失踪によって、三百万円という金もまた行方が摑めなくなっていることであった。

史郎の脳裏に真相はおぼろなかたちで浮かび上がってきた。

和家なら、できたのではないか。

和家は下田孝夫の正体を知っていたんじゃないか。

下田と運転手のコンビを組んで最も身近にいたのは和家だ。それがどんなきっかけかはわからないが、とにかく和家は下田孝夫という仮面を見破った。暗澹《あんたん》たる瞳の愛想の悪い男の過去と金の存在を知っていたのだとしたら——。

今まで見えなかったからくりが見えた気がした。霧がすっと晴れ、真実が目の前に広がったようだ。

人事の書類で和家の自宅住所を調べた史郎は、壁際の鍵掛けから小荷物配送用のサンバーのキーを取った。「また戻るから」と夜勤当番の営業部員に一言残して事務所を出る。

　涼しげな秋の夜風が吹いていた。夏の蒸し暑さは相馬運送の上昇気運共々に遥か後方へ退いてしまったらしい。

　心地よく回るサンバーの軽いエンジン音を聞きながら、一旦産業道路へ出てすぐに右折した。

　工場と民家とが入り交じる雑然とした地域だ。低く工場排煙が垂れ込め、右手の運河はそのどんよりとした水面に薄《すすき》の影をほのかに揺らしている。史郎はまっすぐに車を進め、対岸になる羽田旭町の重工業会社の巨大な工場が見えるあたりで停めた。進行方向正面には鉄鋼や特殊鋼といった花形産業の最新鋭工場が整然と建ち並んでいるのが見える。その手前、小さな町屋が軒を並べるその辺りには、淋しい街灯が一つあるきりで、そこかしこに夜の闇が散在しているのであった。

　確かこの辺りのはずだ。

　糀谷町四丁目の住居表示を電柱に見つけた史郎はサンバーを降り、運河にそって歩き出した。そのまま一区画ほど歩いた角に古いアパートが見えた。

　和家もまたどこかとらえ所のない男に違いないが、平や片岡、まして下田と比べたら格段に与《くみ》し易い相手だ。話せばなにかがわかるはずだと史郎は考えていた。

　史郎ははたと足を止めた。

向かいにある廃屋の陰で人影が動いたからだ。

最初に頭に浮かんだのは成沢だった。

違う、と瞬時に見切った史郎は素知らぬ顔でアパートの手前の路地を左に折れる。そこに黒いバンがエンジンを掛けたまま止まっているのを見て、ただならぬ気配を史郎は感じた。

運転席にいるのは若い男だ。髪は長いが表情には険があった。暗い後部座席に何人かいる様子で、角を曲がってきた史郎に視線が向けられるのがわかる。だが、それは不意にそれていって、半分ほど開けた窓から煙草らしい煙が細く漏れているのが見えるのみだ。

「何者だ、奴等」

バンをやり過ごした史郎は、裏手にある民家を回り込んでアパートの反対側へ回った。

「留守、か」

和家の部屋に灯りがないことを見た史郎はひとりごち、向こうの闇の中で息をひそめている連中に神経を配る。

別に根拠があるわけではないが、さっきの連中が和家を狙っていることは、勘の悪い史郎にもぴんと来た。

先回りして知らせてやるか。

このまま見過ごすわけにも行かずそう思ったとき、舗装もしていない路地の向こうに二つのヘッドライトが浮かびあがり、史郎は自分の行動が一瞬、遅れたことを悟った。

街灯にコンテッサのシルエットが浮かび上がった。

運転しているのは倫子《のりこ》だ。なにも知らない和家は助手席にいる。

コンテッサは道幅に似合わぬスピードで近づいてくると、アパートの前で停車した。物陰が動いた。それと同時に史郎も飛び出していた。

「和家、逃げろ！」

向かいの建物から飛び出した三人の男たちは、史郎の大声に一瞬、ぎょっとしてこちらを振り向いた。

「逃げろ！」

だが、右手から猛然と飛び出してきた黒いバンが、史郎の登場で生じた一瞬の迷いを断ち切るかのようにコンテッサの前を塞いだ。

下りてきた男達によって和家が助手席からひきずり出されバンの後部座席に押し込まれるまで、一瞬の出来事だった。

倫子の悲鳴が上がった。

「倫ちゃん、運転替わってくれ！」

短いスカートがめくれ上がるのも構わず倫子を助手席に押しのけ、史郎はコンテッサを急発進させた。

バンは細い路地を駆け抜けていった。それを追う。

低く連なる工場の建家に挟まれた道路だ。百メートルほど先の道路を曲がっていくテールランプが見える。

突き当たりに赤い一つ目小僧のような赤信号がぽつんと立っていた。

「追って、大間木さん！　一彦さんを助けて。追いかけてよ！」

狂ったように泣きわめく倫子の言葉に、史郎は交差点に鼻先を突っ込むと、左右を見渡した。

そこには――。

2

「そこには――」

病院の中庭には、話とは場違いな花々が咲き乱れている。足下に咲いているパンジーを、支給されたステッキの先で玩《もてあそ》んでいた桜庭の手の動きが止まり、生真面目な少年のような目が琢磨に向いた。

「そこには、大田区の闇が横たわっているだけだった。大田区の闇――そう大間木さんは私に言った。その言葉だけははっきりと覚えているよ。昭和三十年代という、なんとも迂闊で、どこか人間臭くて、そして危なっかしい時代にあった闇だ。その後の高度成長時代というのは、その闇を食って太ったようなものさ。時代は闇を確実に縮小させ、都会から閉め出していった。だが、あのころにはあったんだ。異形《いぎょう》のものたちが跋扈《ばっこ》し、悲しみや喜びや、不安や怒りや、そんな様々な感情をひっそりと、ときに温かく包容してくれる闇が、確かにあったのだ」

　桜庭から、過去を〝思い出した〟、と連絡があったのは、琢磨が軽井沢から戻った翌日のことだった。

「和家一彦の死体が見つかったのはそれから二日ほど後のことだった。これは新聞にも載ったから私も読んだ記憶がある。あんたも読みたければ、図書館へ行って探してみるといいだろう。むごたらしい私刑の果ての壮絶な最期だったらしい」

「父が見た男達というのは、誰だったんですか」

　苦々しい思いをひた隠し、琢磨はきいた。

「学生運動の活動家たちだ。和家一彦は、かつて自分が所属していたセクトのリーダーを殺して逃げていたんだ。思想とは無関係な仲間内の諍《いさか》いが原因だったらしい。そという仕事を選んだ。いずれにせよ和家は、そのために運転手という仕事を選んだ。詮索されず、困ったことがあれば日本中を渡り歩く職業であれば、なんとか逃げおおせると思ったんじゃないか。だが、相馬運送を選んだ和家は一つの罠に落ちた。それが相馬倫子との恋愛だった。それ以前にも、不審な男達の存在を和家は薄々にも気づいていたと倫子は証言している。だが、和家には倫子がいた。和家は本気だったんだ。そこに判断の甘さが生じ、転職して逃げるタイミングを逸した。後のまつりだがね。和家の死で、BT21の四人の運転手は皆、いなくなった。そして――」

ごくりと桜庭の、少し見ないうちに痩せた喉仏が上下したような気がした。暑いな、中へ入ろう。真夏の日射しを仰ぎ見た桜庭は、ゆっくりとした足取りでリノリウムが鮮やかなフロアへと向かう。床は、倫子のコンテッサとBT21号車と同じ緑色だった。顔見知りなのか若い看護婦が桜庭に会釈をして通り過ぎていく。目を細めた桜庭は、病院も悪くないぞ、と強がりを言ってエレベーターに乗り込むと、病室のある三階のボタンを押した。

桜庭の病気は軽い脳溢血だという話だった。それは急激に快復し喜ばしい限りだが、一方で、ひたひたと迫り来る過去の記憶はかつてないスピードで桜庭の脳裏へと大量の情報を送り込んでいるようだった。疲れるわい。そうこぼす桜庭は口にこそしないが、自分のキャパシティを超える記憶の再生に、戸惑いを通り越し、畏れを抱いている節もあった。それは、先程病室を訪ねた琢磨を見たときの目にも現れていた。矍鑠《かくしゃく》とした桜庭に浮かんだ戸惑うような目の動きに。

「さて、どこまで話したか。そうかBT21号車の運転手がみんないなくなってしまったと――。そう、やがて相馬運送は坂道の途中でサイドブレーキが外れたトラックのように、最初はずるずると、間もなく加速度的に転落への道を突進しはじめた」

「倒産のことをおっしゃっているのですか」

頭が痛むのか、桜庭は指でこめかみを揉む動作をして琢磨を心配させた。病室は二人部屋だが、隣のベッドは空いている。桜庭の妻は、琢磨が来た途端に、なにか用事を思い出したかのように、そそくさと姿が見えなくなってしまった。どうやら、琢磨のことを災いをもたらした張本人のように思っているらしい。それも仕方のないことだし、事実、桜庭を巻き込んでしまったことに、すまないという気持ちも琢磨にはあった。

ふう、と大きく溜息をついた桜庭は、まだ体力が回復していないらしく、「失礼」といってベッドに横になった。そのまま目を閉じ、口を噤《つぐ》んだ桜庭は、どこからみても一人の頼りない老人である。

眠ってしまったのだろうか。琢磨は一人取り残された気分でパイプ椅子を引き、肘を膝につくと、指を額に押し当てた。すると、ベッドから罅《ひび》の入った桜庭の声がきいてきた。

「どうするつもりだね、あんたは」

唐突な質問に、琢磨は顔をあげた。目を閉じたままの桜庭は、眠っているように見える。寝言だったのかどうなのか、自分でも分からないでいると今度こそ唇が動いて声を発するのが見えた。

「奥さん――失礼、元奥さん、か。彼女の借金はなくなるのだろう。だとすれば、これ以上、過去を見る意味はないんじゃないかな」

それは琢磨自身、あれから何度か自問したことだった。

「俺は――俺は、この事件の顚末を見届けたいんです」

老人の目がうっすらと開いた。

「それに、まだ解けていない謎もあるし」

どんな謎かね、それは。桜庭の言葉はやけに間延びして聞こえた。本気で訊ねているのかとその土色の顔を窺い、少し判断に苦しんでから琢磨はこたえた。

「BT21号車がなぜ、なんのために俺を過去へ呼んだのか、その謎が解けていません」

「そうかな」

片目を開け眉を吊り上げて見せた桜庭の表情は、どこか日本人離れした痛快な爺さんといった趣になった。人生というのは楽しいもんだな、若いの。苦しみも悲しみもな！　そんな雰囲気が滲んでいて、心の豊かさのようなものを感じさせるのだ。

「奴は自分が廃車になってスクラップにされるという危機を脱したんだぞ。あんたに救わせたんだ。それが目的だったとは思わないか」

「それだけじゃないような気がするんです」

「どうして」

皺の寄った頰が動いて、驚いているような二つの目に直視された琢磨は、うまく説明できないもどかしさに小さく唸った。

「竹中鏡子という女性のその後を探ろうと思うんです」

「そんなことして、どうするんだ」

焦《じ》れったそうに、桜庭はいった。意味がないだろう——とその目が告げている。

わかってる。

だけど、この四ヵ月ほどの間に自分がしてきたことで、果たして意味のある行動がひとつとしてあっただろうか？　後々語り継いだり、人に誇るような行動がひとつとしてあったか？　ひとつもありはしない！

意味なんてなかったんだ、最初から。

あるとすれば、自分が誰であるかがわかる、という情けないほど原初的な目的がひとつきりだ。それにしたって、がらんとして何も無いコンクリートの部屋に転がっているテニスボールを見つけたぐらいの、実に些細なものでしかない。

天井を見つめたまま、じっと考え込んだ様子の桜庭はいった。

「新宿町という地名を見たといったな」

琢磨が見たという過去の地名のことを桜庭は思いだしているのだった。

「ええ。新宿区内に竹中鏡子の親戚の家があったんだと思うんです。それさえ探し出せば、竹中鏡子のその後の消息が分かるかも知れません」

竹中鏡子の消息など知ってどうする。調べてどうする。

琢磨の心で葛藤が渦巻いた。そしてふと、そこにBT21号車の何らかの働きかけがあるのではないかと疑うのだが、確かなことはわからなかった。

「そんな地名があっただろうか？」

桜庭がいった。

「なんです？」

「いやね、新宿区内にそんな地名があったのだろうか、と思ってさ。いやさ、退院すれば私が自分で調べてみるところだが」

「いえもう。ゆっくりと休んで下さい。十分ですよ、桜庭さん。感謝してるんです」

頭を下げると、桜庭は急に黙り込んでしまった。

「ご覧の通りの有様だ。手伝ってやることはできん。だがな――」

桜庭は銀髪の頭を動かして、少し頼りなく見える目を琢磨に向けてきた。

「なにかわかったら教えてくれないか」

「もちろんです。ご報告に来ます。ですから、桜庭さんは治療に専念してください」

「専念するといってもこんな調子だよ」

コツコツというノックの音がして、看護婦が入室してきた。さきほどロビーですれ違った若い看護婦だった。なれた手つきで桜庭の脇に体温計を挟み、血圧の話題になる。ああ、調子は最高さ。退院するときはあんたも一緒に連れていきたいよ。そんなことを言って桜庭は助平な爺さんを巧みに演じて見せるのだった。

看護婦が去ると笑顔は色艶のない顔の皮膚の下へ沈み、ふと真剣な表情になる。そして少し言いにくそうに、だが言わなければならない、という毅然とした態度で口を開いた。

「相馬運送の話なんだがね。これだけは言っておきたい。君の父上は実に立派だった。本当に立派だったよ。尊敬に値する頑張りを見せた。本当だ」

「ええ、わかっています」

琢磨はいい、桜庭に暇《いとま》を告げた。

3

和家の死から、一週間が過ぎた。

あの夜——。

北前堀排水場と南前堀排水場をつなぐ道路の真ん中辺りで、史郎は途方にくれた。だが、一旦見失った赤いテールランプを二度と再び視界にとらえることはなく、当てずっぽうで走ってはみたものの、車は灰色の水を吐き出す排水場の錆び付いた水門が見える突端まで来て止まった。どれくらい糀谷界隈の道を走り回っただろうか。バンを探し出すのは無理と悟った史郎は、助手席で震えている倫子にそれを告げ、近くの交番へとスポーツカーの鼻先を回したのだった。

夜警の警官から本庁に連絡が行き、刑事の事情聴取が始まった。

差し出された名刺の「公安」という文字は、史郎の推測を裏づけるものであった。

「でも——でも、あの人はもう学生運動には興味がないって言っていたわ。まじめに働いていたのよ。もっと真剣になって捜してよ！」

本庁から来たという公安刑事の「自業自得だ」とでも言わんばかりの対応に倫子は苛立ち、散々喚くとやがて、深い失意に突き落とされたかのように静かになった。涙が涸《か》れ果て、ただ生きて呼吸をしているだけといった様子の倫子を山王にある自宅へ送り届けて会社に戻ったのは、深夜三時を過ぎた頃だ。

長い長い夜だった。

そして、いま――

桜庭から何の連絡もないまま暦は十月に変わった。

あの日以来、倫子の姿を見かけることはない。

社内に溢れていた活気はとうに失われて、社員が皆、生ける屍にでもなったかのように沈鬱なムードに支配されている。重い足取りで荷物を運ぶ荷扱いの連中、集荷の遅れ、遅配の連続。全てが負の連鎖でがんじがらめにされ、重苦しい負荷の重心へと螺旋を描いて吸い寄せられているのがわかるのだ。

中でも、最も顔色が悪く、苛立っているのは権藤であった。

出勤してくるなり自室にこもり、たまに顔を出すと誰かれ構わず怒鳴り散らす暴君ぶりは、片方で自らの無能をさらけ出す結果となっている。

なんとかしないと、社内がばらばらになってしまう。

そうは思うのだが、どうしようというのだ？

オレンジ便を失速させた要因は自分にもある。第一、この大事な時期に私生活のスキャンダルから要職を更迭された史郎がもはや何を言おうと、誰も耳を貸しはしない。いや、実際、史郎はそれを声に出していってみたことがある。つい先日の会議の席上のことだ。

「最近、仕事の遅延によるクレームが増えている。少したるんでるんじゃないか」

席を埋めた係長以上十数人の、憤りや、憐れみを込めた目が一斉に史郎を向いたが、同調する意見はついに出なかった。お前にそんなことを言う資格なんかないんだぞ——そう言われているような気がして、史郎は唇を噛んだ。

孤立しちまったな。

寂しさを感じ、空いたままになっている鏡子の席を見つめた。

この一週間の間に、史郎が鏡子とあったのはわずか一日だけ。それはようやくベッドが空いて、精密検査のために可奈子が入院した日だった。一昨日のことである。

目黒の国立東京第二病院の小児科病棟であてがわれたのは小さなベッドが六個並ぶ大部屋だった。幼い子供達が病に苦しむ様は見ていられなかった。顔色が悪く元気のない可奈子を抱いていった史郎は、窓際のベッドに可奈子をそっと寝かせる。離そうとした史郎の腕に可奈子はその細い腕でしがみつこうとした。

「父さん、可奈、ひとり？」

ぐっと胸がつまり、史郎は涙ぐんでしまった。

「母さんがいるから、安心しなよ、可奈。大丈夫だからね。ちょっと——そう、ほんのちょっとお医者様がもしもしするだけだから」

史郎は安心させるための嘘をついた。可奈子の検査は多岐にわたり、小さな体には少し酷なものになるかも知れません、という医師の説明は鏡子と一緒に聞いた。

まだ病気と決まったわけじゃない。

そうは思ってみるのだが、ここのところ目に見えて顔色の悪くなった可奈子を見るにつけ、「これはなにかあるぞ」という恐ろしい推測は史郎の胸に当然のように浮かんだ。

そろそろ、検査の結果もでる頃だ。

鏡子は夜を病院で過ごし、昼の間に親戚の家に通うという生活を続けている。可奈子の前で精一杯の笑顔を見せている鏡子は、史郎と二人きりになると突然目に涙をためめ、何度もむせび泣いた。恐ろしい病気の名前が頭に浮かび、

「大丈夫だ、大丈夫だ。信じないと。鏡子さんが元気を出さないと可奈ちゃんだって治らないよ」

そんな気休めに近い励ましの言葉を並べる自分自身がすでに、恐ろしさに戦《おのの》いているのがわかる。

心配してみてもはじまらない――そう頭を切り換えようとはするのだが、元来不器用な史郎には難しかった。

その夜、史郎が会社を出たのは午後十時過ぎのことだった。

もっと早く終われば病院へ行ってみようと思うのだが、人材不足で、経理だけではなく運転手の替わりまで務める現状では致し方ない。

暗い夜道を疲れた足取りで歩いて帰った史郎は、自分の部屋の前まで来て、ドアノブに伸ばした手を思わず止めた。

赤い液体がべっとりと染みついていたからだ。

全身の血が引いていった。

鉄に似た匂いが漂い、足下を見下ろした史郎は、ひっと後じさった。血溜まりの中に立っている自分に気づいたからだった。

悲鳴を押し殺し、震える指で鍵を開けて、転がり込むように室内に入る。

心臓が狂ったように躍り出し、押さえていないと口から飛び出して来そうだった。

こめかみあたりで血管が収縮している。

暗渠《あんきょ》に突き落とされたように、目の前が真っ暗になった。すると突如、その漆黒の闇に巨大なネオンサインが点滅しはじめる。それにはこう書いてある。

地獄を味わいたいか

そのとき――

コツ、コツ。足音が聞こえてきて、史郎は慌ててドアの施錠を確認する。壁に体を寄せて息を止めた。それはゆっくりと階段を上ってきて、一旦踊り場のところで立ち止まり、再び二階へと向かってくる。

部屋の灯りを消し、開けたままになっていた流しの上の小窓をのぞき込んだ。暗い窓の外から、あのぞっとするほど冷たい目がじっとこちらを見つめている場面を想像して、史郎はつばを呑み込んだ。赤い舌をちらりと見せ、怒りと殺気で引きつった顔面があの小さな窓一杯に押しつけられる場面を。

上がってきた人影は階段を上りきったところでゆっくりと背中を見せた。確か、輸入電気掃除機のセールスマンをしているという隣室の男だった。

部屋の電話にかじりつき、警視庁の木島にかけたが不在だった。田木幹夫の件に関わっている相馬運送の大間木と名乗り、連絡がついたら電話をくれないかといって、自分の番号を告げて受話器を置く。田木の名前を出せば、至急扱いでとりついでくれるという計算をはたらかせたのだ。

木造アパートの、狭い居間で、史郎はまんじりともせず木島の電話を待った。待ち侘びた電話がかかってきたのは、それから一時間ほど経った頃だ。

用件を話すと、木島は少し考えて、「特に危害を加えられたということではないんですか」ときいた。

「悪戯《いたずら》ですな、そいつは」

ドアに血をなすりつけるなんて悪戯があるか。頭に血が上った史郎に、木島は「成沢が生きているという証拠はなにもないし、現に死体があがっているんですぞ」と、電話では見えないが、おそらくは鉤鼻《かぎばな》あたりを掻きながらのんびりした口調でいうのだった。

警察は当てにならない。史郎は、バケツに目一杯水を汲んで、通路の排水溝へ流した。ドアにもかけ、それでも落ちない分はぞっとしながら束子《たわし》でこすり落とした。どれだけ水をかけても、血の臭いは消えなかった。最後にかけた一杯の水がこぼこぼと排水溝に吸い込まれ、やがてその音が聞こえなくなってから、眼下の道路を見下ろす。

土が剝き出しになって、ところどころでこぼこになった道沿いには、二階建ての低い家並みが連なっている。街灯は一本だけ立っていたが、至るところに闇があった。闇は、成沢たち裏の世界の住人が住む場所だ。あの中のどこかで、自分を見つめる二つの眼があるのかと思うと、恐怖と憤怒が渾然一体となって胸に迫った。

これが何かの予兆だといいたいのだろう。

そう、地獄への――。

簡単に殺されてたまるか。簡単に。

結局、自分のことは自分で守るしかないのだということを肝に銘じた史郎は、ドアを閉めると厳重に鍵をかけ、血を拭いた手を痛いほど洗う。しかし、爪の間に入った赤黒いものは、史郎の心に染み込んでしまった感情と同じように、どれだけ洗っても完全に消えることは無かった。

4

有栖川宮《ありすがわのみや》記念公園にある都立中央図書館を訪ねた琢磨は、そこで昭和三十八年当時の新宿区の地図を探した。「新宿町」の場所を調べるのが目的だ。おおかた四十年近い歳月の経過によって、木造家屋が建ち並ぶその辺りの光景は激変しているに違いなかったが、道路や線路などは案外そのまま残っていて、過去で見たおぼろな記憶を頼れば竹中鏡子が身を寄せた家の場所を特定できるのではないか。

しかし、いまの新宿は昭和三十七年の住居表示制度によって定められた新しい地名と地番に変わっていて、「新宿区新宿」といえば一丁目が新宿御苑の北側辺り。カメラや家電の安売り店が建ち並び、高層ビル群と都庁があるのは「西新宿」となる。ちなみにその辺りはかつて「淀橋」という今はない町名で、目的の「新宿町」ではない。

「新宿」という地名はあっても「新宿町」という地名はいまは無い。つまりそれは、廃れてしまった旧地名のひとつなのではないか。であれば古い地図を調べればわかる――そう考えた琢磨が閲覧したのは昭和三十八年当時の「東京都地図地名総覧」だが、どれだけ探しても、新宿区内に「新宿町」という地名を見つけることはできなかった。

目を皿のようにして地名を探し続けた琢磨は、首を傾げた。

今まで過去で見てきたものは全て現実のものばかりだった。だから、「新宿町」という地名も当然、過去に存在したものと考えたのに、その思惑は外れたかに見える。

しかし、巻末の索引を調べた琢磨は、思いがけずそこに「新宿町」という名前を見つけて、はっとなった。慌てて当該のページをめくる。

あっ、と小さな声が思わず洩れた。

開いているのは大田区の地図だったからである。

「そうだったのか……」

新宿町という地名は、いまの南蒲田三丁目付近で、ちょうど京浜急行の線路が北側を通過している辺りだった。すると夢で見た電車は小田急電鉄ではなかったことになるが、そんな勘違いをしたのも、新宿という地名が頭に焼き付いていたからに他ならない。

　琢磨は、そのページをコピーして一旦恵比寿まで戻ると山手線に乗り換え、品川に出た。

　行ってみるしかない。そして、現在の町並みを歩きながら、竹中鏡子が身を寄せた家を探すのだ。

　京浜急行に乗り込んだ琢磨は、第一京浜沿いにゆっくりと南下していく町並みから、電車が次第に東の羽田方面へと向きを変えていくのをぼんやりと眺めた。糀谷《こうじや》駅で下車する。

　琢磨はいま、記憶の回廊を歩いている。

　過去へトリップしたときの木造と瓦屋根が立ち並ぶノスタルジックな光景。それと、コンクリートの事務所や工場、モルタルの洋風建築に近代的なマンションが入り交じる現代の光景とを重ね合わせていく作業。

　あのとき、遠くからでも見えたはずの線路はいま、駅からほんの少し離れただけで建物の陰に隠れてみえなくなる。ただ電車の通り過ぎる音だけが線路のある方向を教えるだけである。

　琢磨は現代の地図と図書館でコピーした過去の地図とをバッグから出した。現実の世界を見つめながら記憶との接点を探る。慎重に風景を点検し、過去からの遺物が残っていないか、曖昧模糊としている記憶のどこかに似たものがないかを発見しようとした。だが、歩き回っているうちに方向感覚はぶれはじめ、自分がどちらへ向かって歩いているのかわからなくなる。その度に地図を広げて点検し、ようやく記憶と一致している光景をひとつ発見したのは、三十分ほど歩いた後だった。

神社だ。

おぼろな記憶の中で、鳥居らしきものを見た気がする。だが、背後の商店や住宅を振り返ってみても思い当たる光景は見当たらなかった。

あの時——、土が剝き出しになった細い路地を、父のスバルは縫うように走っていた。道がくねっていたのか、土地勘のある父がただ近道をしただけなのかは、判然としない。

歩きながら、琢磨は、竹中鏡子が相馬運送の求人広告を偶然に見つけて父の面接を受けたことの蓋然性《がいぜんせい》を考えてみた。彦島から出てきた竹中親子がなんの身寄りもない大田区を偶然に選んだわけはなく、やはりこの辺りに住んでいた親戚を頼ってのことだったのだ。

手掛かりを得たのは、昼食のために偶然に入った食堂でみた町内地図だった。

ぼんやりとそれを眺めていた琢磨は、ひとつの見落としに気づいた。

さきほど見つけた神社から少し離れた場所に、もうひとつ別の神社がある。

過去で見たのはこれかも知れない。

注文したカレーライスを大急ぎでかき込んだ琢磨は、再び地図を頼りに歩き出し、十分後、その鳥居の前に立っていた。

何かがすとんと肚に落ちた。

父が運転していたスバルの進行方向から見て、神社は右手にあったはずだ。

琢磨は、昭和三十八年九月、父史郎が竹中親子を乗せてスバルを走らせた方向へ体を向けた。

過去へのトリップで目にしたやけに閑散とした印象の道はいま、アスファルトで塗り固められた道路に変わっていた。

足が自然に動いた。神社から降り注ぐ蟬の声を聞きながら、ゆっくり確実に歩を刻んでいく。

小さな雑貨屋が見えた。

琢磨の記憶で「氷」の暖簾《のれん》が揺れる。

季節はずれの暖簾が揺れていた、あの夢の中で……。

父のスバルは、そのとき――。

遠くを走る京浜電鉄の、おそらくは始発に近い電車だったはずだ。

建物が低層だった時代ならば見えたはずの線路も電車も、いまは見えない。

レールを打つ音がした。その音はまるで頭の中で鳴り響いているように、記憶の底から蘇ってくるように、琢磨の中で鳴り続けた。スバルの丸いクリーム色のボンネットはどの路地を曲がっていったのだろう。

そう、この辺りだ。

この辺り――。

家並みを凝視した。次第に記憶がはっきりしてくる。白い画用紙に灰色の輪郭で描かれた塗り絵に絵の具を落としていくように色彩が蘇り、寡黙で難しい顔をしていたはずの父が運転する小型自動車のエンジン音が胸の中で響いてくる。

助手席でちっちゃな娘の体を抱きしめて押し黙っている竹中鏡子。疲れ果ててしまった愛する人のために命を賭し、体を張った父は、その青春の全てをかけてスバルのハンドルを強く、強く握りしめている。父と竹中親子をのせて走るスバル360の小さな車体は、狭い道路を曲がりくねり、安息の場所を求めて四十年前のこの地を彷徨《さまよ》ったのだ。

父さん――。

父さんのこと、誤解していた。立派だよ、父さん。

過去を自分一人の胸にぐっとしまいこみ、言い訳ひとつせず、地味な経理屋としてその後の人生を歯を食いしばって生きてきた。父さんは竹中親子に注いだのと同じ愛情を、母さんや俺に注いでくれたんだと思う。だけど、父さんには忘れられない過去があった。だから、父さんはいつも仏頂面をして、仕事に打ち込む姿しか見せられなかったんだ。いま、それがわかった。

俺はいま、胸を張っていえる。父さんのこと尊敬している。

ありがとうよ、父さん。

琢磨は嗚咽した。涙は止めどなく琢磨の頬を流れ、琢磨は誰憚ることなく泣いた。

滲んだ視界に映っているのは、もはや現実の世界ではなく、過去の光景だ。

BT21というトラックをつかって琢磨を過去に呼んだのは、きっと父だ――そう琢磨は思った。病気をして自分を失い、妻と別れ、生き様を見失っていた琢磨を勇気づけるために、父がBT21を現代に送り込んだのだ。

よくわかったよ、父さん。俺は、父さんの息子だ――。

琢磨は一軒の家の前で立ち止まった。

「羽多《はた》」という表札がかかっている。

立て替えられたせいで佇まいは異なるが、なぜか琢磨はその前を離れることができなかった。細い路地の真ん中辺り。両隣と周りの風景は過去の世界で見たそれではないのだが、ひとつだけ、共通点があった。庭先に植えられた南天。目に染みるように鮮やかな赤い実が日射しに照り映えている。

この家だ。確信に近い思いが胸に浮かんだ。

インターホンを押そうとして、躊躇《ためら》う。

自分の訪問をなんと説明していいか、わからなかったからだ。

近くの路地を原動機付きのバイクが走り抜けていった。遠くで京浜急行がレールを打つ音がかすかに聞こえる。

それが過ぎると真夏の昼下がりの路地は静まり返り、琢磨は夢遊病者のように立ちつくす自分を、わずかな動揺とともに発見する。

そのとき、ドアが開いて中から一人の老婦人が姿を現した。ふと門扉の前に突っ立っている琢磨の姿に気づいて動きを止める。なにか、と問うように琢磨を見つめた。

琢磨は言葉に詰まった。

突然のことで驚いたからではなく、再び嗚咽がこみあげてきたからだった。

穏やかな顔をした女性だ。あの時――早朝に訪ねて来た父と鏡子を、半ば驚いたように迎え入れた女性の輪郭が次第に琢磨の記憶で像を結び始め、いま自分を見つめている老婦人の上でひとつに重なっていった。

「大間木と申します。少しお話をしてもよろしいですか」

買い物にでも行こうとしたところだったのか、老婦人は鍵を締めようとした手を止め、琢磨の顔をじっと見つめた。

「大間木さん……？」

繰り返した老婦人はなおも琢磨の顔を穴のあくほど見つめ、やがて驚きとも喜びともつかない表情を浮かべたのだった。

「もう四十年にもなるのね」

竹中鏡子の叔母、羽多智子《ともこ》はいい、皺の寄った瞼の下の澄んだ目を琢磨に向けた。

「鏡子はあの当時いろいろな問題を抱えて疲れ切っていて、それをあなたのお父さんが助けてくださったんです。とても感謝していました。お父さん、お元気かしら。結婚されて家庭をもたれたはずだとは思っていたんだけど、こんな立派な息子さんがあったなんて知りませんでした」

立派な？　胸がちくりと痛む。

「父は、亡くなりました」

智子は短く息を吸い込み、目を見開いた。

「いつですか」

「五年前」

「そうだったんですか……お気の毒に」

訪ねた目的が曖昧なままだったことを思い出した琢磨は小さく咳払いして続けた。

「その父が若い頃、竹中鏡子さんとお知り合いだったことが先日わかったものですから」

「鏡子とのことはどうしてお知りになったんですか」

智子の質問に琢磨は答えに窮し、多少の後ろめたさを覚えながら、日記です、と嘘を言った。

「古い日記が出てきたんです。それで断片的に、当時の父のことがわかりました。するとどうしても竹中鏡子さんのことが知りたくなって」

「お母さんはそのことをご存じなの」

いいえ、と琢磨が答えるのを、同じ女性としての共感が込められた口調で、そうでしょうね、と智子は目を伏せた。

「昔のこと――終わったことなのよ」

「なにをどうするつもりもありません。口数が少なくて、なんていうか――私自身、ずっと誤解していた父の本当の姿を知りたい。そう思うだけです」

琢磨は、鏡子の消息を追って彦島まで訪ねたことを話した。穏やかだった智子の表情に驚きと憂いが浮かび、そうだったんですか、といった後、しばらく言葉が途切れた。

琢磨はきいた。

「竹中鏡子さんが亡くなられたことを、父は知っていたんでしょうか」

智子は、しばらく白いテーブルに視線を落としていた。

「ええ。ご存じでした。鏡子は、大間木さんに看取られてなくなったんですから」

「父に看取られて……？」

琢磨は衝撃を受けた。

「あの子は幸せだったと思います」

瞳が揺れ、智子は指先を目尻に当てると、かすかに背中を揺らした。

「悲しくて……悲しくて、私は――私はもう見ていられませんでした。でも、大間木さんは可奈子と一緒に、最後まであの子を看取ってくれたんです。そして鏡子を励まし続けてくれました。穏やかな、とても穏やかな最期でした」

病室のベッドで最期の時を迎えた竹中鏡子を、父と可奈子がどんな気持ちで看取ったのだろう。身を引き裂かれるほどの悲しみに耐えながら、可奈子を抱きしめ、そして鏡子の手を握りしめている父の姿を想像して、琢磨は震える息を吸い込む。

五年前、川崎市内の病院で父が亡くなったとき、琢磨は職場のデスクで訃報を受けた。

父と最後に話をしたのはその前日のことだ。投薬で意識が朦朧としている父は、病床を見舞った琢磨に、来たか、と一言つぶやいただけだった。七十年間の人生を真面目に働くことに費やしてきた父は、そのとき天井の一点を見つめたまま、時折微笑みを浮かべたり、細い涙の滴を流したりしていた。死期が迫ったことを父は悟っていたのだろう。

元気な頃、涙ひとつ見せたことがなかった父が、静かに自分の人生を振り返って感情をあからさまにしていることに琢磨はショックを受け、一方で勝手だと思った。人生の悲喜こもごもを父は家族と共有することなく、最後まで自分の胸ひとつにしまい込もうとしていると思ったからだった。

だが、そんな父の心境をいま琢磨は理解できる。

「可奈子さんというのは娘さんでしたね。もし、よろしかったらお会いしてみたいんですが」

琢磨は、女児の可愛らしい表情を思い出しながら胸塞がれる思いできいた。

「昔の話ですから、可奈子が覚えているかどうかはわかりませんが――というのも、あまり鏡子のことは話さないようにしてきたもので。あの子にそれ以上淋しい思いをさせたくないと思いまして。でも、もういいでしょう」

そういって智子は、可奈子の住所と電話番号を教えてくれ、

「でも可奈子の消息は、お父さんもご存じだったはずです」

と、そう言った。

「父が、ですか？」

驚いてきいた琢磨に、智子は初めて戸惑いを見せた。

「大間木さんは、可奈子が学校を出て働くようになるまでずっと仕送りを続けてくださったんです」

琢磨は言葉を失った。

「父は可奈子さんと会っていたんでしょうか」

「いいえ。一度もお会いになったことはないと思います。それに、大間木さんは名乗られなかったんです」

「名乗らなかった？」

鏡子がなくなって暫くすると、羽多可奈子名義の預金通帳と手紙が送られてきたのだと智子はいった。

「手紙には、可奈子が学校を卒業するまで、毎月学費と生活費の一部を送金するつもりだということが書いてありました。すぐに大間木さんだと確信して連絡をとったのですが、大間木さんは私ではない、とおっしゃるんです。そんなはずはない、と思ったのですが、当時はうちも苦しくて。町工場を経営していたのですが、夫婦二人が食べていくのがやっとだったんです。それに大間木さんにもまた事情があるのだろうということになって、有り難く遣わせて頂きました。大間木さんからは、その後可奈子が小学校や中学を卒業する頃になるとお電話だけはいただいていたんです。きっと、可奈子がどんどん大きくなっていくのを見守っていただいていたんでしょう」

席を立った智子は、通帳を何冊かまとめて持ってきた。

通帳の名義は羽多可奈子だ。

最初は毎月一万円。当時としては相当な額だったはずだ。几帳面な父らしく一度も欠かさず、月に一度振り込まれている。金額は次第に増えていき、可奈子が私立大学へ入学した最後の四年間は月十万円になっていた。

「父がこんなことを……」

琢磨は信じられない思いで、その通帳に並んだ数字を見つめた。

「鏡子が生きていたらどんなに喜んだか知れません。あなたのお役に立てるかわかりませんが、そういえば鏡子が残したものがありますから、ご覧になりますか。それを読めば、当時のお父さんのことが少しはおわかりになるでしょう。ただし、あなたにとって気持ちのいいものではないかも知れません。なにしろ、あなたのお母様と大間木さんが出会われる前の話ですから」

そういって智子が出してきたのは、一冊のノートだった。

「鏡子がつけていた日記です。大間木さんがつけていた日記があるのでしたら、その欠けていた部分を埋めることができるかも知れません」

後で返送してくれたらいいから、といって智子はその日記を貸してくれた。

夕食を済ませた琢磨は、二階の自室に入って昼間、羽多智子から借りた古いノートを開いてみた。

日記の最初の日付は、昭和三十八年六月十四日である。

六月十四日　金曜日

しばらく中断していた日記を今日から再開させようと思う。前の日記は荷物と共に実家に置いてきてしまった。彦島を出て、東京に住む智子叔母を頼って上京し、いま羽田に小さな長屋を見つけて可奈子と新しい生活をスタートさせている。

不安で胸が張り裂けそうになりながら、だけど柳瀬から逃げたい一心で、可奈子を抱え東京行きの夜行に乗った一ヵ月前。私にとって人生の転機ともいえる日々の末に、こうして日記を再開できる日が訪れたことを素直に喜びたい。

嬉しいこともあった。

一昨日、相馬運送への就職が決まったのだ。

いい職場で、いい上司に恵まれたと思う。可奈子を保育園に送り迎えしなければならないことを大間木さんはよくわかってくれて、早く帰れるように気を遣ってくれるのはうれしい。一生懸命、この会社のために働こうと思う。

少し不安なのは、可奈子がまだ新しい保育園に馴染めていないことだ。その可奈子はさっきから安らかな寝息を立てて眠っている。なんて可愛らしい寝顔かしら。この子と二人、これからずっと一緒。がんばろうね、可奈。職を得て、ようやく自立できた。お金がなくても、つつましくても幸せであればいいと思う。


彦島を飛び出した竹中鏡子は、羽多智子を頼って上京し、羽田一丁目の長屋へ移り住み、その後、父のアパートで一緒に暮らしはじめたのだと昼間訪ねたとき、智子から聞いた。その背後には、鏡子の夫、柳瀬の存在があった。

「親戚がうっかり話してしまったものだから、羽田に借りた鏡子の家へ柳瀬が押しかけたんです。その後、この辺りをうろついているのを見た、と鏡子から聞いたことがありましたが、しばらくして行方不明になってしまいました。そういう男だったんですよ」

琢磨は、曖昧な返事をした。父のアパートで血の海に倒れていた生々しい記憶。手を伸ばした麦茶にむせそうになりながら、秘密を共有したことで琢磨もまた、四十年前の人間関係のしがらみに巻き込まれてしまった気がした。たとえ当事者でなくても、父が関係していたことは心に重くのしかかってくる。その重みに一生耐え続けた父の精神力には、頭の下がる思いがした。

日記をめくった琢磨は、この前、自分が見た過去の出来事の続きを探そうとして、ある頁で手を止めた。「病室」という言葉が目に飛び込んできたからだった。

十月四日　金曜日
秋の日溜まりが病室の床に落ちている。明るく温かいこの日射しが、私には氷の色に、冷たい突き放すような冷気に思えてしまう。

可奈子は眠ってしまった。私はさっきから病室の窓から見える葉の落ちたポプラ並木と冬支度で殺風景な花壇を見下ろしている。三ヵ月前、あれだけバラ色に輝いていたはずの私の人生は、すっかり色褪せてしまった。

検査のために入院してそろそろ一週間になる。

辛い毎日だったはずなのに、可奈子は泣き言ひとつ言わなかった。注射のときも、心細そうな顔で私の顔をじっと見つめて耐えている可奈子を見るのは本当につらい。

検査の結果は間もなく出るらしい。先生との面談には史郎さんも来てくれることになっている。

脳炎ではないことを祈っている。だけど、祈る自分の声まで、疑心や不安にかき消されそうになる。こうして一人で考えていると不安でいたたまれない。

さい。

もしも可奈子が病気なら、代わってやりたい。

神様。可奈子ではなく私を代わりに病気にして、罰して下さい。可奈子を助けて下さい。

仕事の合間を縫って、午後から史郎さんが来てくれた。

史郎さんは私を心配させまいとしてあまり話さないけど、会社はいまとても大変らしい。もし相馬運送がだめになってしまったらと思うと、とても恐ろしい。これからどうなってしまうの。いつになったら、心から笑えるようになるんだろう。そもそも、そんな幸せが私にはくるのだろうか——。

可奈子の病気と将来への不安にかられた心情が切々と綴られた日記だった。胸が締め付けられるようだ。ページをめくるのが恐ろしい。

だが、琢磨は、何かに取り憑かれたように、その日付を開かずにはいられなかった。十一月二十日。相馬運送が倒産した、その日の日記を。

そして、ついに当該のページを開いたとき、琢磨は絶句した。思考が停止し、そこに記された文言をただ見つめることしかできなくなった。

そこにはほとんど何も書かれてはいなかった。書いてあるのは、日付と、たった二行の記述のみだ。

史郎さん。私はあなたを信じています。たとえ、どんなことがあっても。

史郎さん。私はあなたを愛しています。たとえ、どんなに苦しくっても。

琢磨は、竹中鏡子のその筆跡からほとんど目をそらすことができなかった。ページの真ん中に皺が寄っていた。それが紛れもない涙の痕跡だと悟ったとき、もう何も考えられなくなった。

このとき、どんな心境で鏡子が、父を、そして自分の置かれている現状を見つめていたのか。小さな娘を抱え、漂流しはじめた人生の孤海で、ただひたすら父を頼りにしていたのか。その切迫した感情の高ぶり。それは、ただひたすら純真に、一片の不純物もなくストレートに琢磨の心を打った。

「鏡子さん」

まるで父史郎がそうしたかのように、琢磨はひとり小さく呼びかけた。どうとあふれ出てきた涙を拭おうともせず。

終章　メッセージ

1

　この朝、相馬運送へ出社した史郎を、事務所前にいた数人の男達が出迎えた。

中に一人知った顔がいたので挨拶すると、立て続けに名刺が差し出される。「いつもお世話になっています」と、戸惑いつつも史郎が頭を下げたのは、そのいずれもが取引先だったからだが、男達は開口一番、「手形決済を現金にしてくれないか」と用件を告げた。

　代金を約束手形でもらえば、実際に現金化されるのは期日である三ヵ月先。現金なら今日だ。

　要するに三ヵ月先まで相馬運送はもたないだろう、とこの連中は考えたわけである。

「冗談じゃない」

突っぱねた史郎は三十分以上の押し問答の末、なんとか納得させて彼らを事務所から追い払ったが、ただならぬ気配を察し、社内の緊張感は増した。

彼らを強引な債権回収に走らせている〝噂〟の出所について、ひとりが妙なことを言っていたのも気になった。

「高利貸しだかなんだか知らないが、そのスジからの話で……」

史郎ははっとした。成沢の仕業ではないか。

地獄を味わいたいか――。

史郎にとっての本当の地獄は、己の死ではない。大切なものを失うことだ。がむしゃらに仕事をして生き抜いてきた、その目的を失うことだ。

成沢はまず、相馬運送を行き詰まらせ、史郎にかつてない打撃を与えようとしたのではないか。

いや、それだけではないかも知れない。

鏡子さん――。

まさか、とは思う。だが、成沢が史郎ではなく鏡子を狙わないとどうして言える。

不安に史郎の心は乱れ、たまらず病院に電話をかけた。

「どうしたの、史郎さん」

突然の電話に驚いたらしい鏡子の声をきいて、史郎は胸を撫で下ろした。

「いや、特に用事はなかったんだ。すまんな、呼び出したりして」

「変よ、なんだか」

鏡子は戸惑いを伝えてきた。

「可奈ちゃんはどうだい」

「あまり変わりはないわ」

鏡子は少し遠慮がちな声できいた。「ねえ、今日、来てくださる？」

史郎はまだ十時を指したばかりの時計を見上げながら、ちくりとした嫌な予感を抑え込んだ。可奈子の容体は一進一退だ。鏡子の心細さは手に取るように分かった。

「ああ、必ず行くよ」

史郎は、成沢のことを伝えようとしてやめた。これ以上の負荷に鏡子は耐えられないだろう。

受話器を置いたとき、決済日当日だというのに悠々と重役出勤してきた権藤が事務所に入ってきた。

まっすぐに自室に向かう。態度とは裏腹、表情は固い。

大丈夫なのか、本当に。

不安は募った。

相馬の出社はそれから更に三十分ほど後のこと。三つ葉銀行の資金係から、入金の督促があったのは昼間近になってからだった。

「お宅に融資を申し込んでいるんだがね」

苛立つ史郎の言葉に、まだ経験の浅い若い声は、「ああ、そうでしたか」と恐縮したようにいって電話は切れ、それきりになった。

取引先からの入金督促はひっきり無しだ。

しかし、桜庭からの電話はない。

こちらから連絡してきいてみるか。午後二時を過ぎ、たまりかねてそう考えたとき、派手な音をたてて権藤が自室から飛び出してきた。ただならぬ気配を感じ取ったのは史郎だけではない。事務所に残っていた社員が一斉に表情を曇らせ、息を呑んだ。

大丈夫か。まずいんじゃないか――そんな言葉が口々に上がり、やがて彼らの視線は史郎へと向けられる。どうなんだ、という問いかけに、史郎は首を横に振った。

「わからないんだ、俺にも」

待ち切れずに、桜庭へ電話をかけると、桜庭は口ごもった。

「御社への融資は――かなり難しい。ただ今、当店の支店長と本部審査役との間で交渉していますが、どうにも……。感触だけでもと思い、今しがた、権藤さんにお知らせしました。もし他に当てがあるのなら早急にと――」

当てなどない。あろうはずがない。史郎は茫然として窓にたった。何台かのトラックがのろのろとターミナルに横付けになったり動いたりしている様は、まるで死に際の細胞が蠢《うごめ》いているようだ。

史郎はひたひたと迫り来る終末に恐怖を感じた。ジグザグに曲がった空気でも吸ったかのように息は震え、頭髪が小刻みに揺れるのがわかる。胃がぎゅっと縮まり、アッパーパンチでもくらったように上にせり上がって来た。

嘘だろう。悪い冗談だ。そう思おうとしたが無駄だった。いやいや、これはどう考えても嘘ではなく、悪い冗談でもない。いま相馬運送は、正真正銘の崖っぷちにいる。史郎は振り返って時計を眺め見た。二時半だった。

「ぎりぎり待って、四時半」

代金決済のタイムリミットについて桜庭はそう答えた。するとあと二時間だ。

事務所の前が騒がしくなった。窓から見下ろすと、数人の債権者が、営業部長の亀田を囲んでいるところだ。恐れていたことが、じわじわと現実のものになろうとしている。

史郎が見ている前で、一人、また一人とその数が増していった。

「大間木」

声がかかり、史郎ははっと振り返った。

蒼白な表情の権藤が、どこかおろおろした調子で「ちょっと来てくれんか」、というなり、史郎の返事をまたずに消えた。

三階へ駆け上がった史郎に、待っていた相馬は「いよいよ、ダメだ」といった。

「三つ葉銀行から融資の連絡は？」

「それは、まだだ——待つしかないが、望み薄だ」

豪壮な経営者である相馬の表情はいま、極度の緊張感と神経の高ぶりで赤紫に染まっていた。

「そんなことをいってもはじまらんぞい、社長」

権藤が震える声でいった。「貸してくれるのかくれんのか、俺がひとつ走り銀行へ行って確かめてくる」

そそくさと権藤が立ち上がったとき、社長室の電話が鳴り始めた。権藤が凍り付く。

受話器を耳に当てたその相馬の顔から、みるみる血の気が失せていった。その目にじわじわと潮が満ちてくるように涙が溢れだしてくる。その様を、史郎は、ただなす術《すべ》もなく、見つめるしかなかった。

「本日、当社は三つ葉銀行羽田支店におきまして第一回目の不渡りを出しました。債権者の皆さまには多大なご迷惑をお掛けしまして、たいへん申し訳ありません」

情け容赦の無い寒風が埃を舞い上げる事務所の前、史郎は二重三重に取り巻く殺気立つ男達に向かっていうと、深々と頭を下げた。

立て続けに浴びせられる疑義や罵倒に、何ひとつ史郎はまともに応えることができなかった。

不渡りが確定した後、弁護士の元へ相談に行くといって、相馬と権藤は先程、目立たぬ裏口から会社を抜け出していった。

「大間木、お前が債権者に説明してとりあえず引き取ってもらえ」

そそくさと手荷物をまとめながら権藤は都合のいい命令を下し、「社長、行くぞよ」ともはや廃人同様、虚ろな目をした相馬を促し、姿を消したのであった。

謝罪の言葉を重ね、頭を下げ続けた史郎は、涙が止まらなかった。

どうしようも無く悔しく、そしてみじめだった。

謝れと言われれば、深々と頭を下げ、土下座しろと言われれば、土の上に土下座した。ズボンの膝を真っ白にしながら、両手をついて深々と頭を下げ続けた。そうしながら、非力な己れを嫌悪した。

午後十時近く、ようやく債権者が引き揚げた後、史郎はひとり、人気《ひとけ》のないトラック・ターミナルを見下ろせる窓際に立っていた。

社員全員に会社の不渡りを告げ、とりあえず業務の中断と自宅待機を言い渡したのが、午後八時過ぎ。いま、創業以来、不眠不休で動き続けてきたターミナルの灯は消え、史郎は入社以来初めて、こんなに静かで暗い闇に包まれた社屋を見たと思った。

相馬運送は最後の日を迎えたのだ。

敷地の端にある常夜灯のあかりが蜘蛛の巣のような光のネットをなげかけ、端の駐車場に置かれたトラックを浮かび上がらせている。

静謐を破って電話が鳴りだした。

出た途端、電話の向こうが静かになった。息の気配だけがする。「鏡子さん？」

「会社、だめだったの？」

いまにも泣き出しそうな声で鏡子はきいた。

「すまん。そっちへ行けなくて」

鏡子は押し黙り、しばらくして、押し殺した嗚咽の声が受話器をつたってきた。

2

「母さん」

目を覚ました可奈子が、不安そうな表情で見上げている。

可奈。

抱きしめて泣きじゃくりたい。だけど、私が悲しみを見せたら、可奈子はきっと怯えるだろう。不安にしてしまうだろう。

絵本を読んだ。

何度も涙が出そうになって、声に詰まった。

鏡子は、まだ元気な可奈子の表情を少しでも瞼に焼き付けようとじっと眺める。私のたったひとりの娘。かわいい、かけがえのない娘——。

小児病棟の就寝は早い。

すでに消灯された病床のあちこちで、ときおり子供のぐずる声や咳、母親や看護婦に何かを訴える小声がしている。

鏡子はもう声すら出なかった。可奈子のベッドの脇で椅子にかけ、眼を閉じた娘の顔をただ見つめる。

こんな小さな子供をいまも病気が静かに、しかし確実に蝕んでいる。

鏡子は薄暗い病室で頭を抱えた。

一人でいることに耐えられなくなって、史郎に電話をかけにいったのは先程のことだ。

薄暗い廊下の向こうから、コツ、コツ、という足音が聞こえてきた。革靴の音。もう来てくれたのかと喜んだのも束の間、少し時間が早すぎることに気づいた。

消灯後の小児病棟。静けさの中で、たったひとつの靴音だけが鏡子の耳にしっかりと届く。やけに耳障りで、葬列が進むようなゆったりとしたリズムを刻んでいる。

足音が止まった。

部屋の前だ。

ドアが開閉される音がして、ゆっくりとその足音は部屋に入ってきた。

病床を囲むカーテンの向こうにぼうっと人影がたった。

「誰？」

顔を上げた鏡子は、カーテンの隙間から自分を見つめる二つの目をそこに見つけたのだった。

成沢の匕首《あいくち》は鏡子の喉を貫く勢いでまっすぐに突きつけられた。

3

羽多智子がくれた竹中可奈子の現住所は、小田急線の参宮橋駅にほど近い代々木四丁目だった。

夫は電機メーカーにつとめるサラリーマンで、そこに会社の社宅があるのだという。結婚してすでに二人の子供がいるという可奈子は、ごく普通の主婦として平凡な生活を営んでいるようだった。

琢磨《たくま》が可奈子に電話をしたのは、羽多智子の家を訪ねた翌日だった。

「母から話は伺っていますが……」

可奈子は琢磨の申し出に、わずかに戸惑った様子だった。無理もない。突然、見ず知らずの男から、四十年前に亡くなった母のことをききたいと言われたのだから。いくら養母から言われていても、腑に落ちないことには変わりはないはずだった。それでも、琢磨の訪問を了承したのは、可奈子のために送金を続けたという父への感謝の気持ちがあったからだろう。

真夏の日射しが降り注いだその日、参宮橋前のフルーツパーラーでマスクメロンを二つ買った。代金の五千円を払い、包んでもらう。グレープフルーツの黄色がきらきらと映えていた。手巻き式の庇の内側は穴蔵のように暗く、その明と暗のコントラストに琢磨は目が回りそうになる。

線路に沿って歩いた。戦前の道路そのままの狭い道路はやがて曲がりくねり、二股に分かれていた。今度は緩い坂道を上ると小田急線の線路は次第に遠のいていき、辺りは閑静な高級住宅街へと装いを変える。

陽炎《かげろう》が揺れた。

閑静な住宅街の中に、クリーム色の四角い建物が見えてきた。敷地の脇に「大毎電気社員寮」という看板を見つけ、額に浮いた汗をハンカチで拭った。

結婚して「高田」と姓をあらためた可奈子の住まいがそこにある。

昼下がりの静寂を掻き立てるように、敷地内に植えられた木で忙しなく油蟬がないていた。

社宅の中庭にブランコがあり、小さな砂場がある。そこで子供を遊ばせている母親が琢磨の姿を見ると怪訝そうな会釈をくれる。不審な人だけどメロンを持っている人に悪い人はいない、と思いこんでいるかのような挨拶だった。琢磨もそれに返し、まっすぐにコンクリートが剝き出しになっている階段へ向かった。

琢磨にとって自分を探し求める旅は同時に、父の失われた青春を探る冒険でもあった。

父は琢磨に勇気をくれた。

琢磨にとって、これから会う高田——いや、竹中可奈子は初対面の人物とは思えなかった。長い知り合い、あるいは親戚のような親しみを琢磨は抱いている。その思いは、社宅の茶色いドアを開け、すでに中年にさしかかった女性が顔を出したときも少しも衰えることはなく、むしろ確たるものとなって琢磨の胸に残った。

「大間木といいます」

名乗ると、琢磨の胸を熱いものが込み上げてきた。

鏡子さん……。

父なら、いま目の前にいる女性にそう話しかけたかも知れない。

竹中可奈子は、そう——琢磨の記憶にある竹中鏡子が歳を重ねたらたぶんこう変わるだろうと思う、清楚な女性だった。

あの小さな女の子は、よく笑う、屈託のない女性に成長していた。

四十そこそこのはずだが、三十代にしか見えない。小学校三年生の男の子と、幼稚園児の女の子がいるといった。

「上はサッカーばかりで、もう手がかからないんです。下はまだまだ我が儘やり放題——歌織《かおり》」

小さな女の子が襖の陰から恥ずかしそうに顔を出した。琢磨はまじまじとその顔を見つめてしまう。

引っ込み思案の子なのか、歌織は少し怯えた顔になって、可奈子のところへ駆け寄った。

「ああ、ごめんよ。すごくよく似ていたもんだから。おじさんの知っている子に——竹中可奈子に。

手みやげのメロンを渡し、琢磨は改めて不躾《ぶしつけ》な訪問を詫びた。そして、今までのことを正直に可奈子に話した。

病気のこと。退院してから父の遺品を見つけ、そこに仕込まれたキーを握った途端、過去を見たこと。それが信じられず、自己を探す旅を続けたこと。その旅は、かつて相馬運送があった大田区に始まり、旧三つ葉銀行の桜庭との出会いを経て、やがて竹中鏡子の出身地である彦島にまで及んだこと。自分が見た過去で繰り広げられたBT21号車の運転手たちをめぐる様々な事件と顛末、この現代でついにBT21号車を探しだし、過去の記憶から羽多智子さんの自宅を探し当てたこと。

「そして、あなたに行き着いたんです」

長い話になった。一時間ぐらい話していただろうか。可奈子を前に話していると、なぜか琢磨は竹中鏡子を相手にしているような安らぎと信頼を感じた。さざ波のように押し寄せてくる包容力と母性が、琢磨の心を解きほぐし、桜庭以外の人間には頑なに口を閉ざしていた事実を打ち明けさせることになったのである。

狂人の戯言《ざれごと》。可奈子にそう思われるのならそれでもいい。琢磨はそう思った。しかし、可奈子は予想に反して真剣な眼差しになった。

「私にそのトラックを見せていただけませんでしょうか」

琢磨は驚き、そして同時に可奈子にもまた何かの予兆があったのではないか、と唐突に悟った。

「今までの人生で、不思議に何度か繰り返される夢があるんです。私は、亡くなった母とそしておそらくは大間木さんのお父様だと思いますが、三人でトラックに乗っている。グリーンのボンネット・トラックで、砂埃の舞う工場地帯を疾走しているんです。この夢を今までに何度見たかわかりません。その度に不思議な気持ちで夜、目が覚めるんです。私は育ててくれた母に感謝していますから、竹中鏡子という実母と死別したことで大きくなってから悲嘆に暮れることはありませんでした。でも、この夢を見た後、不思議な寂しさというか、それはどこか安心感にもつながるのですが、そんな感覚を覚えるんです。なんと説明していいかわかりませんし、大間木さんに信じていただけるかどうかもわかりませんけど」

信じます。もちろん——そう琢磨は応えた。

「お話ししませんでしたが、BT21号車は、鮮やかなグリーンのボディですよ、可奈子さん」

「ほんとうに？」

そういったきり可奈子は言葉を失った。唇が震えている。

「母が亡くなったときのことを、正直なところ、私はよく覚えていません。まだ小さかったから。悲しい記憶がないというのは嬉しいのですが、その実、私は母の面影もまた記憶にないんです。残っている写真を見ると、ああ、こんな人だったのかなと思うぐらいで。幼いころの病気のせいかも知れませんが」

ヘルペス脳炎という重篤な病気にかかったのだと可奈子は話した。そのことは琢磨も鏡子の日記で知っている。

「奇跡的に助かったんです。私は母が助けてくれたんじゃないかと思っています」

「竹中鏡子さんはなんで亡くなられたんですか」

聞いた琢磨に、よくわからないんです、と可奈子はいった。病気だと思っていたのだが、最近になってそうではないらしい、と養父が亡くなる直前にきいたという。

「いま私は、子供を持つ母親になって、最愛の子供が、自分のことを忘れてしまったら、どんなに悲しいだろうと思うんです。そのことが悲しくてたまらなくなることがあります」

可奈子はそういい、ぜひＢＴ21号車を見せて頂けませんか、と再び琢磨に頼み込んだ。

琢磨が快諾すると、可奈子は、まるで鏡子が笑ったときのようにぱっと華やかで、そしてどこか淋しげなところのある笑みを広げた。

「大間木さんがしたように、私も自分を見つける旅がしたいとずっと思ってきたんです。失われた幼い頃の記憶がこの世の中のどこかにあるのなら、どんなことがあってもそれを探しに行きたい。それをようやく実現できるなんて」

涙ぐんだ可奈子を、歌織が心配そうに見上げる。その幼い娘を抱き上げた可奈子は、「大丈夫よ、歌織」と優しく声をかけた。

4

「なんかついてきますぜ」

運転席の老人がいった。生気のない表情がルームミラーに映る様は、まるで墓から蘇った屍《しかばね》のようだ。鏡子は恐怖で気が狂いそうになりながら、「トラックだな」という成沢の言葉に体を捻り、リア・ウィンドウ越しに後続を見た。

眩しいほどの二つのヘッドライトだった。環状七号線に沿って設置された街灯がその巨体を浮かび上がらせている。ハイ・ビームにした光点はかなりの勢いで走っている黒塗りのベレルをぴったりと追走している。

街道にグリーンのボディが浮かび上がった。相馬運送のトラックだ。

史郎さん。助けて、史郎さん——！

鏡子の心の叫びは、ぐいと成沢に腕をわしづかみにされ、無理矢理体をシートに押しつけられて中断した。

「おもしれえ。あいつに見せてやろうじゃないか。大事な女がずたずたに切り裂かれるのをな。いい見せ物になるぞ、こいつは！」

耳元で生々しい吐息とともに語られる言葉の残酷さに鏡子は言葉を失った。

「これから行くところは地獄の果てだ」

成沢はいうのだった。「どでかい地獄への落とし穴の底になにがあると思う？　でっかいカッターよ。鎌のお化けが隊列組んでお待ちかねさ。鉄でさえ引き裂く特殊な鋼でできたカッターだ。見たいだろう？　これからあんたをそこへご招待しよう。それだけじゃない、特別体験コースにご招待だ。首に縄をつけて足から順番に切れ味を試させてやる。このかわいいあんよから順番にあっという間に引き裂かれる。あんよから順番に、ここ、そしてここ、そしてここまで来たら――成沢は鏡子の腿から腹、そして胸に人指し指を突きつけた――気を失うことができるかもな。楽しい見せ物になるぞ。楽しい楽しい見せ物にな――！　俺を恨むな。恨むなら大間木を恨め。あいつが裏切ったんだ。俺を裏切りやがった」

前方の信号が赤に変わった。

老人はスピードを落とす気配もなく、クラクションを鳴らして交差点を突っ切っていく。夜の底を疾走する成沢の車。その遥か百メートルほど背後を史郎が追ってくる。車窓を埋める目黒界隈の景色が吹き流れ、鏡子の意識もまるで綿飴のようにぐにやりと歪んだ。

史郎さんが助けてくれる、きっと――千切れそうになる意識の断片で、鏡子は信じた。

しかし、成沢の車は立て続けに赤信号を無視しながら次第に史郎のトラックをひき離していった。

目黒区から大田区に入り、馬込から新井宿、大森まで疾走した車の前方に環状線の終点が見えてきた。老人はそこで右折し、第一京浜に入った。ちらりと老人が一瞥したルームミラーに、踊るように右折してきた二つのヘッドライトが飛び込んできた。

5

ハンドルを切った。タイヤが鳴り、リアが左へ流れていく。傾いたフロント・ウィンドウから、遠く東京湾の赤い明滅と製鉄会社の灰色の影が見える。

一瞬、音が途絶え、エンジンの唸りと振動が戻ってきたとき全身から汗が噴き出した。喉が渇き、心臓が飛び出しそうだ。

エンジン・フードが小刻みに揺れ、ボンネットの両脇から左右に突き出したミラーの中で第一京浜の、白墨で何度も描き直したようなセンターラインが振動していた。

水冷六気筒７リッターエンジンの中で狂ったようにシリンダーが上下している。エンジンは、オイル・フィラ・キャップをいまにも飛ばしそうな勢いで噴射と爆発を繰り返し、はち切れんばかりに駆動ベルトが回転を繰り返している。

相馬運送を出た史郎は、債権者にも見捨てられ、一台だけ残っていたＢＴ21号車を出して目黒区内の病院へ向かった。病院のそばまで来たとき、成沢の車に鏡子が連れ込まれるのを目撃した史郎は、大型トラックを急反転し、がむしゃらに追跡を開始したのだった。

環状七号線で史郎の追跡に気づいたらしい成沢の車は、スピードを上げ、第一京浜で川崎方面へ鼻先を向けた。

車の数が増え、ベレルとの間に何台か入りこんできた。くそったれ。史郎の焦りを嘲笑うかのように距離はなかなか詰められない。

やがて鶴見辺りで、成沢の車は北へ進路を変えた。

廃棄物処理場へ行くつもりか。

行き先の当てがついた史郎の眼前、鈍色《にびいろ》に流れる鶴見川の上空に血が滴るような色の月がかかっている。柔らかな光脚は川と畑とに挟まれた一本道を疾走する黒塗りの車の屋根にも降り注ぎ、それはＢＴ21号車の打ち震えるボンネットと銀色のモールに鈍く反射していた。

ベレルがスピードを上げた。アクセルを踏み込む史郎の視界で、それはみるみる小さくなっていく。

床までアクセルを踏み込み、史郎はハンドルをぐっと握りしめた。路面が悪くなり、道幅が狭まったこともBTに不利だった。

成沢のセダンは月光に導かれ、まるで夜の絨毯を滑るように遠ざかっていく。

周囲から民家が消え、両側に田畑が広がる相模原郊外の光景へと変わっていた。遠くに木立が見え、その向こうに相模原の広漠たる大地が広がっている。

史郎の焦りを余所に、やがて遠くに見えていた赤いテールランプは、ぼうぼうとわき上がる砂塵のベールを突き抜け、向こうの木立へふっと消えた。

6

防風林の杉木立が横に並ぶ様はこんもりとした森に見える。老人の運転する車はますますスピードを上げ、なんとか追走してきていた史郎のトラックをすんなりと引き離した。静かなエンジン音が車内に響く中で、成沢の低く歌うような吐息が聞こえる。

木立の間を抜けると、フロントガラス越しに殺風景な建物が見えてきた。低い屋根が幾つも重なるようになっているそれは、亡ぼされた異民族の遺跡のように蒼く陰気な雰囲気に満ちている。

ほうら、ついた。ついた。ついたぞ――成沢の声は喜びに打ち震え、頬骨に貼り付いた顔面を喜びに引きつらせた。

「まっすぐ、つけろ」

へい。吐き出された痰が道に付着したときのような気色悪い老人の声が応える。

成沢がルームミラーを見つめた。

史郎のトラックがいつ入ってくるか気を配っているのだ。

しんと静まり返ったその場所は墓場のように不気味で、車のエンジン音以外は何一つ聞こえない。

ヘッドライトが照らしたのは、無数の錆と傷がついたシャッターだった。眩しさに鏡子は眼を瞑《つぶ》り、やがてサイドブレーキが引かれる音とともに開けた。

運転手を務めてきた老人は、見かけからは想像のつかない素早い身のこなしで車から降りると、シャッターの脇にある事務所へ消えた。地味な色合いの上着のポケットから鍵を出した老人のズボンは踝《くるぶし》までしかない。ズック靴につば付きの帽子、鍵が開いたらしくこちらに横顔を向けたとき見えた目は、物の怪が人間に憑《つ》いたかと思えるほど細くつり上がり、闇の中でも光って見えた。

老人がドアの向こうへ半身を入れると、耳障りな音をたててシャッターが上がり始める。

黒塗りの、まるで鏡面のように滑らかで磨き上げられた車のボディの向こうに、ゆっくりと奈落がその姿を現しはじめた。

見えるか。この世の果てだぞ——成沢が歌うようにいう。地獄への入り口よ。

史郎のトラックはまだ来ない。

助からないかも知れない。

ごめんね、可奈子……。

地面が揺れるような音に、鏡子は視線を上げた。何かが地の底で動き出したのだ。

老人がドアを開け、車内に戻ってきた。常夜灯代わりにヘッドライトを点灯したまま、影になった顔を後部座席に向けた。

「いつでもオーケイですぜ、旦那」

成沢は自分の側のドアを開け、冷たく骨ばった指で鏡子の二の腕を把むと車の外へ引き出した。老人が再び事務所に消え、一本のロープを持って現れる。

「縛り首のロープだ、女。死刑執行だ」

老人の目には、狂気が貼り付いていた。器用にロープの輪を作って結んだ老人が恭《うやうや》しくそれを鏡子の首にかける。どっしりとした重量感と油臭さ、湿った感触に鏡子はたじろいだ。成沢がそのロープの端を受け取り、結び目を徐々に締め付けてくる。

うっ、と鏡子が呻くぐらいの位置でそれを止めると、どうだ恐ろしいか、といたぶる。

「命乞いをしてみろ、女」

老人がけしかけた。

「嫌」

「なんだと」

やめろ。つっかかる老人を制した成沢は、鏡子の顎をぐいと持ち上げ、指先に力を入れる。不思議と恐怖は感じなかった。呻き声が洩れてしまうのが悔しくて、鏡子は涙の滲む目で成沢を見つめる。もし死んだら呪ってやる、と言わんばかりに睨み付けると、成沢の目に怒りが浮かび、平手打ちに頬が鳴った。怒りは歓びに転じたようだった。

「大間木は遅いな」

成沢はいい、歩け、と鏡子をこづいた。黒塗りの車から放射されるヘッドライトの灯りは闇を穿《うが》ち、振動している空気に狂おしいほどに舞い上がる無数の埃を照射している。

「そら、いよいよだ」

嬉々とした老人はいち早く車に戻ると運転席に乗り込んだ。車は一旦バックし、成沢が目分量で長さを測って投げたロープに向かってそろそろと進める。そのタイヤがロープを踏んだところで、よし、と成沢が手を挙げた。

縛り首、といった老人の言葉が鏡子に蘇った。

この奈落の途中に宙づりにされるのだろう。こみあげてくる恐怖と、鏡子は闘った。

歩け、という成沢の言葉で歩を進めた鏡子は目を瞠《みは》った。闇の底に蠢《うごめ》いているおぞましい機械は、鈍色の刃を狂ったように回転させ、四角い漏斗の底から吐き気のするほどの悪臭をたち上らせている。太い臭気の奔流は回転するローターによって渦を巻き、見えない腕が鏡子の体をからめ取ろうとする。

「可奈子」

鏡子は娘の名を呼んだ。小さな赤ちゃんだった。ちゃんと育つか心配したが、すくすくと育って母親思いの優しい娘になった。

幸せにできなくてごめんね、可奈。許してね、可奈。もし、あなたの病気が治ったら、そのときは母さんの分まで幸せになって。母さんのこと、恨まないで。母さんはいつだって可奈の味方よ。可奈のそばにずっといて応援してる。

昼間、病院のベッドに寝ている可奈の手のひらにそっと触れた。その柔らかく温かな感触が胸に込み上げた。

大人になっても母さんのこと覚えていてくれる？

母さんのこと忘れないでね。あなたの母さんのこと。可奈……私のたったひとりの、可奈。

「さっさと歩け、女！」

ネズミ顔の老人の甲高い声で、可奈子への思慕は無惨にうち切られた。

一歩、進んだ。

もっと進め！　ネズミ男が黒塗りの車の運転席から叫ぶ。

さらに一歩。

近づくにつれ、回転するカッターの振動が足から膝へと伝ってくる。周りを見渡した。この世の果てのような暗い建物が、最後の光景になる。そしてこの悪臭を放つ芥《ごみ》溜《た》めの中へ私は消えていくのだ。

母さん、どこ？　明日になったら可奈は不安な声をあげるだろう。

母さんはいつもそばにいるよ、可奈。あなたの、そばに——。

神様。私はこうして死にます。だから、あの子だけは助けてあげて下さい。

鏡子は祈った。

私が代わりに死にますから、あの子だけは、可奈子だけは——

進め、進め！

老人が囃した。闇を穿つヘッドライトは、この世からあの世へのトンネルだ。

「あきらめろ、女！　奴は来ない。逃げたのさ。逃げたんだよっ。——ああん？」

そのとき、老人の声は語尾のところで、曖昧に揺れた。

あっと老人が声を上げたとき、闇の中から突如、目が眩むほどの灯りと共にグリーンのボンネットが浮かび上がった。

猛然と突進してくるBT21は老人が飛び降りる前に、成沢の車に鼻先をぶつけた。ボンネット・トラックの銀色のバンパーが衝突した瞬間、火花が散り、缶が握りつぶされるような耳障りな音と共にベレルは前方へ弾き飛ばされた。奈落の縁へ飛び出し、シーソーのようにバランスを取って静止したかに見えた瞬間ゆっくりと前へ傾き、「うわ、うわ、うわっ」という老人の悲鳴とともに滑り落ちていく。

カッターはまるで巨大な蟻地獄のように獲物となった車を呑み込んでいく。鉄が鉄を切り裂く甲高い音、ガラスは木っ端微塵に割れ、車は見るまに裁断され鉄屑と化そうとしている。

いま横様になった車の運転席から老人が必死になって這い出そうとしていた。顔を血塗れにし、ドアの桟にしがみついた老人の口からは意味をなさない恐怖の叫びが溢れている。

その光景に目を奪われていた鏡子が、熱い痛みを感じたのはそのときだった。

成沢が、匕首の先端を鏡子の腹へ差し入れたのだ。

血を滴らせた刃を引き抜いた成沢は、止どめを刺そうと必殺のたいらに構えた。刃は鏡子の血を吸い、ＢＴ21のヘッドライトの光に鈍く輝いている。

そのとき、奈落の底から断末魔の悲鳴があがった。地響きと共に、ガソリンに引火し、炎と熱い爆風が床を薙いで、なにかが鏡子の耳元をかすめていった。

7

薄く垂れ込めた夜霧の道をＢＴ21号車は疾走していた。

史郎は泣きながら右手でハンドルを操り、助手席で静かに目を閉じている竹中鏡子の手を握りしめていた。

いまいましい霧め！

ヘッドライトに浮かび上がる銀色の微粒子は視界を寸断し、見えているのは道路の両側に生えているぺんぺん草と湿った土の一本道がわずか数メートルだけだった。傷ついた鏡子を乗せ、廃棄物処理場を出たとたん、まるで台風の渦のように取り囲んでいた濃霧に突っ込んでしまったのだった。

さっきまで、何でもなかったのに。

こんなときに。こんなときに――！

スピードメーターは二十キロ前後をいったり来たりしている。少しだけ開けた三角窓からも車内になだれ込んだ霧は、史郎の首から腕にかけてひんやりとした感触を送り込んでくる。

鏡子は、広い運転席の助手席側に横たわり史郎の上着を枕代わりにして傷口に添えたタオルを左手で押さえていた。そのタオルは血に染まり、鏡子の白い二の腕がぼうっと浮かび上がっている。

折れたカッターが成沢の体をとらえた途端、生々しい血飛沫《しぶき》と共に全ては――終わった。

一瞬の出来事だった。

BT21号車は相模原の大地をのろのろと走り続ける。霧が動き、その向こうに赤色灯が浮かび上がった。対向車のヘッドライトは、最初、障子の向こう側にあるようなぼんやりとした輪郭となって現れ、次第にはっきりとボンネットの前方に浮かび上がってきた。消防車だ。

史郎がトラックを停めると、消防車の助手席から人が降りてくるのが見えた。制服を着込んだ消防士は、長靴をぼこぼこいわせて史郎の運転席まで駆けてくると早口でまくしたてた。まだ二十代前半の若い男で、異様なほどの童顔に円らで大きな目をしている、おもちゃの人形のような男だった。

「少しバックしてもらえませんか。農道があるらしいんで、そっちへ――」

すれ違えますから、と言おうとした男は、助手席で横たわっている鏡子の姿を見てはっと口をつぐみ、怪我人ですか、ときいた。

「病院に連れていきたいんだが。場所がわからないんだ」

史郎はいう。

消防士は、赤く染まったタオルから引き剝がすように視線を史郎に向けると、切迫した状況を瞬時に悟りつつも、なんで、という疑念を瞳に浮かべる。

「この近くですと、町田市内になります」

また一人降りてきて、早く下がれ、と史郎に向かって怒鳴った。へしゃげた中年の声に、怪我人なんだ、と怒鳴り返した若い消防士は、場所、わかりますか、ときく。

「土地勘がない」

男は、消防車まで戻り二言、三言話をして戻ってくる。

「荷台を開けてもらえますか。私が同乗してご案内しますから。病院には無線で連絡をとっておきます」

ありがたい。痺れを切らしたように前方の消防車から低いクラクションが放たれる。わかってる！　そう叫んだ消防士は、ぺこりと史郎に頭を下げ、BTの後方に走っていった。

史郎はギアをバックにいれ、BTの巨体をゆっくりと後ろへ下げた。何も見えない。ただ、消防士の声と路傍の草の位置だけを頼りに真っ直ぐに車を下げていく。

そのとき、鏡子が呼んだ。

「なんだい、鏡子さん」

史郎はバックミラーの男を確認しながらアクセルを踏んでいる。

「可奈……」

鏡子が呼んでいるのは娘の名だった。

「可奈、夜中に起きないかしら」

そう鏡子は言うのだった。史郎は胸がつまり、アクセルを緩めた。そしてうっすらと目を開けた鏡子をのぞき込み、「大丈夫だ、鏡子さん。大丈夫だよ」、そういう。

鏡子の頰を一滴の涙がこぼれていった。

「最後にもう一度だけ、可奈に会いたい。可奈……」

オーライ、オーライ。

「また会える。また会えるさ」

史郎はいい、涙でかすんだ目でバックミラーをのぞき込み、再びBTをそろそろとバックさせていく。それに合わせ、数珠繋ぎに渋滞していた消防車の隊列がのろのろと進んでくる。

左へ切ってください！　左一杯！

左へハンドルを回し、ぐずるように巨体が旋回する。

「史郎さん」

今度は史郎の名を呼んだ。

「私が死んだら、可奈のこと面倒見てくれる？」

「なに言ってるんだ、鏡子さん！」

史郎は叱った。叱った声が震えた。わかっているからだ。鏡子がいまどんな状態にあるのか。鏡子が全てを悟っているのと同じように。

「そんな弱気でどうするんだ。しっかりしてくれ。頼む、鏡子さん。そんなのほんのかすり傷だ。かすり傷じゃないか。そんなもんで人間は死にはしない。いまあのひとが病院へ案内してくれる。大丈夫だよ」

鏡子の表情が緩んだ。史郎の気休めを笑ったのだろう。

「私は死んでもいい。だけど、可奈だけは、可奈だけは……神様、お願い。可奈を、可奈を助けてやってください。可奈……」

がたんと車体が揺れ、史郎の握るハンドルに衝撃が来たかと思うと、車体はぐらりと左へ傾いた。左のバックミラーに白い靄と畑の畝が見える。BTの後部車輪がその緩んだ地面にのめり込んでいた。ちっ。史郎の全身の血が逆流し、思い切りハンドルを叩いた。ミラーの中から消防士が消え、ああっ、という声とともに舌打ちが聞こえた。「やっちまった」

グリーンのボンネットの前を消防車が徐行していった。炎上した廃棄物処理場へ向かうのだろう。

一台、また一台、そしてまた一台。最後の消防車が通過したところで、消防士がその運転席に向かって走り、何事か話しかける。

史郎はアクセルを踏んだ。

小石をはね上げる音と共に、タイヤが空回りする。巨体を揺すり、エンジンが唸りを上げたが、接地面を失ったBTは無惨な格好で傾いたままだ。

くそっ、なんてことだ。くそったれ！　こんなときに、こんなときに――。

砂利を踏んで消防士が駆け寄ってきていた。

「ウィンチはありませんか」

「積んでない」

若い男は気の毒そうな顔をして、背後を振り向く。

「少し待って下さい。向きを変えられる現場を探して、消防車を一台回して来ますから、それに乗って病院へお連れします」

「どのくらいかかる」

史郎は声を低くした。「あまり、時間がないんだ」

消防士は痛いくらい顔を歪め、すぐですから、とアイドリングしていた消防車に合図すると、後部の手摺りに飛びつく。ヘッドライトが照らし出す後輪に浮かび上がっていた赤い消防車は、まるで深海にもどる魚のような悠然さで濃霧の壁の中へ消えていくのだった。

俺はどうしようもない間抜けだ。こんな肝心なときに、ヘマをしでかすとは。鏡子さん、すまない。すまない、鏡子さん。

「見てくる。ちょっと待ってて」

史郎は一旦エンジンを切り、助手席の懐中電灯をもって運転席を飛び降りると後方へ走った。

後部車輪はぬかるんだ畑の中に、沈み込んでいた。辺りを照らし、タイヤにかう石を探した。冷たい霧の底で、史郎は自分がまるで無力な生物であることを痛感しながら、道路を探し回る。だが、なかなか手頃なものは見つからなかった。ジャッキで上げようにも、立脚する場所もない。

焦りと、それに比例して大きくなっていく絶望感が全身を覆い尽くし、頭が真っ白になっていく。

運転席に戻ると、それまで瞑目していたらしい鏡子が、うっすらと目を開けた。

「すまんな、鏡子さん」

涙声になるのをなんとかこらえて、史郎は堅い声を出す。鏡子を安心させる言葉をかけてやろうと思うのだが、こんなときになっても口下手の性分はそのままだ。

「史郎さん」

鏡子はぼんやりとした口調で、いった。

「あなたと……あなたと可奈子の三人で幸せな家庭を築くことができたら――もしそんなことができたら、どんなにいいかと思った……。史郎さんは、どん底にいた私を助け出してくれた。それまでの私は、不幸せなことばかりで、人生なんてこんなもんだと諦めていた。そんな私と可奈子をあなたは救ってくれた。初めて、この人とならば幸せになれるかも知れない、そう思った」

幸せになれるさ。幸せになれる、きっとなれる、鏡子さん――。

苦痛に歪んだ鏡子の表情は穏やかになり、そのとき微かな笑みを浮かべる。

「でも、それも私には許されないみたい。そういう運命なのね、きっと」

鏡子は史郎に右手を差し出した。

それを力強く史郎は握り返し、そんなことはない、そんなことはない、と繰り返す声は自分でもどうしようもないほどうわずっている。恐怖と悲しみが体の底で渦巻き、残り少なくなっていく鏡子との時間をしっかりと受け止めようと焦りばかりが募る。

「鏡子さん、あんたは俺にとっての全てだ。幸せにしてみせる。こんな怪我、大したことはない。だから、もう少しだけ、もう少しだけ頑張ってくれ。頼む、鏡子さん。そんな弱気なことを言わないで――」

聞いて、史郎さん――鏡子はいった。

「私の人生は、こんなものよ。後悔したらきりがないけど、最後にあなたと出会ったことだけは幸せだった。心残りはあの子のこと」

可奈子。そう鏡子は娘の名をつぶやく。

頬をまた、涙の滴が転がっていき、鏡子はふいに押し寄せてきた苦痛に顔を歪め、それが去っていくのを待った。史郎も手を握りしめ、一緒に痛みと闘う。頑張れ、鏡子さん。頑張れ――。

「あの子の成長を見届けたかった……。大きくなった可奈子は、私のことを、こんな母親のことを覚えていてくれるかしら。私が可奈子に歌った子守歌や、可奈って私が呼ぶ声や、一緒に添い寝しているときのこと、それにあの子と一緒にいろんなところへ行って、笑ったことや、泣いたことなんか、みんな忘れてしまうのかしら」

少しでも鏡子の顔をしっかりと瞼に刻みつけたいのに、鏡子の面影は涙に霞んでしまう。史郎の涙はぽたぽたとズボンの膝に落ち、全身が涙になって流れ出してしまうほどだ。

「泣かないで、史郎さん」

鏡子はいった。

「可奈は私の娘だから、私の大切な娘だから、たとえ私のことなんか覚えていなくても、忘れてしまっても、私は可奈の中で生き続けることができる。そう思うの」

そうだ。その通りだ、鏡子さん。あんたは立派な母親だ。だけどな、死んじまったらだめだ。生きるんだ、鏡子さん、鏡子さん。

「平凡な家庭でいいから、可奈に築いてほしいと思うの。私ができなかった――夢。夫がいて、かわいい子供がいて、そして毎日みんなでテレビを見たり、遊びにいったりして楽しく暮らすの。お金なんかいらない。語り合う夢があればいい。素敵だと思わない？　そんな家庭を可奈に築いてほしい。そんな娘の幸せを、ずっと――ずっと私は夢見てきたの。おかしいでしょう。こんな当たり前のことが夢だなんてね」

鏡子の、その表情の中に静かに笑みが浮かんだが、それは再び込み上げてきた苦痛に壊される。

「可奈がどんな大人になるのか、それを見守るのが私は楽しみだった。どんな人を好きになり、どんな家庭を築くのか、それを見守るのが私の夢だった」

ふいに口ごもると、寒いわ、と鏡子はいった。

窓を開け放したままだったことに気づいた史郎は、ハンドルを回して窓を巻き上げる。

史郎は大粒の涙を流しながら、差したままになっているイグニッション・キーを指で探した。

「私の、ささやかな夢、だった……」

鏡子さん。史郎は溢れ出る涙を拭おうともせず、デコンプレバーを引いたその手で、鏡子の冷え切った手を握った。

冷たいキーの感触に触れた史郎の中でなにかが動いた。

キュルルルル。キュルルルルル。

巨大なダイカストエンジンが回る音が響き渡り、ボンネットの揺れが指先に伝ってくる。

鏡子さん、死ぬな。死ぬな……。

祈る史郎の視界で、突如、眩しいほどの日射しが弾けた。

滲んだ視界の中に小さな顔が浮かんでいた。スカートを穿いた脚が見え、視界が上に上がると、少し驚いたような女性の顔が見える。鏡子にどこか似た女《ひと》だった。その横に小さな女の子の背中が見えた。

あっ、と史郎は叫び声を上げそうになったが、自分の声は周りを埋めた光の洪水に埋もれ、流されて聞こえなかった。

鏡子の指に力が籠もる。その指先の感触だけが、史郎に伝わる。見えるのかい？きっとそうだ。この光景が鏡子にも見えているのだ。なんだこれは？

うろたえ、史郎は鏡子を抱き寄せた。そのとき——、

「可奈……」

鏡子がつぶやいた声だけが、はっきりと史郎の耳に届いた。あふれ出した涙は史郎の頬を熱く熱く、濡らす。小さな女の子がふいにこちらを振り向いた。

「おじちゃん、泣いてるの？」

8

琢磨は脳天を突き上げるような痛みを感じ、思わずハンドルに突っ伏していた。涙がこぼれた。「痛てて」。顔をしかめる。

うっすらと開いた目に琢磨の涙を見たのか、歌織の小さな顔が心配そうにこちらを

のぞき込んでいるのが見える。

「おじちゃん、泣いてるの？」

なんでもないよ歌織ちゃん。琢磨の視界に、エンジンに火を入れたＢＴ21のグリーンのボンネットが八月の燦々と降り注ぐ日射しに照り輝いている。

まるで魂を揺さぶるようなＢＴ21の乗り心地に圧倒されたかのように可奈子は刹那口を噤《つぐ》み、それまで浮かべていた笑みを消した。

「とても懐かしい気がするわ」

足下から伝わってくるダイカストエンジンの揺れを全身で感じ取ろうとするかのように目を閉じる。

「このトラックに乗ったことがあるんじゃないですか」

可奈子は少し考え、覚えがないわ、といった。だけど——

「だけど？」

いえ何でもないんです、といった可奈子は、琢磨が驚いたことに涙ぐんだ。ウエストバッグからハンカチを取りだして目尻を拭う。歌織は、そんな母親の様子に心配になったのか、ママ、といって甘えた。膝の上にのり、不思議な生き物の背に乗っているかのようにフロントガラス越しの光景に見入る。

そこに見えているのは、川崎の何でもない住宅地の光景だ。目の前に道路があり、その向こうに古くからある酒屋の木造の大きな建物がある。塀の向こうに倉が一軒建っていて、その上空辺りに、眩しすぎて輪郭のつかめない太陽がある。

「母のことを調べていらっしゃった、とおっしゃいましたよね、大間木さん」

可奈子はひとつ鼻をすすり、琢磨にきいた。その表情に今までとは違ったものを感じ取った琢磨は、まだ少し痛む頭に右手を当てながら、何か思い出しましたか、ときいた。

可奈子は不思議そうに車内を見回した。

「母は、このトラックに乗ったことがあるんじゃないかしら」

「どうしてそう思うんです？」

「うまく説明できないんですけど……」

可奈子は、過去で見た竹中鏡子の面影を残した横顔を琢磨に向ける。

「ただ、そんな気がするんです。母がいまここにいるような、母に見つめられているような、母の懐に抱かれているような安心感というか、懐かしい匂いを嗅いだ気がするんです。ああ」

可奈子は歌織を抱き寄せると、その小さな頬や鼻を優しく手で愛撫する。

「ママがね、こうして歌織のママになれたのは、亡くなったママのお母さんのおかげなのよ」

そういった。

「おかげ？」琢磨は問う。

「母に――羽多の母ですが――言われたことがあるんです。お母さんがあなたの代わりに亡くなったのかも知れないねって。不幸な人生だったかも知れないけど、あなたが幸せになれば、母の悲しみは必ず癒えるはずだと。それを聞いたのは、まだ私が小さな頃だったんですけど、その言葉だけは妙に覚えているんです。羽多の暮らし向きはあまり楽なほうではなかったけど、大間木さんのお父さんが続けてくださった援助のおかげで私は学校を出て、いまの夫に出会いました。男の子と、女の子――歌織、あなたのことよ――を授かり、決して豊かとはいえないけど、ごく普通の暮らしをしています。それがどれほど母が望んだことだったのか、いまになって、私はようやくわかった気がしました。私にとっていまの生活は平凡だけど、退屈な人生だとは思いません。これは、母がくれたとても幸せな人生なんです。私のために母がくれた、かけがえのない生活です」

琢磨は熱いものが胸に込み上げてくるのを感じた。

「幸せですか、いま」

可奈子はまだうっすらと涙を浮かべたまま、笑顔になった。

「ええ、もちろん。幸せです。母の分まで、幸せです」

琢磨は大きく頷くと、BT21のアクセルを踏んだ。

グリーンの巨体は、一瞬いやいやをするかのように左右に揺れると、夏空の下にエンブレムの小さな輝きを放った。

9

「大間木さんに会えて、本当によかったと思います。夢に見たトラックにも乗ることができましたし、それに私——私、いまようやく母の面影を思い出しました」

「ほんとうに？」

驚いて聞き返した琢磨に、可奈子は泣き笑いのような表情を浮かべてうなずいた。

「ええ。それにしても不思議ね。森にかかっていた霧が晴れていくような、そんな風に過去のことを思い出すなんて。しかもあんなに幼かった頃のことを」

歌織を抱きしめる。

さよなら言うのよ、と言われた歌織はぺこりと頭を下げた。

「さようなら、おじさん」

「さよなら」

最寄り駅の改札。コンコースへ上がる階段を上るとき、可奈子と歌織の親子はもう一度琢磨を振り向いて、親しげに笑顔を見せると手を振って帰っていった。

「かわいい娘さんだねえ」

そのとき、ふいに声がして琢磨は驚いて振り返った。

「なんだ、母さんか」

「なんだはないでしょ、この人ったら」

良枝は、二人が消えていったほうを感慨深げな表情で見つめている。スーパーの袋をぶら下げている母は、しばらく琢磨と並んで人気の少ない改札の前に立っていたが、ふう、と大きな溜息をついた。

「何度も言うけど、あんたは父さん似だよ、琢磨。こうと思ったらとことんやらなきゃ気が済まないんだからねえ。アイスクリーム買ったんだ。食べながら帰るかい」

笑って、いいよ子供じゃないんだから、そう言った琢磨は母が両手に持っていた袋を代わりに持つと、自宅へと続く住宅街の道を引き返していった。

知り合いの女性が午後訪ねてくる、という話はしてあった。おやまあ、珍しいねえ。それじゃあ何かお茶菓子でも——そういった母に、お茶ぐらい自分で出すからと、この日のためにわざわざ用意した芝居のチケット二枚を「友達と観てきたら」と差し出したのだった。

「なんだい急に。気持ち悪いねえ」

そういつつも、母は親しい友達に早速連絡すると、喜んで出掛けていった。

父がかつて愛した女性の娘親子を自宅に招くのを、母はこころよく思わないはずだ。ましてや、父が可奈子のためにずっと金を送って援助してきたことを知ったら、母は嘆き悲しむだろう。老いた母に、つらい思いはさせたくない。

しかし――

「あの人が、可奈子さんという人かい」

しばらくして、ぽつりと尋ねた母の顔を、琢磨はあ然として見つめるしかなかった。思わず立ち止まった琢磨の脇を蕎麦屋の出前がすり抜けていき、危うくぶつかりそうになる。

「なんで母さん、それを――？」

尋ねた琢磨に、母は、困った人だねえ、あんたは、とつぶやいただけだ。

そのとき琢磨にはぴんときたことがある。

可奈子への送金のことだ。羽多智子は、父が毎月決まった日に確実に決められた金額を送金し続けたといった。一度も欠かすことなく。

だけど、考えてみるとそれは不可能なのだ。

以前、琢磨がまだ中学生頃の話だが、父は一度心臓を悪くして二ヵ月ほど入院していた。その間はとても病院のベッドから出ることなどできなかったはずだ。それなのに、智子は送金が滞ることがなかったといった。

もしかすると、母さんが……？

きこうとした琢磨に母は、いいじゃないかもう、といって笑った。

「あんなに幸せになれたんだからさあ。さすがは、父さんだ」

さっさと歩き出した母は、芝居のパンフレットを抱えている。慌てて追いかけた琢磨に、もう昔のことだよ、と母は穏やかに笑った。

琢磨が己の推測の正しさを知ったのは、その夜のことであった。

食事の後になって、まだ腑に落ちない顔をしている琢磨に、母が持ち出してきたのは、古ぼけた茶色い書類入れだった。

「なんだこれ」

「開けてご覧よ」

そっと開けた中には、銀行の振込伝票の控えや株の運用記録などがきちんと整理されておさまっていた。

「父さんの……？」

いかにも几帳面な父らしい仕事ぶりだ。同時に、それが竹中可奈子への送金の記録だと琢磨は気づいた。

食卓の真ん中で書類を広げた琢磨に母はいった。

「竹中鏡子さんという人のことは父さんから聞いている。その人とどんな経緯《いきさつ》があったかは知らないけど、竹中さんはお亡くなりになり、そして一人残された可奈子さんのために、父さんは毎月、律儀に送金を続けたんだ」

「母さん、そのことをいつ」

なにいってんの、という顔で母は琢磨を見ると、手団扇をふりながら涼しい顔でいった。

「最初っから、父さんはそんなこと包み隠さず話してくれたよ。だから、父さんが入院したときには私が代わりにお金を送ったんだ」

母はぐっと顎をひいて、ほんの一瞬の間をつくる。

「父さんは、あんたや私のことを――こういうと口はばったいけどもさ――大事にしてくれた。愛してくれたと思う。それ以上何が必要なんだい。それにさ、さっきの幸せそうな親子を見てごらん。あれが全てじゃないか。父さんは立派なことを成し遂げたんだよ。さすがは父さんだ。母さんが見込んだ通り、ほんとに優しい人なんだよ」

母の泣く顔を久しぶりに見た。泣き笑い。見ている琢磨にも熱いものが込み上げ、やがてそれがおさまると、たったひとつ残された疑問へと琢磨の関心は移る。

「でも、父さんはこのお金、どこで手に入れたんだろう」

母は肩を竦《すく》めた。

「さあね。知らないほうがいいってこともあるんじゃないかい」

10

大変お世話になりました、と桜庭はいった。差し出された手をそっと握った史郎は、ただ銀行の融資担当者が転勤していくだけのことなのに、もう二度と会えないのではないか、という感慨とともに熱いものが込み上げ、言葉がうまく出なかった。

「転勤……。そうか……また会えるだろうか、桜庭さん」

「会いたいですね。その時には、大間木さんも新しい人生を歩いていると思いますよ。そう期待しています」

史郎はうなずき、やがて去っていく桜庭の姿が相馬運送の正門から夕景の産業道路へ消えていくのを見送った。

終わったな、と思った途端、急に寂しさが込み上げてきて、史郎は思わず嗚咽しそうになる。なんとか堪えたのは、泣いたところでどうにかなるものではない、という冷めきった思いが浮かんだからだった。

鏡子さん……。

今日は大丈夫だろうか、と史郎はまた心配になる。成沢の凶刃は、鏡子の腹部を深く刺し貫いていて、病院に運び込んだとき鏡子はすでに虫の息だった。そのときのことを思い出すたび、史郎はいまでも鼓動が速くなる。鏡子の名を連呼する自分は、恥も外聞もなく泣き叫び、人工呼吸器をつけられた鏡子のストレッチャーに追いすがった。誰かが取り乱した史郎を制し、精神安定剤をもらった気がするが、明け方までかかった緊急手術の間の記憶は無い。

今日明日がヤマです、という医師の言葉は、今まできいたどんな言葉よりも恐ろしかった。だが、そのヤマを何とか越え、小康状態を見計らい、かねて鏡子自身が希望していた通り、可奈子がいる目黒の病院への転院を果たしたのだった。

容体が悪化したのは、それからだった。いまは一進一退を繰り返しているが、日増しに鏡子の表情からは生気が失われている。

できることなら一時も離れず鏡子についていてやりたい。だが、相馬運送が倒産したいま、史郎には、鏡子と可奈子の二人をなんとか支えるだけの稼ぎが必要になっていた。

もちろん、新しい職場を探してはいるが、二人の入院費用を賄えるほどの条件となるとそう簡単には見つからない。

預金はある程度あるが、自分もまた暮らしていかなければならない。金はいくらあっても、ありすぎるということはない。愛車のスバルも、事と次第によっては売り払おうと考えているところだ。

　シャツの裾から冷たい風が吹き込んでくる。土埃で革靴の先が白くなっていて、本当に失業者みたいだと史郎は自嘲した。もういくら悲しんでも慟哭しても始まらないとなると、人間笑うしかないのかも知れない。

　がらんとしたターミナルに、夜の帳《とばり》が降りようとしている。そこには皓々とした灯りも、荷扱いのあらくれたやりとりも、居並ぶトラックのエンジン音も何もない。

　会社資産の中で、現金化できるものは処分して欲しい、という管財人の意見で、中古業者らにトラックを払い下げた後だ。そして従業員は史郎も含めて全て解雇となっていた。

　相馬運送倒産から今までの修羅場。そこで示した史郎の責任感のある態度に敬服した同業者から、うちに来ないかという誘いもあった。だが条件が合わなかった。いまの史郎にとって鏡子と可奈子との生活を何とか維持するのが最優先の課題だからだ。

　本格的な冬の到来を告げる夜風に震えた史郎は、事務所へ引き返そうとしてふと立ち止まった。

　産業道路から一台の車が入ってきて、こちらへ真っ直ぐ向かってきたからだ。

　近づいてくる低いグリーンの車体は、その殺伐とした空間にあるとひどく場違いな印象があった。蛙の目のように両側にせりだしたヘッドライトを消灯し、下りてきたが、といった。

倫子《のりこ》は、まるで権藤にお小遣いでもねだりに来たのと同じような調子で、ご機嫌いかが、といった。

「さっきお宅に電話したんだけど、お留守だったから、もしかしたらこっちかなと思って」

スカーフを巻き、上品なスーツを着込んだ倫子は、少し不良化したオードリー・ヘップバーンみたいだ。とても、倒産した運送会社の娘には見えない。会うのは和家一彦の死以来だが倫子は巧みにそのダメージを隠しているように見えた。

倫子は寒さに震え両腕をさすった。

「つい先月まで、ここで二百人近い人が働いていたというのに。それが嘘みたいに静まり返っちまった。倒産するというのはこういうことなんだと今さらながらに身に染みるよ。――社長、どうですか？」

債権者には「知らない」と言っているが、史郎は、相馬の隠れ家を知っていた。相馬は山王にある自宅を借金の担保に取られていたので、そこを抜けだして横浜の山手にある別邸にいた。その家は、相馬が女を囲うためにこっそり建てた家だったから、債権者の誰一人として知らなかったのが幸いした。金の切れ目が縁の切れ目とはよく言ったものだが、女にはとっくに逃げられ、今は相馬がひとりで住んでいる。

「相変わらず、やる気無しってところかな」

ほとぼりの冷めるのを待っていると言えば聞こえはまだいいが、要するにすることも無くくすぶっているのだ。

倫子はそんな父の面倒は見られないといって、確か大学に近い白金あたりのアパートを借りて住んでいるはずだ。

「実はさっき、身の回り品を整理していたらこんなものを見つけたの」

差し出された封筒には、「倫子へ」と青い万年筆の文字で書かれていた。倫子の部屋の宝石箱の下にあるスペースにいつの間にか入っていたという。

「一彦さんの手紙なんだけど」

和家の名前を口にするとき、倫子はそこだけ塗料がはげおちたかのように平静を崩した。

「開けてみて」

封筒の中には、便せんが一枚だけ入っていた。和家らしい簡単な手紙だった。

倫子へ

どうも最近、身の回りが、騒がしくなってきた。それが単に俺の思い過ごしであればいい。だが、そうでなかったときのためにと思って、この手紙を書いている。俺はもう、逃げたりはしない。

お前のこと、ほんとうに愛している。
もし、俺に万が一のことがあったらあとは頼む。捜し物の場所は君ならわかるはずだ。抜けているところを探せ。"We'll be making love."
――一彦

「君ならわかる、か」

史郎は手紙から顔を上げ、こちらをのぞき込んでいる倫子を見た。

「田木幹夫が強奪した三百万円のことだと思うのよね。一彦さんはその金を私と暮らしていくための元手にしようと考えたんじゃないかしら。自分も会社をつくってやってみたいっていってたから。半分は、父への対抗意識もあったかも知れないけど」

和家は倫子とのことを本気で考えていたのだろう。そのために田木が隠し持っていた金を奪うことを考えた。

「捜し物が金だとして、抜けているところを探せっていうのは……？」

倫子ならわかる、というより倫子しかわからない類の話に違いなかった。案の定、倫子は意外なことをいった。

「彼が好きだったザ・ドリフターズの曲の一節だと思う」

洋楽か。史郎には関心も興味もないジャンルだ。倫子のいう通りなら、これは歌詞の一部ということになるのだが。

「抜けているっていうのは？」

「”Under the boardwalk” よ。”Under the boardwalk, we'll be making love Under the boardwalk, boardwalk”」

倫子がメロディを口ずさんだ。曲のタイトルにもなっているというフレーズだ。どこかで聴いたことがある、と史郎は思った。

「これは私の勘だけど、たぶん、トラックの荷台の下だと思う」

それから倫子はもう一度、がらんとしたターミナルと駐車場を見回し、慌ててきいた。

「彼のトラックは？」

「トラック？　ＢＴ21号車のことかい」

喉が渇いて、つばを飲み込もうとするとひりりとした。そうだ、ＢＴだ。史郎は思った。考えてみれば、あのトラックこそ、全ての始まりだったのではないか。四人の運転手が全て殺され、そして、いまもなお得体の知れない現金を飲み込んでこの夜のどこかに身を潜めている。まさに、呪われたトラックだ。

「実は、処分してしまったんだ」

倫子は顔色を変えた。

「取り返してきて、大間木さん。早く！」

史郎は事務所まで走り、桜庭から紹介してもらった解体業者へ電話をかけた。BT21号車を引き渡したのはもう一週間も前だ。

のんびりした口調の男が「緒方自動車」と名乗る。史郎は相馬運送の名を告げ、先週引き渡したトラックがあれば引き取りたい、と申し出た。

「ああ、あれか」

先方は、不審そうにきいた。「どうかしたんですかい、そんな急に」

「申し訳ない、欲しいという人がいてね。もし、残っていたら買い戻したいんだ。もちろん、そちらでかかった費用は負担するから」

しばしの沈黙の後、いいですけど、という返事があった。オーケイ。倫子に合図を送ると、史郎が受話器を置くより早く、行きましょう、と事務所を出てコンテッサの助手席を開けた。

強風に吹き払われた街路樹が、藍色に暮れなずんでいる空に細い枝を伸ばしている。倫子のコンテッサは産業道路を羽田方面へ向かった。萩中運動場の横を通り、やがて羽田一丁目を右折すると、強風にさざ波立つ多摩川の川面が暗く沈んで見えた。羽田空港に離着陸する旅客機が飛んでいる。遠くの海がかすかな茜に染まっているのがちらりと見えたが、「この辺り？」という倫子の言葉とともに、それは鉄屑が道端にまではみ出した町工場の光景と油の匂いにとって代わった。

緒方自動車の真新しい看板が見え、近づくにつれて、クレーンで吊り上げられ重ねられた自動車の墓場ともいうべき殺伐とした光景が眼前に出現した。

ＢＴ21号車は、スクラップ置き場の片隅にひっそりと蹲《うずくま》っていた。グリーンの鼻先をスクラップの山に向け、まるでそいつらの死臭でも嗅いでいるかのように横たわっている。

ありがたいことに、緒方の手が一杯で、ナンバー・プレートはまだ付いたままになっていた。

「へえ。こんな奴を買いたいなんてねえ」

緒方はどこか疑わしげに片目をつぶってみせた。

「それはどこの物好きですかい」

「知り合いの運送業者なんだけども。まあ、高く買ってくれるっていうもんだからさ」

史郎は嘘をいった。

「ほう」

緒方は、冷え切ったＢＴ21号車のボディを軍手をした手でぽんぽんと叩くと、一週間の間にすっかり埃をかぶったバックミラーの汚れを手で拭った。敷地に一本だけある柿の木から茶色の枯れ葉が数枚、ワイパーに挟まっていた。

史郎はそれを払いのけ、緒方から取り戻したキーでドアを開けた。キーホールに差し込んだ瞬間、また脳天を貫く痛みに顔を歪めた。

大間木さん、と倫子が心配そうに見上げている。

史郎は涙でかすんだ視界のまま片手を上げ、大丈夫だ、と伝え、チョークを一杯に引っぱって、エンジンをかける。キュルルルルル。キュルルルルル。機械というのは妙なものだ。たった一週間乗らなかっただけで、これほどかかりが悪くなるとは。

「迎えが遅い」とBTがぐずっているようにも思える。

あれは呪われたトラックですよ——いつだったか、史郎自身が桜庭にそう語ったことを思い出した。BTの運転手が次々に殺され、オレンジ便が暗礁にのり上げた頃だった。

本気でいったわけではない。呪いなどありはしない。もし呪いがあるのなら、俺を呪い殺してみろ。そう思った。

三度キーを捻ると、化け物じみたエンジンが唸りを上げ、その振動を肚の底まで響かせてきた。

バックに入れ、ハンドルを切り始めると、倫子と緒方がぱっと飛び退く。ヘッドライトに映し出された鉄屑の山は、まるで深海の底のようにごつごつした光景に見える。

「悪いね」

運転席側の窓を引き下げた史郎は、緒方に一言いい、するすると脇を抜けていった倫子のコンテッサに続いて来た道を戻った。

その頃にはとっぷりと日は暮れ、風が強いせいか、最近では珍しく、まばゆいばかりの星が夜空を埋めているのが見える。

相馬運送まで戻ると、史郎はプラットフォームに横付けにしてBTを駐車し、エンジンを停止させた。

「どう？」

倫子がきいた。

荷室の幌を跳ね上げ、懐中電灯を持ってよじ登った。長年の使役に耐えてきた木底は、何百回、何千回と油で磨き上げられ、黒光りしている。埃と油の匂いが鼻をつき、風が幌を鳴らした。

懐中電灯の二重の光輪が床を撫でる。ちょうど運転席の真後ろあたりで史郎はかがみ込んだ。目立たない。だが、よく見ると真新しい釘の頭部が覗いていた。

史郎はターミナルの倉庫へ入り、バールを一本下げて戻った。

「倫ちゃん、これで照らしておいてくれないか」

懐中電灯を渡し、バールを振り下ろした。耳障りな音とともに木片が飛び散り、二度目でひん曲がった釘の頭が出た。史郎の息づかいと、息を呑んで見守る倫子の緊張感がその場に渦巻いている。

釘を抜く。一本、二本。そのときにはすでに、板の下に隠されたものの正体が視界に現れていた。

「床板を削ってつくった隙間に敷き詰めたんだろう」

拾い上げた布袋の口を開けると、ばさっという音とともに一万円札が史郎と倫子の足下に散らばった。

後は簡単だった。次々と板を剥がし、その下に隠された札をひっぱり出す。

「和家の奴、いつのまに……」

史郎は、札束を拾い上げ、倫子に差し出した。警察に届けるという気持ちは起きなかった。バカ正直な俺だが、人生唯一の魔が差した瞬間だ——そう史郎は自分に言い聞かせて、倫子を振り返る。声が震えた。

「これを社長に届けてくれませんか。もしかしたら、相馬運送を再建できるかも知れない」

だが、倫子は史郎を見つめたまま、ゆっくりと首を横に振った。

「もう遅いよ、大間木さん。父にそんな気力は残っていない。これはあなたが遣って」

「私が？」

真剣な眼差しがじっと史郎に注がれていた。

「大間木さんの事情、父から聞いてる。お金が必要なんでしょう。だから来たの。もしかしたら、大間木さんの役に立てるかも知れないと思って」

「倫ちゃん……」

「これは誰のお金でもない。いいわね。だから、気兼ねすることなんかない。神様がくれたのよ」

乱暴な理屈で史郎に反論の余地を与えようともせず、倫子はコンテッサに乗り込んだ。

「今までありがとう、大間木さん。また機会があったら、どこかで会いましょう」

そういうと、倫子は相馬運送の敷地から去っていった。

その赤いテールランプが見えなくなるまで見送った史郎は、そっと上げたままのシートを下ろし、ドアを閉めた。金をポケットにねじ込む。有り難く遣わせてもらうよ。そう心の中でいうと、ぽつりと淋しい灯りがついている事務所まで走った。

11

桜庭は、病室のベッドで腕を組んだまま、琢磨の話に耳を傾けている。上半分を立てて、長椅子のような形になっているベッドには薄いシーツが掛かっていた。ブラインドを降ろし、灯りを点けていない桜庭の病室は薄暗い。その中で、少し青白い桜庭の顔がぼうっと浮き上がって見える様は、最初入室したとき琢磨を驚かした。だが、その見てくれとは逆に、間もなく退院する目途が立ったのだと、先程久しぶりに会った桜庭の妻から聞いたばかりだ。

桜庭は至極真面目な表情になって、小さな二つの瞳を真っ直ぐに病室の虚空へと向けていた。

「あんたと会って以来、私の脳には様々な記憶の断片が蘇ってきた。それは大量の土砂のようになだれ込んできて、古い記憶の上に全く新しい記憶を構築していった。地層のようなものを想像してもらうと、イメージとしてはぴったりくるだろう。それは私にとって新たな歴史の発見であり、同時に目に見えない侵略者に怯える恐怖でもあった。私の脳はその大量の記憶に悲鳴を上げ、やがて質量に耐えきれなくなると、脳の病気という形で機能不全を起こしたというわけだ。だが、何事にも終わりはある。

ひたひたと迫り来る記憶の侵略にもようやく終わりのときがきた」

桜庭はそう前置きした。

「相馬運送が不渡りを出し、倒産を決定的にしたのは、十一月二十日のことだ。相馬社長は雲隠れし――とはいえ大間木さんは居場所を知っているのではないかと思ったが――、権藤部長は夜逃げをして姿をくらました。やむなく大間木さんが全ての債権者との調整や資産整理などを管財人と相談して進めるしかなかった。私が転勤の辞令をもらったのはそんなある日のことだ」

たしか昭和三十八年の十二月半ばのことだった、と桜庭は続けた。

「大間木さんが失意と不安のどん底で喘いでいる最中だった。たった一枚の辞令によって、私はその修羅場から解放され、都心にある店舗への転勤が決まった。あの日、北風がすさぶ相馬運送で別れを告げたのが、大間木さんとの最後だ。昨日、妻に調べさせたんだが、昭和三十八年十二月十三日だった。そして竹中鏡子さんの死を私に知らせてきたのは、それから半年ほどしてから――大間木さんからの再就職を知らせるはがきでだった。〝自分の再出発と愛する人の訃報を同時にお知らせしなければならないのが悲しい〟、確かそんなふうに書いてあったと思う」

まるでいまその訃報を聞いたというように、桜庭の表情は沈鬱になった。

「それが、蘇ってきた私の記憶の全てで、もうこれ以上、私があんたに話してやれることは何もない。だけど、全ては昔のことだ。そう、遠い、遠い昔のことなのだ」

琢磨を見上げ、桜庭は痩せた右手を差し出した。

「冒険はこれで終りにしてもいいのではないかね」

琢磨がその手を握り返すと、桜庭は満足したようにうなずき、そっと瞑目する。外気温は三十四度を超え、蒸し暑い一日となっているが、その外気が嘘のように病室は暗く涼しい。

冒険は終わる。しかし、琢磨はあの昭和三十八年の夏の出来事を一生忘れることはできないだろう。目を閉じると、灼熱の太陽が照りつける相馬運送のトラック・ターミナルが瞼に浮かぶ。野太いエンジンの音を放ちながら、鋼鉄のボンネットを突き出したBT21の威厳は、琢磨に生きる勇気をくれた。

琢磨は、眠ってしまったらしい老人に黙って一礼すると、遠慮して部屋の外で待っていた亜美と共に二台分の駐車スペースを占領していたBT21号車に乗り込んだ。

エンジンをかけると、琢磨の足下でドッドッ、という野太いエンジン音が鳴り響き、ミラーが小刻みに揺れ始める。温まった空気を逃がすために運転席の窓を全開にした琢磨は、通りすがりの物珍らしそうな視線を浴びながら、トラックを発進させた。

山手通りから、中原街道へ入った。多摩川の水面がきらきらと輝き、窓から真夏の熱気を吹き入れてくる。

自宅まで、小一時間も走っただろうか。エンジンを切ると、ＢＴは最後に身震いのような横揺れとともに動きを止めた。

「随分、遠回りしたけど、やっと帰ってきた。私たちの人生に。私たちの世界に」

「おかえり、亜美」

住宅街の道路にはじける光の微粒子、その眩しさに目を細め、琢磨はそっと細身のハンドルを手で触れた。車内に染みついた煙草の匂いがかすかに鼻腔を刺激し、煌々と照らし出されたトラックターミナルの喧噪がまざまざと脳裏に蘇る。だが、その映像は急速に拡散し、音もなく現実世界の輪郭へ同化していく。

このとき、琢磨の中で過去は真の過去に戻り、ＢＴ21号車はその使命を静かに終えた。

解説――昭和と平成を行き来する徹夜必至のエンターテインメント巨篇

村上貴史（文芸評論家）

■巨篇

池井戸潤が二〇〇三年に発表した『ＢＴ'63』は、強烈な刺激に満ちたエンターテインメント巨篇である。

暴力もあれば殺人もある。事業計画を立案し推進することで会社の窮地を救おうとする闘いもあれば、恋愛もある。そして父を知ろうとする息子の物語でもある。

そう、多様な魅力に満ちた一作なのである。カバー裏のあらすじを読んで池井戸潤にしては異色と感じた方がいらっしゃるかもしれないが、池井戸潤の他の人気作と同じく、しっかりと満足感を味わえるので安心されたい。なんなら異色である分、新鮮さというプラスアルファも愉《たの》しめる、そんな作品だ。

■父と子

本書ではまず、主人公の一人である大間木《おおまぎ》琢磨《たくま》の様子が描かれる。三十四歳になる彼は、二年前に心の病を発症して入院生活を送り、妻とは別れた。退院して実家に戻り、母と暮らす琢磨は、自分の夏服を探した際に、一風変わった古い服を見つけた。濃紺に金モールの入った生地で作られた、まるでホテルのボーイの制服のような一着である。父の史郎《しろう》のものだというその制服を興味本位で琢磨が着てみたところ、奇妙なことが起こった。意識の底で古いトラックが何十台も並ぶ光景が像を結び始め、さらに、脳内でエンジンが始動する音が鳴り響いたのだ……。

池井戸潤は琢磨のこの姿を描いた直後、視点人物を切り替える。運送会社の総務課長である大間木史郎の視点で、四十年ほど前、昭和三十八年当時の様子を語り始めるのだ。

戦後の混乱期から成長してきた相馬運送だったが、近年では同業他社との競争が激しさを増すなか、経営が苦しくなってきていた。社長や総務部長に代わって融資の相談で銀行を訪れた史郎は、会社の構造改革を立案するように求められる。妙案が浮かばず、思案に暮れる史郎は、同じ頃、運転手の一部に不審な動きがあることにも気付いていた。BT21、すなわちボンネット・トラックの21番の走行距離がおかしいのだ。史郎はBT21の運転手たちに目を光らせる必要があると感じる……。

一方の琢磨はその後、父の制服を身につけた際に体験した〝異変〟について調べ始める。そしてそれは、若き日の父について調べることでもあった——というかたちで、本書では平成と昭和の物語が、約四十年という時を超えて並走していく。そしてこの両者が、いずれも読み応え抜群なのだ。

平成の、すなわち琢磨の視点での物語では、約四十年前に父親が勤務していた運送会社やその関係者あるいはBT21を、琢磨が粘り強く探していく姿に惹きつけられる。琢磨が何故そうした想いにとらわれたかは本書をお読みいただくとして、どこに糸口を見つけ、どう手繰《たぐ》っていくのか、私立探偵が丹念に関係者を訪ね歩くような味わいを堪能できるのだ。しかもその調査行は〝他人事《ひとごと》〟ではなく、心を病んだ彼が、改めて自分自身を発見する旅路である。その真剣さ、必死さが読み手に深く響く。

一方で、昭和の相馬運送において史郎が経理担当者とともに業績回復案を具体化していく姿も、また熱い。着想を事業計画にまとめ、その案の問題点を見出《みいだ》し、対応策を検討し、現実的なビジネスへと導いていく。相馬運送が飛躍していく未来を史郎がリアルなものとして感じる高揚を、読者も己のものとして体感できるのだ。胸が躍るのである。

　だが、史郎は業績回復策だけに専念できているわけではなかった。BT21に関する疑惑が拭《ぬぐ》えないのだ。拭えないどころか、深まっていく。この疑いの先にひそむ構図は、おそらくは池井戸潤の作品のなかで最もダークだ。冒頭に記した暴力や殺人が、この相馬運送を重要なピースの一つとして続いていくのである。シンプルな悪と、さらに濃く冷たい悪の織りなすグラデーションが人を追い詰めていく様のなんと怖ろしいことか。それを容赦なく綴る池井戸潤の筆にも御注目を。

　そんな平成と昭和の物語に、幾筋もの恋愛劇が織り込まれていることについても触れておきたい。琢磨の別れた妻に対する未練や、若き史郎の恋心などが、これまた池井戸潤の数々の作品のなかでも有数の強度および密度で描かれているのだ。もちろんそうした恋愛劇は作中に単に置かれているのではなく、琢磨や史郎の活動を牽引する役割もしっかりと果たしている。恋愛劇を通じた読者の琢磨と史郎への感情移入が、そのまま調査の熱意や殺人などのスリルへと直結するのだ。夢中になって読み進んでしまうのも納得という造りだ。ちなみに恋愛劇だけではなく、息子から父への想い、母から娘への想い、妻から夫への想いなどもきちんと綴られている。さらには、孤独な者や、家族に害を及ぼす者の内面もだ。こうした登場人物たちの心情や行動をしっかりと記すことで、登場人物の存在感は際立ち、物語は深みを増す。特に、終章での琢磨の驚きを読めば、それを実感できるだろう。

さらにもう一点。琢磨の物語と史郎の物語の重ね方にも特徴があるのだが、それについては本文で愉しんでいただくのがよかろう。琢磨と史郎を通じて約四十年の時を行き来する物語を、巧みに、そして力強く成立させた本書。文庫の上下巻合計で八百頁を超える大長篇だが、読み始めたが最後、頁をめくる手は止められない。

■二〇〇三年から二〇〇六年

さて、本書が現在のかたちに至るまでの流れを振り返っておこう。

この作品は、そもそもエンターテインメント巨篇になる予定ではなかった。むしろ社会派の作品になるはずだったのだ（『BT'63』刊行当時、《ミステリマガジン》二〇〇三年九月号で解説者が行ったインタビューより）。当時の池井戸潤は、下請けの扱いに関する社会的な問題に関心があり、法定速度などを調べていた。だが、その題材を社会派という枠組みで仕上げることにもう一つ面白味を感じられずにいたという。どうすべきか迷っているうちに〆切が迫ってきて、机の前に座って考えていると、突然、トラックターミナルの光景が、しかも現代のものではなく過去のターミナルの光景が頭に浮かんできたそうだ。その光景を出発点として、現在と過去が交わりながら進むという、現在ここにあるかたちの『ＢＴ'63』が書き始められることになったのである。ちなみに池井戸潤は一九六三年の生まれ。史郎が活躍する年を選択した理由が、これだ。

この小説はまず、《小説トリッパー》の二〇〇〇年夏季号から二〇〇一年春季号に第七章までが連載され、その後、原稿用紙で約五百枚ほどという大幅な加筆を施して全十二章構成で完成し、二〇〇三年に単行本として刊行された。二段組みで五百三十一頁という、その時点での池井戸潤の最長の長篇だった（その後、より長い『空飛ぶタイヤ』を二〇〇六年に発表。同作は、文庫上下巻で九百頁を超える）。

単行本刊行の三年後、二〇〇六年に『ＢＴ'63』は文庫化され、上下巻として刊行される。この段階でも、いくぶん改稿されている。つまり、この文庫版が、『ＢＴ'63』の完成形というわけだ。

ここで着目したいのが、二〇〇六年の文庫刊行というタイミングだ。二〇〇六年といえば、池井戸潤が「ぼくの小説の書き方を決定づけた記念碑的な一冊」と明言する『シャイロックの子供たち』が刊行された年である（池井戸潤のコメントは、本年〈二〇二三〉公開の同作の映画パンフレットより）。その「小説の書き方」とは、あらかじめ設計したシナリオに基づいて登場人物に役割を演じさせるのではなく、創造した登場人物たちが自ら動き出し、それを作家が書き留めていくという書き方であるというのが解説者の認識であり――実際に『シャイロックの子供たち』は、全十話それぞれに主人公を立ててそれぞれの物語を書きつつ、全体として一つの大きなストーリーが成立するという作品だ――『BT'63』の単行本と文庫版の差分にも、物語の構成としての仕掛けを減らし、登場人物の心の動きを強調するような変化が見受けられるのである。特に印象深いのは、第十一章の末尾に示された日記の二行だ。ある登場人物の心を明確に読者に記したこの文章は単行本には存在しておらず、そのかわりに、その位置には別のサプライズが記されていた。二〇〇六年に、こうした変更が施されたのである。

と書くと二〇〇六年が突出して重要な年のように思われるかもしれないが、実際には、二〇〇三年に変化が始まったと思われる。前述のインタビューにおいて、池井戸潤は、二〇〇三年の二月に小説の書き方が変化したと語っている。大草原や密林を切り拓《ひら》いていくイメージから、テーマに沿って絶対的な一本の道が見えてくるようになったのだそうだ。そしてこの時期は、まさに『シャイロックの子供たち』の連載開始と重なっている。この連載の第一回は、《近代セールス》の二〇〇三年四月一日号の掲載だった。そしてその後、翌年二月一五日号にかけて第七話までが掲載され、さらに第十話までを書き下ろして二〇〇六年に単行本となった（なんだか『BT'63』と似た生い立ちである）。そう考えると、二〇〇三年から二〇〇六年にかけてが、池井戸潤の小説の書き方を決定づけ、実践を重ねた期間と捉えるのがよさそうだ。

ちなみにこの期間には、《別冊文藝春秋》の二〇〇三年一一月号から翌年四月号にかけて連載され、二〇〇四年に刊行された『オレたちバブル入行組』という小説も、池井戸潤は発表している。そう、《半沢直樹》シリーズの第一作だ（現在は『半沢直樹1　オレたちバブル入行組』として文庫化されている）。さらに、《月刊ジェイ・ノベル》の二〇〇五年四月号及び同六月号から翌年九月号にかけて連載された『空飛ぶタイヤ』（二〇〇六年刊行）の発表もある。池井戸潤が初めて直木賞候補となり、二度目の吉川英治文学新人賞候補となった大作だ。この期間が、池井戸潤という作家にとっていかに重要だったかが理解できよう。そしてその期間は、二〇〇三年二月以降に初めて発表された作品、すなわち『BT'63』から始まったのだ。

なお、『BT'63』の文庫化に際しては、その他、物語の疾走感を増すような改変なども加えられており、単行本時よりもさらに夢中になれる仕上がりとなっている。

■礎

ここまで『BT'63』の魅力や、その完成に至るまでの流れやその当時の池井戸潤について語ってきたが、最後に、これまで書いてこなかった本書の特徴をいくつか記しておこう。

まず、本書に宿るヒリヒリとした緊迫感は、池井戸潤が一九九八年の江戸川乱歩賞を『果つる底なき』で受賞してデビューした作家であることを再認識させてくれる。また、史郎が走行記録というデータを読み解き、相馬運送で起きている不自然な出来事に気付くという展開は、お金の流れを丹念に探って人の動きを知るという、《半沢直樹》シリーズでもお馴染みの調査方法だ（この観点では、二〇〇四年刊行の『不祥事』に収録された「荒磯の子」にも注目されたい）。さらに、史郎が会社の窮状を救うために画期的なアイディアを得て、その具体化を進めるなかで会社全体が勢い付いていく様は、後年の《下町ロケット》シリーズ（二〇一〇年から）に繋がるし、史郎と琢磨の不思議な繋がりは、後の『民王』シリーズ（二〇一〇年）への導線として捉えることもできよう。つまり、『ＢＴ'63』は、池井戸潤を代表する数々の作品に至る重要な礎でもあるのだ。

それに加えて、本書には本書ならではのキャラクターたちも登場している。ＢＴ21と猫寅《ねことら》だ。ＢＴ21はボンネット・トラックであり一般にはキャラクターとは呼ばないのだろうが、本書を読むと、このＢＴ21が単なる自動車には思えなくなってくるのである。この造形や扱いも読み逃せない。一方の猫寅は、異形の悪役だ。傷痍軍人の白装束を身にまとい、アコーデオンを抱え、右足の義足を鳴らして現れる大きな丸坊主頭の巨人――それが猫寅である。彼の不気味さは（その雇い主がもたらす恐怖とあわせて）史郎をはじめとする相馬運送の面々の感情を通じて、読者にしっかりと届けられている。池井戸潤の小説においては珍しいこの怪物的なキャラクターは、その登場の三行前に思いついた存在だというが、史郎の昭和三十八年の冒険に相応《ふさわ》しい悪役として、本書に欠かせない一員となっている。猫寅のような怪物を、怪物のまま物語に放り込み、そして猫寅も物語も両立させてしまうのは、池井戸潤の作家としての大胆さと技量の象徴といえよう。

あらためて記すが、この『BT'63』、強烈な刺激に満ちたエンターテインメント巨篇である。池井戸作品に馴染んだ方も、そうでなかった方も、本書を未読の方も既読の方も、この新装版をきっかけにお読みいただければと思う。いささか昭和っぽいフレーズを用いるならば、徹夜必至の一作だ。

この作品は二〇〇六年六月、小社より文庫として刊行されたものの新装版です。

|著者| 池井戸 潤　1963年岐阜県生まれ。慶應義塾大学卒。'98年『果つる底なき』で第44回江戸川乱歩賞を受賞し作家デビュー。2010年『鉄の骨』で第31回吉川英治文学新人賞を、'11年『下町ロケット』で第145回直木賞を、'20年に第２回野間出版文化賞を受賞。主な作品に、「半沢直樹」シリーズ（『オレたちバブル入行組』『オレたち花のバブル組』『ロスジェネの逆襲』『銀翼のイカロス』『アルルカンと道化師』）、「下町ロケット」シリーズ（『下町ロケット』『ガウディ計画』『ゴースト』『ヤタガラス』）、『空飛ぶタイヤ』『七つの会議』『陸王』『アキラとあきら』『民王』『民王　シベリアの陰謀』『不祥事』『花咲舞が黙ってない』『ルーズヴェルト・ゲーム』『シャイロックの子供たち』『ノーサイド・ゲーム』『ハヤブサ消防団』などがある。

新装版《しんそうばん》　ＢＴ《ビーテイー》'63（下）

池井戸《いけいど》　潤《じゅん》

講談社文庫

定価はカバーに
表示してあります

2023年５月16日第１刷発行

発行者──鈴木章一
発行所──株式会社　講談社
東京都文京区音羽2-12-21　〒112-8001
電話　出版（03）5395-3510
　　　販売（03）5395-5817
　　　業務（03）5395-3615

KODANSHA

デザイン―菊地信義
本文データ制作―講談社デジタル製作
印刷―――株式会社KPSプロダクツ
製本―――株式会社国宝社

Printed in Japan

ISBN978-4-06-531802-7

講談社文庫刊行の辞

二十一世紀の到来を目睫に望みながら、われわれはいま、人類史上かつて例を見ない巨大な転換期をむかえようとしている。

世界も、日本も、激動の予兆に対する期待とおののきを内に蔵して、未知の時代に歩み入ろうとしている。このときにあたり、創業の人野間清治の「ナショナル・エデュケイター」への志を現代に甦らせようと意図して、われわれはここに古今の文芸作品はいうまでもなく、ひろく人文・社会・自然の諸科学から東西の名著を網羅する、新しい綜合文庫の発刊を決意した。

激動の転換期はまた断絶の時代である。われわれは戦後二十五年間の出版文化のありかたへの深い反省をこめて、この断絶の時代にあえて人間的な持続を求めようとする。いたずらに浮薄な商業主義のあだ花を追い求めることなく、長期にわたって良書に生命をあたえようとつとめるところにしか、今後の出版文化の真の繁栄はあり得ないと信じるからである。

同時にわれわれはこの綜合文庫の刊行を通じて、人文・社会・自然の諸科学が、結局人間の学にほかならないことを立証しようと願っている。かつて知識とは、「汝自身を知る」ことにつきていた。現代社会の瑣末な情報の氾濫のなかから、力強い知識の源泉を掘り起し、技術文明のただなかに、生きた人間の姿を復活させること。それこそわれわれの切なる希求である。

われわれは権威に盲従せず、俗流に媚びることなく、渾然一体となって日本の「草の根」をかたちづくる若く新しい世代の人々に、心をこめてこの新しい綜合文庫をおくり届けたい。それは知識の泉であるとともに感受性のふるさとであり、もっとも有機的に組織され、社会に開かれた万人のための大学をめざしている。大方の支援と協力を衷心より切望してやまない。

一九七一年七月

野間省一

講談社文庫 最新刊

佐々木裕一
赤坂の達磨《だるま》
〈公家武者信平《のぶひら》ことはじめ(十三)〉
達磨先生と呼ばれる元江戸家老が襲撃さる。藩政の混乱に信平は——！ 大人気時代小説シリーズ。

横山光輝
山岡荘八・原作
漫画版 徳川家康 7
関ヶ原の戦に勝った家康は、征夷大将軍に。大坂城の秀頼が引かず冬の陣をむかえる。

輪渡颯介
攫《さら》い鬼
〈怪談飯屋古狸〉
惚《ほ》れたお悌《てい》とは真逆で、怖い話と唐茄子《かぼちゃ》が苦手な虎太《とらた》。お悌の父親亀八《かめはち》を捜し出せるのか!?

田中啓文
誰が千姫を殺したか
〈蛇身探偵豊臣秀頼〉
大坂夏の陣の終結から四十五年。千姫事件の真相とは？ 書下ろし時代本格ミステリ！

秋川滝美
ヒソップ亭2
〈湯けむり食事処〉
不景気続きの世の中に、旨《うま》い料理としみる酒。新しい仲間を迎え、今日も元気に営業中！

夏原エヰジ
Cocoon《コクーン》
〈京都・不死篇5—巡《めぐる》—〉
生きるとは何か。死ぬとは何か。瑠璃《るり》は、黒幕・蘆屋道満《あしやどうまん》と対峙する。新シリーズ最終章！

ナガノ
ちいかわノート
「ちいかわ」と仲間たちが、文庫本仕様のノートになって登場！ 使い方はあなた次第！

講談社タイガ

森 らむね
原作／田島列島
脚本／大島里美
小説 水は海に向かって流れる
高校生の直達《なおたつ》が好きになったのは、「恋愛はしない」と決めた女性《ひと》——。10歳差の恋物語！